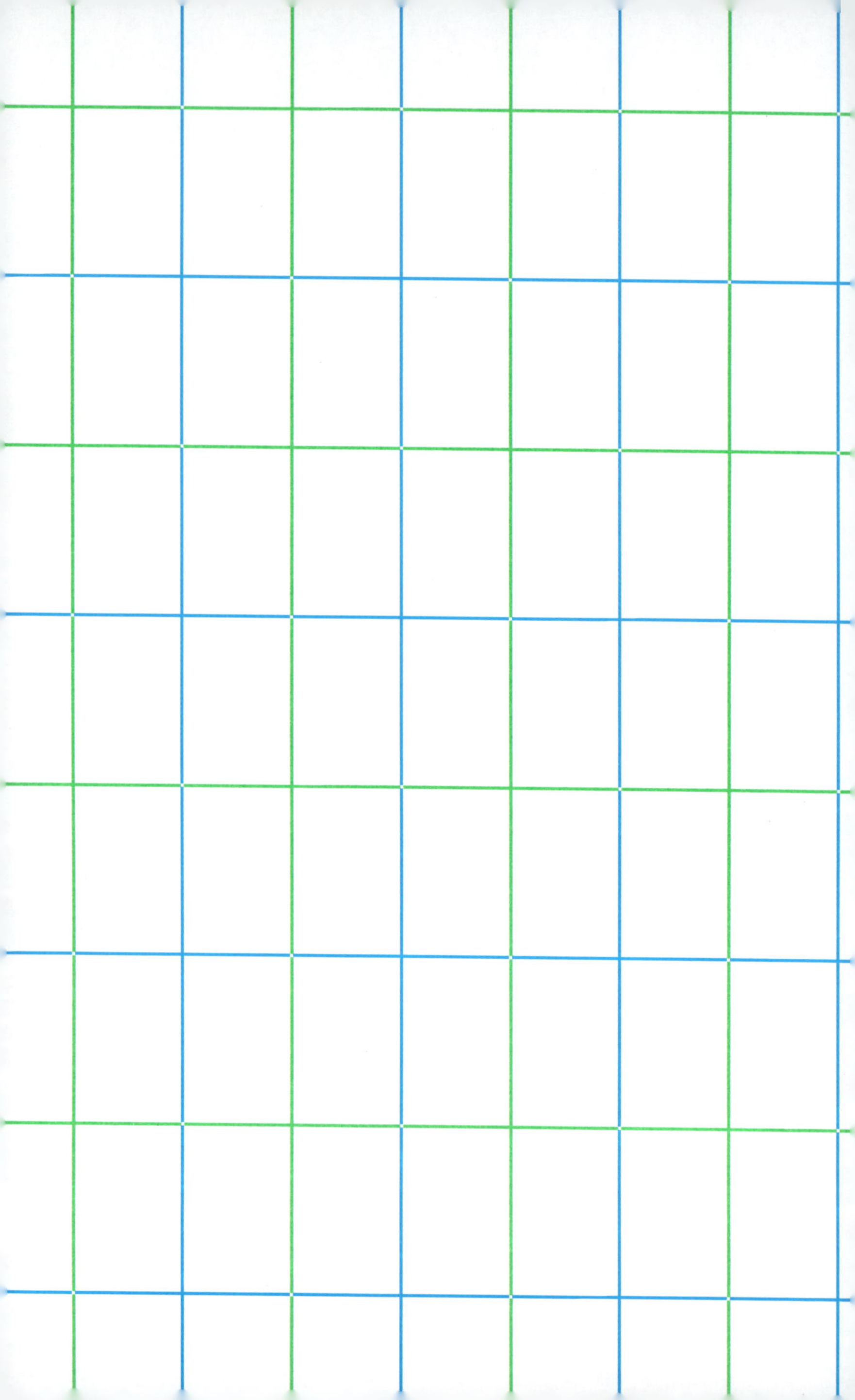

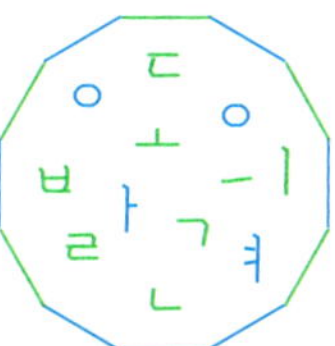

오독의 발견

1판 1쇄 인쇄 2026. 4. 20.
1판 1쇄 발행 2026. 4. 30.

지은이 김민철

발행인 박강휘
편집 이정주 | 디자인 박주희 | 마케팅 정희윤 김나연 | 홍보 박상연
발행처 김영사
등록 1979년 5월 17일(제406-2003-036호)
주소 경기도 파주시 문발로 197(문발동) 우편번호 10881
전화 마케팅부 031)955-3100, 편집부 031)955-3200 | 팩스 031)955-3111

값은 뒤표지에 있습니다.
ISBN 979-11-7332-613-4 03810

홈페이지 www.gimmyoung.com   블로그 blog.naver.com/gybook
인스타그램 instagram.com/gimmyoung 이메일 bestbook@gimmyoung.com

좋은 독자가 좋은 책을 만듭니다.
김영사는 독자 여러분의 의견에 항상 귀 기울이고 있습니다.

김영사

내가 멀리서 바라본 작가 김민철은 무언가를 '좋아하는 능력'을 수치로 잴 수 있다면 최고 레벨을 받아낼 사람, 일단 작정하면 나무 한 그루로 울창한 숲을 만들어낼 수 있는 사람이다. 그가 손가락을 뻗어 무언가를 가리키면 그쪽을 향해 저절로 몸을 기울이게 된다.

20년 동안 다니던 회사를 그만두고 월급 대신 "매일 24시간이 꼬박꼬박" 입금되었을 때, 그가 한 행동은 "천천히, 될 수 있는 한 깊이" 책 속으로 들어간 일이다. 책이 한 사람을 어디로 데려갈 수 있는지, 읽는 동안 그의 영혼이 어떻게 새로 빚어졌는지 그의 고백을 들으면 감탄하게 된다. 책이 세상을 바꾸긴 어려울지 몰라도 책은 한 사람을 바꿀 수 있다. 이전과는 다른 사람으로, 어둠과 빛을 양손에 쥐고 나아가는 사람으로! 이 책에는 그가 사람들과 오독오독 곱씹으며 나누고 싶은 책 이야기가 다양하게 담겨 있다. 읽다 보면 "나는 어떤 사람이고 싶은가? 어떤 삶을 살고 싶은가?" 근원적인 질문 앞에 오롯이 서게 되는데, 이것만으로도 이 책을 읽어야 할 이유는 충분하다.

박연준 시인, 《모월모일》 작가

"당신이 부탁하신다면 나는 인간의 책이 지금까지 담아낸 가장 아름다운 이야기를 읽어드리겠어요." 이것은 오래전 그리스 작가가 자신의 연인에게 "너를 사랑해" 대신 한 말이다. 김민철 작가도 같은 마음으로 책을 썼다. "책을 사랑해! 삶을 사랑해! 너를 사랑해! 그리고 오독오독 북클럽에 온 것을 환영해!" 책을 읽는 우리의 목표는 언제나 같다. 더 나은 것으로 채우라! 그리고 각자의 여정을 떠나라! 그 여행은 가능하다. 페이지를 넘기게 하는 힘이 삶을 소중히 여기는 힘과 같기 때문에.

정혜윤 라디오 피디, 《슬픈 세상의 기쁜 말》 작가

작가 김민철이 평생 갈고 닦은 설득과 애호의 기술이 그가 가장 사랑해온 세계에 도달했다. 독서의 세계다. 지독하게 아껴온 책 앞에 선 '읽는 인간'은 경이와 황홀을 고스란히 내어놓길 두려워하지 않는다. 순도 높게 감탄하고, 삶을 다해 감응하는 감수성은 참으로 탐나는 것이라 이 책을 읽는 내내 마음이 술렁였다. 줄어들지 않는 사랑의 힘을 가진 작가가 밑줄 그은 책들이 이 안에 있다. 잘못 읽거나 틀리게 읽는다는 '오독'을 내세워 독해의 자유를 허하는 가이드인 줄 알았더니, 오독의 의미를 새로 발견하는 책이다. 책과 책을 엮어 더 나은 이야기를 찾고, 책과 삶을 엮어 자기 서사를 다시 쓰며, 책과 사람을 엮어 커뮤니티를 만드는 게 오독이라면, 그 독서법을 내 삶으로도 들여오고 싶다. 이 책 이후로 작가 김민철을 재정의하도록 하자. 생생한 목소리로 말을 거는 그는, 우리의 경험을 추동하러 온 작가다.

김인정 저널리스트, 《고통 구경하는 사회》 작가

오독이라는 자유입장권을 건네며

정해진 길이 있을 리 없다고 생각했습니다.
당신과 내가 살아온 삶이 이토록 다른데,
당신과 내가 이토록 속속들이 다른 사람인데,
한 권의 책을 읽으며 같은 길을 걷는다니요.
그것이야말로 애초에 불가능한 꿈 아닐까요.

그래서 '오독'이라는 단어를 손에 쥐었을 때
저는 모든 책으로의 자유입장권을 얻은
기분이었습니다.
어떤 책이든지 마음껏 펼치고,
마음껏 즐거워하고,
마음껏 읽어버리고, 마음껏 오해해버리고,
그렇게 내 마음대로 좋아해버릴 자유가
내게 생긴 거죠.

구불구불한 내 안의 길을 따라서
문장이 느리게 느리게 이동하기 시작했습니다.
울퉁불퉁한 나의 과거를 불러내며
오해를 이해로 바꾸고, 슬픔을 미소로 덮으며
천천히 이야기가 흘러가기 시작했습니다.
그렇게 마지막 장을 덮었을 때

내 손에 쥐게 되는 몇 줄기의 빛.
그것을 어떻게 오독이라 부를 수 있을까요?
책을 쓴 작가도 몰랐던 책 속의 작은 샛길과
나만의 안식처와 나만의 지도를
누가 감히 오독이라 말할 수 있을까요?

'오독'이라는 단어가 나에게 준 자유를
이제 당신과 나누려고 합니다.

책이라는 바다에서는 마음껏 헤엄쳐도
좋습니다.
파도에 몸을 맡기며 순간을 즐겨도 좋고,
높은 파도를 타고 새로운 땅에 도착해도 좋고,
몇 번이고 같은 파도에 뛰어들어도 좋고,
가만히 서서 파도가 발끝에서 부서지는 모양을
하염없이 쳐다보고 있어도 좋습니다.
이 모든 것이 오롯한 당신의 자유입니다.
책이라는 넓고 깊은 바다에서는.

오독의 여정에 함께한
오독오독 북클럽의 오독 대원들에게
각별한 애정과 깊은 감사를 전합니다.

2026년, 민철

9

일러두기

1 단행본 및 정기간행물의 제목은 《 》, 시·영화·드라마 등의 작품명은 〈 〉로 표기했습니다.

2 각 장에서 소개하는 도서와 인용문 가운데 주요 도서는 장의 시작 페이지에 표지 이미지와 함께 저자, 옮긴이, 제목, 출판사, 발행연도 순으로 표기했습니다. 그 외에 언급 및 인용된 도서는 '발견한 책들'에 출판 정보를 정리했습니다.

3 부득이하게 저작권 허락을 받지 못한 일부 인용 구절에 대해서는 추후 저작권이 확인되는 대로 절차에 따라 계약을 맺고 저작권료를 지불하겠습니다.

오독의 발견

삶이 송두리째 바뀌었다. 하루아침에. 20년간 다녔던 회사를 그만두는 일은 그런 것이었다. 새 아침이 밝았는데도 더 이상 메신저 창이 울리지 않았다. 발 빠른 대응을 요구하는 메일들이 더 이상 도착하지 않았다. 매일 아침, 그날 할 일을 써 내려가다 보면 한 페이지가 우습게 채워졌는데, 깨끗한 백지만 보였다. 늘 빼곡하던 달력도 깨끗하기만 했다. 그렇게 지내다 보니 월급날, 입금 알림이 오지 않았다.

마침내 내게 무엇이 입금되고 있는지 또렷해졌다. 월급 대신 시간, 매일 24시간이 꼬박꼬박. 내 시간을 월급으로 바꾸던 날들이 끝났다. 무척이나 생경한 감각이었다. 무엇을 해야 할까. 그제야 고민이 깊어졌다. 뭘 하고 싶어서 회사까지 그만둔 걸까, 나는. 깊은 고민만큼 많은 시간이 있었다. 20년 내내 가장 빠르고 효율적인 답을 찾아야만 했는데, 이제야 비로소 나를 위한 길고 느린 답을 찾을 수 있게 된 거였다.

20년을 성실하게 아침 일찍 일어난 탓에, 여전히 이른 아침이면 눈이 떠졌다. 마치 출근하는 사람처럼 일찍부터 책상 앞에 앉았다. 밤늦게까지 그 상태로 앉아 있는 날이 많았다. 아무리 오래 앉아 있어도 방해하는 사람이 없었다. 빨리 씻고 출근해야 한다는 조급함도, 지금 당장 일을 해내야 한다는 압박감도 없었다. 나의 오래된 책상 앞에서 시간을 보란 듯이 허비하며 오래 생각했다. 뭘 하고 싶니. 답을 찾기 위해서는 어디라도 가야 하는 거 아니니. 누구라도 만나야 하는 거 아니니. 혼자서 고민한다고 답이 찾아지겠니. 나는 나를 몰아붙이기도 하고, 달래기도 하며 계속 질문을 던졌다. 하지만.

어디로도 나가고 싶지 않았다. 누구와도 만나고 싶지 않았다. 20년 동안 매일, 나가기 싫어도 나가야만 했다. 광고 일을 좋아한 것과는 별개로, 매일 집 밖에 나가야 한다는 사실이 매일 믿기 힘들었다. 매일 누군가를 만나야 한다는 사실도 끝끝내 익숙해지지 않았다. 내향형 인간이자 동시에 지독한 집순이인 나의 본성이 고함치고 있었다. 이제야 내 집, 내 책상 앞에 마음껏 앉아 있을 수 있게 되었는데, 어딜 나간단 말인가? 누굴 또 만난단 말인가?

사실 내가 가고 싶은 곳은 따로 있었다. 만나고 싶은 사람들도 따로 있었다. 그들은 오래전에 집에 도착해 있었다. 바로 책, 그리고 책 속의 사람들. 회사를 다닐 땐 그들의 이야기를 넘치도록 듣고 싶다는 마음을 채우지 못해 늘 갈증이 났다. 그 갈증을 소비로 채웠다. 끝도 없이 새 책들을 주문했다. 이미 집은 책의 숲으로 빼곡했다. 과거의 내가 월급을 털어 미래의 나를 위해 선물을 마련해둔 것이다. 이제 내가 그 숲을 산책할 차례였다. 마음껏 책 속을 산책하며, 그곳에 살고 있는 수많은 사람들을 만날 시간이었다. 그들의 목소리를 듣고, 그들의 생각에 젖어들고 싶었다. 천천히, 될 수 있는 한 깊이.

혼자서 계속 책을 읽어가던 어느 날이었다. 불쑥 마음속에서 지금까지 한 번도 가져본 적 없는 생각이 튀어나왔다. '북클럽을 만들어서, 사람들과 책을 같이 읽으면 어떨까?'

웃음부터 터져 나왔다. 나에게는 무척이나 생소한 욕구였기 때문이다. 내향형 인간의 대표 주자가 북클럽이라니. 밖에 나가고 싶다는 마음 자체가 없는데, 사람들과 함께 북클럽을 하고 싶다니. 웃어 넘기려고 했지만, 그 생각은 수시로 나를 찾아왔고 점점 힘을 키워나갔다. 급기야 무시할 수 없는 수준에 이르렀다. 무서울 정도로 생생한 욕구였다. 동시에 걱정도 몸집을 불려나가고 있었다. 내가 북클럽을 한다고? 이런 내가? 그게 가능한 일인가?

가장 큰 걱정은 '사람들이 나를 맹신하면 어떡하지?'라는 것이었다. 작가가 여는 북클럽이다. 보나 마나 사람들은 나의 해석을 신뢰할 것이다. 하지만 어쩌다 '작가'라는 이름으로 활동하고 있긴 하지만, 나는 결코 책의 전문가라고 할 수는 없었다. 나역시 한 명의 독자일 뿐이고, 나의 해석 역시 수많은 해석 중 하나일 뿐이다. 그런데 나를 신뢰한다고? 내가 뭐라고? 두려움이 몰려와 순식간에 북클럽에 대한 마음을 착착 접어주었다. 그래, 될 리가 없지. 그때였다. 생각지도 못한 단어 하나가 찾아와 손을 잡고 나를 일으켰다. '오독'. 겨우 그 한 단어를 생각해냈을 뿐인데 갑자기 절망이 희망으로 뒤집혔다.

언뜻 책은 종이에 단단히 뿌리를 내린 고정불변의 활자처럼 보인다. 하지만 우리 모두 알고 있다. 한 권의 책은 수만 갈래의 길을 내포한 거대한 숲이라는 것을. 우리는 어쩔 수 없이 '나'를 통과해서 책을 읽어낼 수밖에 없다. 언뜻 '객관적'인 책을 읽는 것 같지만, 우리는 모두 '주관적'으로 책을 읽어낼 수밖에 없다. 각자의 삶에 비추어서 각자의 방식으로 해석해낼 수밖에 없는 것이 독서인 것이다. 그래도 작가가 의도한 정답이 있을 텐데 너무 오독하는 건 잘못된 일이 아닐까 생각하는 사람들에겐 미안하지만, 나는 기본적으로 모든 독서가 오독이라는 입장이다.

그렇다면 '오독 클럽'으로 이름을 지으면 어떨까? 그 생각만으로도 엄청나게 큰 해방감이 밀려왔다. 자, 그럼 다음 문제.

다음 문제는 솔직히, 해결이 불가능해 보였다. 바로 나라는 인간 자체가 문제였기 때문이다. 나에겐 특별한 능력이 있는데, 바로 어떤 책을 읽어도 모든 내용과 문장을 모조리 잊어버리는 능력이다. 좋아하는 시 한 편쯤은 외우는 어른이 되고 싶었는데, 내가 쓴 문장 하나도 외우지 못하는 어른이 되어버렸다. 누군가가 말했다. 충분히 감동하지 않아서 못 외우는 거라고. 하지만 내가 책을 읽는 모습을 본다면, 책을 읽으며 흥분하는 모습을 본다면 그렇게 말할 순 없을 것이다. 또 다른 이가 말했다. 한 번 읽어서는 안 되고, 좋아하는 구절은 여러 번 곱씹으며 읽으면 기억할 수 있다고. 그 충고 역시 틀렸다. 20년 넘게 나는 읽은 모든 책의 좋아하는 부분을 다 타이핑해놓고 수시로 꺼내보는 사람이니까.

그러니 문제는 이것이다. 북클럽을 운영하려면 리더가 책 내용을 잘 파악하고 있어야 할 텐데, 나의 기억력으로 가능할 것인가? 이 문제를 앞에 두고 곰곰이 생각해보았다. 나에겐 타고난 (빌어먹을) 기억력이 있지만, 동시에 나에겐 타고난 성실성도 있었다. 심지어 책임감도 강했고, 그 책임감은 일 앞에서는 더 유난이었다. 그럼 내가 북클럽의 리더가 된다면, 책을 읽는 것이 일이 된다면, 같은 책을 읽고 읽고 또 읽지 않을까? 잘해내고 싶을 테니까. 잘해내지 않을 도리가 없으니까. 그렇게 책 한 권을 '오독오독' 씹어서 소화한다면, 여러 권의 책을 읽는 것보다 더 좋지 않을까?

첫 번째 고민은 '오독'이라는 단어가 해결해주었다. 두 번째 고민은 '오독오독'이라는 단어가 해결해주었다. 그리하여 북클럽의 이름은 운명적으로, 아니 필연적으로, '오독오독 북클럽'이 되었다. 슬로건도 자연스럽게 탄생하였다. 〈각자의 방식대로 '오독'하며 한 권의 책을 '오독오독' 읽는 곳, 오독오독 북클럽〉. 네이밍과 슬로건까지 완성하고 나니, 비로소 걱정이 물러가고 심장이 거세게 뛰기 시작했다(안다. 직업병이다. 뭐든지 콘셉트를 잡고 이름부터 짓고, 슬로건을 쓰면 일이 다 된 것 같다는 착각을 한다. 물론 그것만으로 되는 일은 아무것도 없다. 안타깝게도).

한 권의 책을 각자의 방식대로 '오독'하면서, 문장 하나와 단어 하나까지 '오독오독' 씹어 먹으면 어떤 일이 일어날 것인가? 이 질문 앞에 선 나는 이상하게 겁이 나지 않았다. 아마도 간절하게 궁금했기 때문일 거라 생각한다. 내가 원하는 속도로, 내게 가능한 깊이로, 얼마든지 내가 원하는 방식으로 책을 읽어간다면 나는 얼마나 넓어질 것인가? 이런 방식으로 나를 채운다면 어떤 일이 일어날 것인가? 상상만으로도 기운이 났다.

나의 오래된 책상 위로 읽고 싶은 책들이 쌓였다. 그 옆으로 새 노트가 펼쳐졌다. 마치 오랫동안 그리워한 이국의 도시에 도착한 것처럼, 나는 그 풍경 앞에서 이상할 정도로 벅차올랐다.

왜냐하면 오랫동안 공포스러웠기 때문이었다. 텅 빈 바닥을 박박 긁으며 사는 느낌은 오래되었다. 갈급한 마음에 책을 계속 읽긴 했지만, 제대로 읽을 여유도, 깊이 읽을 체력도 시간도 없어서 늘 허기가 졌다. 내 내면에 더 이상 퍼 올릴 물이 없는데, 마지막 한 방울까지 쥐어짜서 살아내는 그 느낌은 정확히 공포와 맞닿아 있었다. 광고 회사를 다니며 동시에 작가로 살아가는, 뭔가를 끝없이 창조해내야만 벌어먹고 살 수 있는 사람으로서 그 느낌을 '공포' 이상의 단어로 설명할 수 없었다. 단순한 불안이 아니었다.

그 공포를, 내가 스스로, 책을 읽으며, 물리칠 기회가 마침내 나에게 찾아온 것이다. 이 기회를 놓칠 수 없었다. 제대로 잡고, 제대로 해내고 싶었다. 나의 메마른 우물, 내가 기어이 채워 넣고 싶었다. 그렇게 매달 한 권의 책을 사람들과 함께 오독오독 씹어 먹고, 그 책을 제대로 이해하기 위해 또 다른 책들을 와그작와그작 씹어 먹다 보면 자연스럽게 우물에 물이 찰랑찰랑 채워질 것 같았다.

2024년 1월, 오독오독 북클럽의 문을 열었다. 얼마나 떨렸는지 모르겠다. 3개월 동안 3권의 책을 오독하자는 나의 제안을 누가 받아들일까. 이런 시대에 나와 같이 책을 읽고 싶어 하는 사람이 있을까? 이토록 빠르고 자극적인 세상 속에서 느리고 깊은 세상을 여행하고 싶은 사람이 있을까? 놀랍게도 그 모든 질문에 대한 답은 '있다'였다. 더 정확하게 말하면 '무수히 많다'였다.

있었다. 무수히 많았다. 책 속에서 느리고 깊은 답을 찾으려는 사람들이. 책 속을 뚜벅뚜벅 여행해 나만의 답을 찾고 싶은 사람들이. 그렇게 좀 돌아가더라도 좀 오래 걸리더라도 나만의 여행을 하고 싶은 사람들이. 나만의 오독으로 나만의 책을 가지고 싶은 사람들이. 아마 이 책을 펼친 당신도 같은 사람이 아닐까?

오독오독 북클럽에 오신 것을
환영합니다.

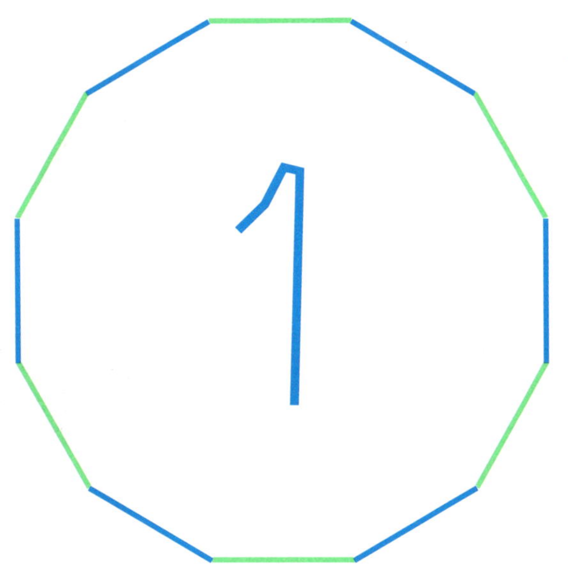

인생 책을 찾아서

한강 지음,
《희랍어 시간》,
문학동네, 2011.

알베르 카뮈 지음,
김화영 옮김,
《안과 겉·결혼·여름》,
민음사, 2025.

당신의 인생 책은 무엇인가요?

음식이든, 사람이든, 순간이든, 여행이든, 뭐든지 '인생'이라는 단어가 붙는 순간 우리는 주저하게 됩니다. 떠오르는 무엇이 있어도 그게 '인생'을 붙일 만큼 그렇게 좋았나 싶어지죠. 이건 이거대로 좋았고, 저건 저거대로 좋았고, 각각의 매력이 다 다른데 하나만 골라야 한다니. 불가능한 작업처럼 느껴지죠. 굳이 정해야 할까 뾰로통한 마음도 올라옵니다. 수많은 것 중에서 하나만 골라 '인생'이란 딱지를 붙여보라는 질문들엔 어딘가 폭력적인 구석이 있습니다.

그래서일까요? 인생의 책이 무엇이냐고 묻는 질문에 시원하게 답을 하는 작가를 거의 본 적이 없습니다. 기자가 아무리 집요하게 물어도 곤란한 웃음으로 답하죠. 수없이 많은 책을 수없이 많은 이유와 함께 이야기하는 편을 택하는 작가도 많습니다. 당연하지 않을까요. 작가는 기본적으로 열렬한 독자입니다. 수없이 많은 이야기를 자신 안에 차곡차곡 쌓다가, 결국 자신만의 이야기를 흘려보내게 된 사람이 바로 작가입니다. 수많은 책이 지금의 그를 빚어냈을 텐데, 하나만 고르라니요. 답할 수 없는 게 당연합니다.

그런 의미에서 저는 아직 작가다운 작가가 되지 않은 걸지도 모르겠습니다. 인생의 책이 있거든요. '인생의 책'을 무엇으로 정의하느냐에 따라서 대답은 또 달라질 수도 있지만, '인생을 바꾼 책'이라고 조금 더 좁게 물어본다면, 저는 단숨에 이 두 권의 책을 꼽을 겁니다. 그리고 그 대답은 아마 평생 바뀌지 않을 겁니다. 인생은 그렇게 쉽게 거는 게 아니니까요.

책을 읽으며 내 성격이 결정되고 있구나, 라는 걸 느껴본 적 있으신가요? 저는 있습니다. 대학생 때였습니다. 그날도 저는 도서관에서 공부할 책들을 잔뜩 쌓아놓고 소설책 속으로 도피를 하던 참이었습니다. 그때 제가 집어 든 책은 한강 작가의 《검은 사슴》이라는 책이었어요. 이 책을 읽으며 저는 어둠 속으로 푹푹 빠져드는 느낌을 받았습니다. 책을 읽다 문득 고개를 들었는데, 그때의 풍경이 아직 생생합니다. 겨울 해는 이미 졌고, 제 세상은 어두워져 있었습니다. 그 어두움을 어떻게 표현하면 좋을까요. 우울하거나 괴로운 감정이 아니었어요. 어두운 장롱 안에 숨던 어린 시절처럼 어둠의 세계에 안착한 느낌? 제 속에 어두운 자아가 이 책 덕분에 깨어난 것 같은 느낌? 그 자아를 이 책이 다 껴안아주는 느낌? 그날 이후로 이 책은 저의 인생 책이 됩니다. 한강 작가는 당연히 저의 최애 작가가 되었고요.

스물다섯 살에 카피라이터 시험을 쳤을 때에 책을 한 권 추천하는 글을 써보라는 질문에 이 책에 대해 주저 없이 써 내려간 기억이 납니다. 《검은 사슴》 덕분에 200 대 1의 경쟁률을 뚫고 카피라이터가 될 수 있었고, 덕분에 20년 동안 먹고 살 수 있었으니, 이 책은 의심할 여지 없이 저의 인생 책이라 할 수 있겠지요. 인생을 바꿔준 책이기도 하니까요.

같은 경험을 저는 또 한 번 합니다. 바로 알베르 카뮈Albert Camus의 《결혼·여름》을 읽으면서요. 이 책을 읽으면서도 저는 제 성격이 바뀌고 있다는 걸 알아챘습니다. 《검은 사슴》을 읽으면서는 어둠으로 걸어들어가는 느낌이었다면 《결혼·여름》은 돌연 빛의 세계에 저를 데려다 놓았어요. 오해는 하지 마세요. 그건 어두운 성격이 밝은 성격으로 바뀌었다는 게 아니에요. 그 빛은 밝고 만물을 태동하게 하고 따뜻하게 감싸는 그런 빛이 아니었으니까요. 오히려 이 세상을 남김없이 직시하게 만드는 빛, 저에게 주어진 사태를 똑바로 바라보게 만드는 그런 빛이었어요. 그 빛 아래에서 저는 도망치고 싶은 현실과, 제 속의 일그러진 욕망을 차분히 바라보았습니다. 입버릇처럼 퇴사를 말한 지 오래였고, 이번에야말로 그만둘 용기를 단단히 품었는데, 이 책 덕분에 저는 회사 안에서 조금 더 견뎌보기로 결심을 하게 됩니다. 20년이나 다니게 될지는 카뮈도 저도 몰랐지만요. 아무튼 그 순간 이후로 이 책은 제 인생과는 떼려야 뗄 수 없는 책이 되죠. 물론 그 이후로 저는 내내 카뮈의 그 빛 아래에서 살아가는 중이고요.

이 정도면 인생 책이라 불러도 될까요? 그렇다면 지금부터 두 작가의 책들에 대해 좀 더 이야기해보도록 하겠습니다. 최애를 이야기해야 하다니 무척 떨리지만, 크게 심호흡을 하고 시작해보겠습니다.

한강이라는
세계

2024년 10월 10일을 영원히 잊지 못할 거예요. 저녁 약속 자리에 있었는데, 갑자기 제 핸드폰 진동이 울렸습니다. 결례가 될까 봐 나중에 메시지를 확인하려고 했는데, 새로운 메시지들이 계속 도착하더라고요. 어쩔 수 없이 살짝 확인을 하는 순간, 저는 소리를 빽 질렀습니다.

"한강!!!!!!!!!! 노벨상!!!!!!!!!!!!!!!!!!!!!"

"한강 작가님이 노벨상이래!"

"한강 작가님 노벨상 소식 듣자마자 왜 니가 생각남?"

그날 저는 제가 노벨상을 받은 줄 알았습니다. 그만큼 많은 사람이 연락을 했거든요. 저 때문에 한강 작가를 처음 알게 된 오랜 친구부터, 이제는 저만큼이나 한강 작가를 애정하는 사람들까지. 그날 제 기분이 어땠냐고요? 엉엉 울어버렸다는 걸로 대답을 대신해도 될까요?

한강 작가를 주저 없이 최애로 꼽는 저에게 오랫동안 사람들은 물었습니다. 한강 작가 책 중에 어떤 책을 가장 추천하냐고. 《검은 사슴》을 인생 책으로 꼽는 사람이니 당연히 그 책을 추천할 거라고 생각하셨겠지만, 제가 언제나 추천하는 책은 《소년이 온다》입니다. 지난 10년 동안 저의 답은 한결같았어요. 《소년이 온다》부터 읽으라고. 심지어 2024년 12월에 비상계엄이 우리의 일상을 짓밟는 사태를 겪었기에, 이 소설은 시의성까지 획득해버렸습니다. 어떤 독서는 취향의 문제일 수 있지만, 어떤 독서는 연대입니다. 상처 입은 사람들에게 건네는 작은 어깨동무입니다. 최소한의 책임입니다. 이 책을 위해 작가가 어떤 시간을 온몸으로 밀고 나아갔는지 저는 짐작조차 할 수 없어요. 그 들끓는 고통을, 온몸을 짓이기며 나온 언어를 읽으며 흐르는 눈물을 막을 길은 없었어요. 하지만 그 눈물 끝엔 기이하도록 환한 마음이 깃들지요. 이것은 독서가 아니라 체험입니다.

이 책을 읽다 보면 신형철 평론가의 글을 떠올리지 않을 수가 없습니다. 한강 작가의 《작별하지 않는다》를 추천하는 글에서 그는 이렇게 말했지요. 한강 작가의 소설을 읽을 때마다 '숙연한 마음'이 든다고. 모든 작가가 노력을 한다는 건 알지만, 한강 작가의 글을 읽다 보면 '사력을 다하'여 쓰고 있다는 걸 알게 된다고.

물론 《검은 사슴》 이야기도 하지 않을 수 없습니다. 이 책은 한강 작가의 첫 장편 소설이지요. 저에게 이 소설은 '좋아한다'라는 말 정도로는 설명이 안 되는 책이에요. 앞서 말한 것처럼, 대학교 때 이 책을 읽으며 나라는 인간이 빚어지고 있다는 느낌을 받았거든요. 이 책은 저의 또 다른 자아와도 같은 책입니다. 하지만 한강 작가가 노벨 문학상을 받은 후에 이 책을 다시 읽었더니, 이것은 너무나도 저의 사적인 언어더라고요. 아무리 노력해도 이걸 공적인 언어로 가지런하게 이야기할 순 없을 것 같아요. 하지만 제가 좋아하는 한강 작가의 작품 세계에 대해서는 저의 언어로 조금은 이야기해보고 싶어요. 25년째 작가의 작품 세계를 사랑하고 있으니까요. 잘해야 한다는 압박감이 지금 저를 짓누르고 있습니다만, 실패할지라도 시도해보겠습니다.

나를 이해해주는
나의 깊은 우물

　　　　　한강 작가의 글을 읽는 건 제게, 제 안에 있는 깊은 우물을 들여다보는 것과 같은 일입니다. 물론 누군가에겐 자신의 우물을 들여다보는 것이 힘겨운 일이 될 수 있지요. 타인의 그림자를 묵묵히 지켜보는 것도 물론 힘겨운 작업이고요. 하지만 밝아야 하고, 늘 바쁨을 강요받고, 욕망으로 들끓는 이 세계를 견디고 돌아와 한강 작가의 책을 펼치면, 그곳엔 늘 저의 깊은 우물이 있었지요. 그래서 다행이라고 생각했습니다. 세상이 모르는 나의 진짜 세계가 있다는 것에. 그 세계가 설명하기 힘든 나의 슬픔을 다 이해해주고 있다는 사실에. 한강 작가의 책 속에 깊이 스며 있는 고요가, 고통이, 각자 견디고 있는 무게가 위안이 되었던 것 같아요. 좀 더 구체적으로 말해볼까요?

　　한강 작가의 작품 안에는 자주 두 명의 여자가 등장합니다. 《여수의 사랑》《검은 사슴》《채식주의자》《바람이 분다, 가라》그리고《작별하지 않는다》도 두 명의 여자 주인공이 이야기를 이끌어나가죠. 모두 다 다른 이야기고, 서로 조금도 닮지 않은 작품들입니다만 이 사이에는 미묘한 연결 고리가 있더라고요. 바로 두 여자의 관계인데요.《채식주의자》의 영혜와 인혜를 생각해보면 좀 쉽게 이해가 되실 것 같아요. 영혜는 고기 먹기를 거부하고, 결국 스스로를 식물의 길로 내모는 인물이지요. 약하지만 누구보다 단호하게, 스스로 옳다고 생각하는 길로 나아가는 인물입니다. 자신의 몸이 부서지는 것도 아랑곳하지 않고, 그는 폭력적이고 억압적인 인간 상태를 견디기를 거부합니다.

그에 비하면 3부의 서술을 맡고 있는 영혜의 언니, 인혜는 어떤가요? 인혜는 그 모든 것을 팽팽하게 견뎌내고 있습니다. 그가 괜찮아 보이는 건, 정말로 상황이 괜찮기 때문이 아닙니다. 동생인 영혜를 이해하기 때문에 돌보는 것도 아닙니다. 동생에겐 있는 상처가 그에게 없을 리도 없습니다. 그에게도 이 모든 상황을 견딜 수 없어 조용히 끈을 챙겨 산으로 올라갔던 순간이 있습니다. 하지만 그는 다시 돌아옵니다. 다시 묵묵히 그 상황들을 견뎌냅니다. 그리고 제가 마음을 빼앗기는 건 언제나 인혜 쪽입니다.

한강 작가의 첫 소설집을 여는 첫 소설, 〈여수의 사랑〉에도 비슷한 인물들이 등장합니다. 자흔은 이 모든 사태를 두고 사라져버리지만, 정선은 팽팽히 견디며 결국 그를 찾아 여수에 도착합니다. 작가의 첫 장편, 《검은 사슴》 역시 이 세계를 탈출한 의선을 찾아 인영이 떠나는 이야기입니다. 인영은 그 모든 시대를 차갑게 응시하고, 뜨겁게 끌어안습니다. 끝까지 의식을 붙들고 그 모든 상황을 견뎌냅니다. 《작별하지 않는다》에서는 경하가 그 역할을 맡습니다. 그는 자신도 부서지기 일보 직전의 상태면서도, 친구 인선의 새를 구하기 위해 제주도의 폭설을 뚫고 한 발 한 발 나아갑니다. 폭풍우 앞에 선 촛불 같은 경하는 넘어질지언정 끝내 꺼지지는 않습니다.

《채식주의자》의 인혜, 〈여수의 사랑〉의 정선, 《검은 사슴》의 인영, 그리고 《작별하지 않는다》의 경하까지. 견디는 쪽의 마음에 저는 늘 지나치게 이입하는 편입니다. 그들은 폭발하는 대신 속을 단단히 여미고, 상처투성이지만 의연하고, 이성의 끈을 놓아버리고 싶은 순간에 도리어 차가워집니다. 입을 다물고 사태를 응시합니다. 묵묵히 견뎌나갑니다. 견디는 쪽에 마음을 주는 사람이기에, 제가 한강 작가 작품 중에 《희랍어 시간》을 가장 좋아하게 된 건 어쩌면 필연인지도 모르겠네요. 여기엔 침묵 속에서 팽팽히 견디는 여자와 예정된 어둠을 묵묵히 견디는 남자가 있으니까요. 특히 이 폭력적인 세상을 살아가기엔 너무나도 섬세한 여자의 침묵에 저는 깊이 빠져들 수밖에 없었습니다. 그의 침묵을 전부 이해할 수는 없지만, 이해할 순 없어도 껴안아줄 수는 있으니까요. 오독오독 북클럽에서 한강 작가의 어떤 책을 같이 읽으면 좋을까 오래도록 고민한 끝에 제가 고른 책이 《희랍어 시간》이 될 수밖에 없었던 이유입니다.

언어의 변방에서
견디는 사람들

　　　　이 책을 한 문장으로 줄이면 이렇게 될 겁니다. '말을 잃어가는 한 여자와 시력을 잃어가는 한 남자가 희랍어를 두고 만나는 이야기'. 하지만 언제나 그렇듯 소설을 한 문장으로 줄이는 건 아무것도 말하지 않는 것과 같죠.
　　한 여자가 있습니다. 어느 날 갑자기 여자의 입에서는 말이 흘러나오지 않습니다. 어떤 전조가 있었던 것도 아닙니다.

원인도 불명확합니다. 그 상황에서 여자는 희랍어 수업을 신청합니다. 사실 그는 지금 한가하게 침묵하며 희랍어를 배울 처지가 아닙니다. 어머니가 돌아가셨고, 헤어진 남편에게 아이를 빼앗겼습니다. 짐승 같은 울음을 내뱉으며 막말을 쏟아내도 부족한 이 순간에 여자는 침묵 앞에 가로막힙니다. 그는 자신의 언어를 되찾기 위한 수단으로 희랍어 수업을 택합니다. 그리고 이곳에서 만나는 희랍어 선생님이 이 소설의 남자 주인공입니다. 그는 시력을 잃어가고 있습니다. 아무것도 또렷이 보이지 않지만, 일이 년 안에는 아무것도 볼 수 없을 거라는 진단만이 미래에서 또렷이 그를 기다리고 있습니다. 《희랍어 시간》은 이 둘이 희랍어 수업에서 만나, 서로에게 찰나의 빛이 되어주는 이야기입니다.

여기까지 읽고 나니 뭔가 이상하지 않나요? 왜 여자는 갑자기 말을 잃어버린 걸까요? 어쩌다가 지금, 하필이면 지금, 말을 잃어버린 걸까요? 말을 되찾기 위해 왜 고대 희랍어 수업을 찾은 걸까요? 남자는 왜 시력을 잃어가는 지금 소통의 기능을 잃은 고대 희랍어 세계에 머무는 걸까요? 시력을 잃어가면서도 왜 그 세계에 매달릴까요? 왜 한강 작가는 여자와 남자가 만나는 장소로 희랍어를 택한 걸까요? 소설 속 이 문장에서 실마리를 찾을 수도 있을 것 같습니다.

세 치의 혀와 목구멍에서 나오는 말들, 헐거운 말들. 미끄러지며 긋고 찌르는 말들, 쇳냄새가 나는 말들이 그녀의 입속에 가득 찼다. 조각난 면도날처럼 우수수 뱉어지기 전에, 막 뱉으려 하는 자신을 먼저 찔렀다.

사태를 바로잡기 위해, 빼앗긴 아이를 찾아오기 위해 어떤 언어가 적당할까요? 그 어떤 언어를 쓴다 해도 그의 마음은 오롯이 전달될 리 없습니다. 아무리 진심을 담아 발화한다 해도 그것은 이미 오염된 언어입니다. '숲'이란 글자 하나도 그토록 예민하게 느끼는 그에게, 말 한마디를 내뱉을 때 혀뿌리까지 오롯이 감각하는 그에게, 매일의 언어는 도무지 믿을 수 없는 수단입니다. 우리가 써서 닳고 닳아버린 이 언어는 내뱉기도 전에 먼저 그부터 잔인하게 찌릅니다.

그후 초등학교에 다니면서부터 그녀는 일기장 뒤쪽에 단어들을 적기 시작했다. 목적도, 맥락도 없이 그저 인상 깊다고 느낀 낱말들이었는데, 그중 그녀가 가장 아꼈던 것은 '숲'이었다. 옛날의 탑을 닮은 조형적인 글자였다. ㅍ은 기단, ㅜ는 탑신, ㅅ은 탑의 상단. ㅅ-ㅜ-ㅍ이라고 발음할 때 먼저 입술이 오므라들고, 그다음으로 바람이 천천히, 조심스럽게 새어나오는 느낌을 그녀는 좋아했다. 그리고는 닫히는 입술. 침묵으로 완성되는 말. 발음과 뜻, 형상이 모두 정적에 둘러싸인 그 단어에 이끌려 그녀는 썼다. 숲. 숲.

놀랍게도 이것은 초등학교 때 한강 어린이의 실제 이야기입니다. 숲이라는 글자가 너무나도 아름다워서 아버지의 타자기로 끝없이 숲을 썼다고 하는데요. 노벨 문학상 수상 기념

강연도 한강 어린이의 일기로 시작하지요. 그리고 그 이후의 시상식에서의 수상 소감도 한강 어린이의 비 오는 날의 경험으로 시작하지요. 도대체 한강 어린이는 어떤 시간을 살았던 걸까요.

어릴 때부터 이토록 예민하고도 섬세했던 어린이가 그 섬세한 영혼을 그대로 간직한 채로 자라 《희랍어 시간》을 써냈습니다. 책 속에서는 희랍어가 이국적인 언어 중 하나로 선택된 것 같지만, 그것이 고대 희랍어인 것에는 분명한 의도가 있습니다. 너덜너덜해진 매일의 언어와 달리, 주인공이 피신을 하는 희랍어는 실험실의 진공관에 보존된 것 같은 그런 언어입니다. 지금의 그리스 사람들이 매일 쓰는 언어가 아니라 고대의 언어. 잘 간직된 언어의 원형. 심지어 한 단어만으로 많은 것을 말할 수 있는 언어입니다. 아직 때 묻지 않은 그 언어 속에서 그는 탈출구를 찾아낼 수 있을까요?

시력을 잃어가는 남자가 희랍어의 세상 속에서 살고 있다는 지점도 의미심장하게 느껴집니다. 시력을 잃어가고 있다는 것은 세상과 소통할 수 있는 가장 중요한 수단 하나를 잃어가고 있다는 의미입니다. 그 상황에서 매달린 언어가, 소통에는 조금도 도움이 되지 못할 고대 희랍어라니요. 이제는 아무도 찾지 않을 언어의 변방에서, 마치 유배를 온 것 같은 두 명의 남녀가 서로에게 연약할지언정 불빛이 되어줍니다. 캄캄한 어둠 속의 구원인 촛불 같은 존재가 됩니다. 어쨌거나 둘 중 그 누구도 포기하진 않았으니까요. 둘 다 나름의 필사의 노력으로 단단한 장막을 깨보려 애쓰고 있으니까요.

깨진 영혼들이
서로 껴안는 순간

　　　　　　좋아하는 작가가 노벨 문학상을 받아서 좋은 점이 또 있더라고요. 오래도록 좋아한 작품들에 대한 결정적인 실마리를 작가에게 직접 들을 수 있었으니까요. 노벨 문학상 수상 기념 강연에서 한강 작가는 이 소설을 태어나게 한 질문을 언급하는데, 그 질문들을 곱씹는 것만으로도 작품에 한 발짝 더 다가서는 느낌이 들더라고요. 어떤 질문이냐고요? 첫째. 우리가 이 '폭력적인 세계'에서 살아나가는 것을 가능하게 하는 것은 무엇인가. 둘째. 인간의 체온을 간직한 '연한 부분'을 살펴보고 쓰다듬는 것, 그것으로도 우리는 살아갈 수 있지 않을까.

언젠가 한 인터뷰에서 작가는 중학교 3학년 때의 경험을 이야기합니다. 답을 찾을 수 없는 여러 질문들에 대한 답이 혹시 책 속에 있을까 싶어 그는 문학 작품 속을 헤매기 시작했다고 하지요. 그런데 답을 찾던 한강 작가는 뜻밖의 발견을 합니다. 바로, 많은 작가들에게 답은 없고 오직 질문만 가득하다는 발견이지요. 내가 누군지, 왜 태어났는지, 인간은 왜 다 죽을 수밖에 없는지, 왜 고통은 끝나지 않는지 끝없이 질문하는 것이 바로 문학이라는 깨달음. 이 깨달음은 나도 글을 쓰면 되겠다는 깨달음으로 이어지지요. 그에게도 질문이 아주아주 많았으니까요. 한강 작가는 지금도 글을 쓴다는 것은 질문 속에 머무르며, 질문을 끝까지 파고들어, 질문의 끝에 다다라보고, 질문을 완성하는 것이라고 생각한다고 하지요. 이 이야기를 듣고 작가의 일이란 질문을 살아보는 것이 아닐까, 저는 생각했습니다. 그렇다면 앞서 언급한 두 질문의 끝이 데려가는 소설의 마지막 장면은 무엇일까요?

이 장면은 우리의 모든 촉수를 곤두서게 만드는, 고요하고도 예민한 순간입니다. 시력을 잃어가는 남자의 말에, 말을 잃은 여자가 남자의 손바닥에 글씨를 쓰며 대답하지요. 바짝 깎은 손톱으로 상대의 손바닥 위에 조심스럽게 쓴 글씨를, 쓰자마자 사라질 그 언어를 오래 마음에 새기도록 만드는 장면입니다. 팟캐스트 〈문학이야기〉에서 이 장면을 언급하며, 손과 손이 만날 때 한강 작가는 자신이 쓸 수 있는 가장 따뜻한 장면을 쓰고 있다는 느낌을 받았다고 합니다. 인간의 가장 연하고도 따뜻한 부분이 맞닿는 그 감각이 인간이라는 존재 자체를 껴안는 듯한 느낌으로 연결된 걸까요. 《채식주의자》를 거쳐 《바람이 분다, 가라》《희랍어 시간》까지 쓰며 인생을 껴안고 더 껴안으려던 작가의 노력이 마침내 이 장면으로 이끈 걸까요. 이 느낌이 얼마나 강렬했던 건지, 그는 이 장면에 대해 '제가 갈 길을 알려주는 것 같은'이라는 말을 덧붙였고, 그 이야기를 들으며 오랜 팬인 저는 괜히 울컥하고 맙니다.

그렇게 어둠 속에서, 침묵 속에서, 두 사람은 비로소 만납니다. 소설 처음부터 끝까지 그들은 한 공간 안에 있었지만 단한 번도 서로에 대한 이해의 장을 펼치지 못합니다. 하지만 어둠을 더듬으며, 침묵에 기적으로 균열을 내며, 연한 살과 살을 맞대며, 비언어적인 방식으로 서로를 구원합니다. 그 구원이 영원한 구원일 리 없습니다. 그걸 믿을 만큼 우린 순진하지 않죠. 하지만 찰나라도 서로를 살게 만들었다면 그것을 구원이라 부르지 않을 이유도 없지요.

이것이 《희랍어 시간》을 모두와 같이 읽고 싶다고 생각한 이유입니다. 이 섬세한 영혼들을 곁에 잠시 두는 것만으로도 무딘 삶의 세세한 결들을 일으켜 세울 수 있을 거라고 생각했거든요. 거친 힘들만 눈에 띄는 세상 속에서 새의 심장박동 같은, 존재할 거라고 도무지 믿을 수 없는 여린 소리를 듣는 것만으로도 환한 빛이 스며들 거라 믿고 싶었거든요. 우리가 매일 쓰는 언어가 어디까지 벼려질 수 있는지, 그 벼려진 언어의 끝이 어디까지 따스할 수 있는지 여러분과 나누고 싶었거든요.

이 책과 함께 마음이 환해지면 좋겠습니다. 그 환함은 돌연한 빛이라기보다는 은은한 온기에 가깝겠지만, 그렇게 조금이라도 따뜻해질 수 있다면, 작은 기척에도 마음을 내줄 수 있다면 그것만으로도 좋지 않을까요.

카뮈라는
빛 속으로

이제 카뮈 이야기로 넘어가볼까요? 알베르 카뮈의 수많은 저작 중에 저의 맹목적인 애정을 차지한 책은 바로 《결혼·여름》입니다. 20대 중반의 카뮈가 출간한 에세이 《결혼》과 그 후 15년간 틈틈이 쓴 에세이들을 모아서 출간한 《여름》을 합친 책이지요(이후 카뮈의 초기 에세이까지 합쳐서 《안과 겉·결혼·여름》이 출간되었습니다만 여기선 편의상 《결혼·여름》으로 줄여서 표기하겠습니다). 제가 이 책을 처음 읽은 건 스물여덟 살 때였습니다. 그때 저는 회사를 그만두고 프랑스로 가고야 말겠다는 열망에 불타오르는 직장인이었는데요. 평소와 다름없이 야근을 하고 나오던 저는, 홀린 듯이 눈앞의 카페로 들어갔습니다. 낮에 잠깐 펼쳐본 이 책을 너무나도 읽고 싶었거든요. 집에 가는 시간조차 기다리기 싫을 만큼 다급하게.

그날 저녁의 모든 것이 아직도 생생합니다. 커피 한 잔을 앞에 두고 저는 도대체 몇 번이나 한숨을 쉰 건지 모르겠습니다. 모든 문장이 너무 아름다웠거든요. 너무나도 저를 저격하고 있었거든요. 어쩔 수 있나요. 저는 카뮈의 팬이 되어 《이방인》과 《시지프 신화》까지 연달아 읽을 수밖에 없었습니다. 그리고, 퇴사의 다짐을 내려놓았습니다. 책 한 권에 퇴사의 욕구를 내려놓을 만큼, 퇴사 욕구가 충동적이었냐고요? 아닙니다. 제 인생에 빠져야 하는 난어가 있다면 그것은 바로 충동. 저는 어떤 일이든 오래 고민하고, 오래 계획합니다. 하물며 퇴사는 인생의 결정인데, 충동적으로 할 순 없었죠. 하지만 책 한 권이 퇴사 준비를 모두 막아섰으니, 어떤가요. 이 정도면 인생을 바꾼 책이라 할 수 있겠죠?

퇴사는 포기한 대신, 카뮈를 좀 더 가까이 느끼기 위해 《결혼·여름》, 이 책 한 권을 들고 남프랑스의 루르마랭 Lourmarin이라는 소도시로 여행을 떠났습니다. 루르마랭은 마흔네 살의 카뮈가 마지막으로 정착한 도시였습니다. 이곳에 집을 마련하고 카뮈는 무척이나 기뻐했다고 하지요. 하지만 무슨 일인가요. 이곳에서 겨우 1년 남짓 살았을 때, 카뮈는 갑작스러운 교통사고로 즉사합니다. 그의 나이 겨우 마흔여섯. 그 후 사람들은 카뮈를 그가 좋아한 루르마랭에 묻어줍니다. 저는 카뮈 덕후로서 일주일에 버스가 몇 대 다니지도 않는 그곳에 도착을 합니다. 그의 무덤 옆에서 《결혼·여름》을 읽으며 저는 그 오후를 제 안에 오롯이 새겼습니다(소리 내서 읽기도 했습니다. 한국어, 조금 더 정확하게 말하면 대구 사투리가 섞인 한국어로. 카뮈도 그런 《결혼·여름》은 들어본 적 없을 테니까요).

이 책에 '인생을 바꾼'이라는 수식어를 주저 없이 달아줄 수 있는 반면에, 이 책을 얼마나 이해하느냐고 묻는다면 저는 오래 주저할 수밖에 없습니다. 한 번도 가보지 못한 곳에 대한 서술들은 아름답지만 난해하고, 단순한 에세이로 치부해버리기엔 이 책 안에는 카뮈의 깊은 사유가 담뿍 담겨 있어서 책장이 쉽게 넘어가지 않습니다. 20대에 그토록 좋아하며 읽을 때에도 명확히 알고 있었습니다. 제가 이 책을 전부 이해하진 못하고 있다는 걸요. 그리고 40대가 되어, 오독오독 북클럽을 위해, 그 당시보다는 훨씬 더 천천히 꼼꼼하게 읽어보았지만 역시나 결론은 똑같았습니다. 아마 70대가 되어도 결론은 비슷할 것 같습니다. 이 책은 명쾌하게 주제를 향해 달려가는 책이 아닙니다. 그보다는 문장 사이로 난 길을 산책하듯 헤매며 읽게 만드는 책이지요.

카뮈는 1913년 알제리 출생 작가입니다. 프랑스인 아버지가, 프랑스의 식민지인 알제리로 이주해 와서 낳은 아이가 바로 카뮈입니다. 알제리에서 나고 자란 카뮈에게 알제리는 영원히 떠나지 못하는 마음속 풍경입니다. 1936년부터 1938년까지, 그러니까 카뮈가 20대 초반에 쓴 《결혼》과 20대 중반부터 40대까지 쓴 다양한 글을 모은 《여름》에는 카뮈의 알제리와 알제리 사람들에 대한 사랑이 담뿍 담겨 있습니다(물론 다양한 주제의 글들이 있습니다). 카뮈는 말합니다.

자신이 몹시 사랑하는 여자의 매력을 목록 작성하듯 시시콜콜 꼽는 사람이 있는가. 그러진 않는다. 그녀를 그냥 통째 다 사랑하는 것이다. 굳이 말해 본다면, 뾰로통해질 때 흔히 짓는 표정이라든가 혹은 고개를 젓는 모습 같은 한두 가지 특히 마음에 드는 점을 꼽을 수는 있겠다. 나는 바로 그런 식으로 알제리와 오랜 관계를 맺어 왔다. 그 관계는 아마도 끝날 날이 없을 것이고 그 때문에 나는 이 고장에 대하여 아주 명철하게 이야기할 입장이 못 된다. 그저 최선을 다한 끝에, 이를테면 좀 추상적인 방식으로, 자기가 사랑하는 대상 속에서 자기가 좋아하는 면의 어떤 세목을 분간해 낼 수는 있을 것이다. 내가 여기서 알제리에 대하여 한번 해 보려는 것은 바로 학생이 연습 문제 푸는 것과 비슷하다.

이토록 사랑하는 알제리의 풍경을 도대체 어떻게 그려냈는지 궁금하시죠? 첫 번째 글 〈티파자에서의 결혼〉부터 한번 살펴볼까요?

아름다움에
관하여

　　　　　《결혼·여름》의 첫 글을 읽기 전에 잠깐 눈을 감고 상상해주세요. 북아프리카 바닷가에 로마 시대 유적지가 있습니다. 잘 관리된 유적지가 아니라 과거의 영광은 잊고 폐허로 돌아간 유적지입니다. 그곳에 봄이 왔습니다. 폐허엔 봄꽃과 식물의 향기가 가득합니다. 상상이 되셨죠? 이곳에서 카뮈는 첫 문장을 이렇게 씁니다. "봄에 티파자에는 신神들이 내려와 산다"라고. 어떤 문장도 기억하지 못하는 저이지만, 이 문장은 봄이 되면 수시로 중얼거리곤 합니다. 봄엔 노란색 분홍색 연두색 신들이 우리에게도 찾아오잖아요. 무채색 풍경이 순식간에 수다스러워지고, 생명의 기척도 없던 나뭇가지 끝에서 봄이 터져 나옵니다. 봄에 주변에서 펼쳐지는 기적들을 상상해보면 카뮈의 첫 문장이 단박에 이해되실 거예요.

　　말씀드린 것처럼 이곳은 바닷가 옆 폐허입니다. 이 풍경을 두고 카뮈는 말합니다. "폐허와 봄의 이 결혼 속에서 폐허는 다시금 돌들이 되어, 인간의 손길이 가했던 저 반드러움을 잃어버리고 자연의 품으로 되돌아왔다"라고. 인간이 만든 과거의 영광은 이제 다 지워졌습니다. 이제 로마 시대 유적은 바닷가 폐허의 돌무더기가 되어버렸습니다. 자연으로 돌아간 거죠. 그 폐허의 돌무더기 위로도 꽃은 어김없이 핍니다. 폐허와 봄의 결혼입니다. 물론 이들만 결혼하는 것이 아닙니다. 땅과 바다의 결혼도 함께 이뤄집니다. 땅에서 태어나 바다로 수

영을 하러 들어간 내 몸 위에서요. 이 표현을 보세요. "나는 이제 벌거벗은 몸이 되어, 대지의 정수들이 뿜어내는 향기에 아직도 흠씬 젖어 있는 몸을 바닷물 속에 던져 땅의 정수를 바다에 씻으며, 그토록 오래전부터 땅과 바다가 입술과 입술을 맞대고 열망하던 포옹을 나의 피부 위에서 맺어 주어야 한다." 어떻게 이런 문장이 가능한 건지 저는 도무지 모르겠습니다.

좀 거칠게 《결혼》의 첫 번째 글을 요약하자면 "나는 폐허가 있는 바닷가에서 한낮에 수영을 한다" 한 문장일 거예요. 아마 이 책의 모든 글은 그렇게 요약할 수 있을 거예요. 두 번째 글은 "제밀라에 갔는데 돌이 가득한 삭막한 풍경에 바람이 너무 많이 불었다" 정도로 요약 가능할 거고요. 아직 책도 안 읽은 여러분에게 이렇게 스포일러를 하는 까닭은, 이런 요약은 이 책에 관해 아무것도 말하지 않은 것과 같기 때문입니다. 이 책은 "아침 네 시에 일어나서 미라클 모닝을 해보세요"라든가 "작은 습관들을 바꾸면 인생이 달라집니다"와 같이 요약될 수 있는 책이 아닙니다.

정확히 무슨 말인지 알지 못하더라도, 문장의 아름다움에 풍덩 빠지게 만드는 신비한 책입니다. 프랑스 사람들이 프랑스어로 적힌 책 중 가장 아름다운 책으로 이 책을 꼽는다는 말을 들은 적이 있는 걸 보면, 이건 저에게만 보이는 아름다움은 결코 아닐 거예요.

　　　　　하지만 아름다움에 발목이 잡혀 제가 퇴사 결심을 내려놓은 건 아닙니다. 아름다움에 홀려 제가 제 인생의 계획을 포기할 리도 없고요. 이 책 속에 풍성하게 드러난 카뮈의 사유는 자꾸 제 마음속의 풍경을 직시하게 하는 힘이 있습니다. 작열하는 태양 아래 진실을 낱낱이 다 까발리는 느낌이랄까요. 인생에 뭔가 대단한 걸 바라는 우리에게, 그래도 뭔가 있을 거라고 믿고 싶은 우리에게, 카뮈는 그런 건 없다고 단언합니다.

　덕분에 저는 제가 있는 곳에서 눈을 똑바로 뜨고 지내보기로 결심한 겁니다. '인생은 어차피 허무한 것, 어차피 인간은 죽는 것'이란 사실 앞에서 주어진 오늘을 아낌없이 살아보기로 한 거죠. 대단한 희망이 있어서가 아니라, 지금 여기에서 답을 찾지 못한다면 어디에서도 답을 찾을 수 없을 테니까요. 그렇다면 기를 쓰고 여기에 한번 존재해보자, 명료한 정신으로 세상과 정면으로 마주 보자, 라고 생각한 거죠. 이 구절 한번 보시겠어요?

　어떤 의미에서는, 내가 지금 도박하고 있는 것은 분명 나의 삶이다. 뜨거운 돌의 맛이 나는 삶, 바다의 숨결과, 이제 막 울기 시작하는 매미 소리로 가득한 삶. 미풍은 서늘하고 하늘은 푸르다. 나는 이 삶을 마음 놓고 사랑하며 이 삶에 대하여 자유롭게 말하고 싶다. 이 삶은 나의 인간 조건에 대한 긍지를 갖게 해 준다. 하지만 사람들은 흔히 내게 말했다. "자랑스러워할 게 뭐가 있담." 아니, 분명 자랑스러워할 만한 것이 있다. 이 태양, 이 바다, 젊음이 용솟음치는 내 가슴, 소금 맛이 나는 나의 몸, 그리고 부드러움과 영광이 노란색과 푸른색 속에서 서로 만나는 장대한 무대 장치가 바로 그것이다.

다시 북아프리카 알제리의 바닷가 마을을 상상해봅시다. 이곳에 풍성한 것은 햇빛과 바다입니다. 해는 지금 이토록이나 찬란하지만, 잠시 후 밤이 되면 사라질 운명입니다. 인간의 육체가 지금은 이토록 찬란하지만, 언젠가는 늙고 결국 죽을 운명인 것처럼요. 그냥 아름다움이 아닙니다. '허물어지게 마련인 아름다움'입니다. 티파자는 바로 그 현장입니다. 그렇기에 그냥 사랑할 수 없습니다. '절망적으로 사랑'해야만 하는 것입니다. 이 세계의 유한함, 무엇보다 나의 유한함을 우리는 알고 있으니까요.

허물어질 것을 알면서도 절망적으로 사랑한다는 건 무엇일까요? 첫 글 〈티파자에서의 결혼〉에 그것은 잘 드러나 있습니다. 태양, 바다, 태양과 바다가 결혼을 하는 무대로서의 나의 몸과 젊음. 그중 어떤 것도 우리가 노력해서 얻은 건 없습니다. 그러니 "자랑스러워할 게 뭐가 있담"이라고 쉽게 이야기할 수 있겠지요. 하지만 어디 그런가요. 인간으로 태어난 이상 모두가 얻는 이 육체와 젊음은 곧 허물어지겠지만 지금 이곳에 존재하고 있는 것만은 분명합니다. 이 지점에서 카뮈는 비관론으로 빠지지 않습니다. 이 삶과 젊음을 걸고 '도박'을 해보기로 한 거죠. 태양 아래로 나아갑니다. 바다로 풍덩 빠져듭니다. 아낌없이 살아버립니다. 그곳에서 '사는 시간'은 '삶을 증언하는 시간'과 같아지지요. 사는 것만으로도 나는 나의 삶을 충분히 다 증언해버리는 경지에 이릅니다.

그렇게 바다에서 수영을 하며 하루를 다 보낸 후의 카뮈는 말합니다.

나는 인간으로서의 일을 완수했다. 내가 종일토록 기쁨을 맛보았다는 사실이 유별난 성취로 여겨지지는 않았지만, 그것은 어떤 상황에서 우리로 하여금 행복을 하나의 의무로 삼도록 만드는 어떤 조건의 감격적인 완수라고 여겨졌다.

아, 20대의 어느 날부터 40대가 된 지금까지도 저는 얼마나 오래 이 문장을 품고 있었나 모르겠습니다. 여행 중 문득 불안이 찾아올 때, 하루를 즐겁게 보내고 문득 허무함이 찾아올 때, 저는 이 문장을 꺼내서 손에 쥐어봅니다. 조약돌처럼 가만가만 문장을 굴려봅니다. 그러다 보면 어느 순간 마음에 안정이 찾아오더라고요. 불안할 것도 없고, 허무할 것도 없다. 오늘 행복했으면 그것으로 할 일은 다 한 거다. 감동적인 하루의 완수는 평범한 오늘 하루를 살아낸 것으로 충분하다.

여기서 짚고 넘어가야 하는 것이 카뮈의 '부조리' 사상입니다. 부조리의 개념은 한마디로 정의할 수 있는 성질의 것이 아닙니다만 제가 이해한 선에서 한번 설명을 해볼게요. 이걸 이해하고 나면 《결혼·여름》은 물론 《이방인》과 카뮈의 다른 작품들을 이해하는 것에도 도움이 될 테니까요.

남김없이
살아보자는 결심

　　　　　　카뮈의 책 《시지프 신화》는 이렇게 시작합니다.

참으로 진지한 철학적 문제는 오직 하나뿐이다. 그것은 바로 자살이다. 인생이 살 가치가 있느냐 없느냐를 판단하는 것이야말로 철학의 근본 문제에 답하는 것이다.

모든 인간은 언젠간 죽습니다. 이 명제를 피해 갈 수 있는 사람은 아무도 없죠. 하지만 그럼에도 불구하고 인간은 살아갑니다. 이 인생이 살아갈 가치가 있는 건지 어떤 건지는 몰라도, 인간은 살아갑니다. 여기에서 카뮈는 타협하지 않습니다. 이 삶에는 의미가 없다는 것을, 우리는 필연적으로 죽음 앞에 서 있다는 걸 받아들이는 거죠. 인간의 기본 조건을 직시하는 겁니다. 하지만 그는 무책임하게 허무로 빠지지 않습니다. 죽음으로 회피하지도 않고, 죽음으로부터 도망치려고 노력하지도 않습니다. 오히려 인간의 고통을, 죽음을 또렷하게 바라봅니다. 여기에서 인간에겐 기이한 형태의 '자유'가 생깁니다.

어차피 유한한 인간의 삶이라면, 언제까지 이어질지 알 수 없는 게 인생이라면, 오늘을 아낌없이 살아버릴 자유도 우리에겐 있으니까요. 내일에 대한 헛된 희망을 가지지도 않고, 지금 이것이 나의 삶이며 나의 시간이라는 것을 의식하며 순간순간의 주인이 되는 거죠.

이런 생각을 가지고 《결혼·여름》의 시작에 있는 인용구를 읽어볼까요?

> 사형집행인이 비단으로 엮은 밧줄로
> 카라파 추기경의 목을 매달자 밧줄이 툭 끊어졌다.
> 그래서 다시 매달아야 했다.
> 추기경은 차마 말 한마디 입 밖에 내지 못한 채
> 사형집행인을 바라보았다.
> — 스탕달, 〈팔리아노 공작부인〉

왜 《결혼·여름》이라는 에세이를 여는 글로 카뮈는 이 구절을 골랐을까요? 생각해보세요. 지금 추기경은 죽음 앞에 서 있습니다. 마음의 준비를 다 마쳤지만, 삶의 잔인한 농담처럼 마지막 순간에 밧줄이 끊어집니다. 그가 살아 있음을 가장 생생하게 느끼는 순간은 언제일까요? 바로 지금입니다. 죽음 앞에서 '살아 있음'의 감각은 기이할 정도로 생생해지니까요. 살아 있는 내내 희미했던 생의 감각은, 죽음 앞에서야 비로소 절정에 달합니다.

《결혼·여름》에는 허물어지게 마련인 이 삶을, 결국 늙고 죽을 우리의 운명을 똑바로 직시하며, 이 찬란한 햇살 아래 살아가는 인간이 끝없이 등장합니다. 두 번째 글 〈제밀라의 바람〉의 일부분을 보실까요?

포기와는 전혀 관계가 없는 거부가 존재할 수 있다는 것을 이해하는 사람은 별로 없다. 여기서 미래라든가 더 잘되고 싶다든가 출세라든가 하는 말들이 무슨 의미가 있는가? 마음의 발전이라는 것이 무슨 의미가 있는가? 내가 이 세상의 모든 '훗날에'를 고집스럽게 거부하는 것은 나의 눈앞에 있는 현재의 풍요를 포기하지 않겠다는 것이기도 하다.

세 번째의 글 〈알제의 여름〉의 이런 부분은 또 어떤가요?

나는 세상에 인간을 초월하는 행복이란 없다는 것을, 해가 떴다 지는 나날들의 곡선 밖의 영원이란 없다는 것을 배운다. 이 하찮지만 본질적인 재산, 이 상대적인 진실들이 내 마음을 움직이는 유일한 것들이다.

카뮈는 인간의 한계와 생의 무의미를 직시하면서도, 이 세계 속에서 살아간다는 것의 기쁨을 끝까지 맛보고자 합니다. 운명에 반항하는 인간이 여기서 태어납니다. 아무리 이 생의 끝에 죽음이 입 벌리고 있어도, 우리 인간은 그 운명에 보란 듯이 반항하며 끝끝내 지금을 살아버리니까요. 결국 죽음이 이 생을 가져갈지라도, 지금 이 생은 우리의 것이니까요.

세계의 부조리가 어디 있단 말인가? 이 눈부신 햇빛인가 아니면 햇빛이 없던 때의 추억인가? 기억 속에 이토록 넘치는 햇빛을 간직한 내가 어떻게 무의미를 걸고 내기를 할 수 있었던가? 내 주위에서는 그래서 놀란다. 나도 때로 놀란다. 바로 그 태양이 그렇게 하는 데 도움이 되었다고, 빛이 너무나 강렬한 나머지 우주와 형상들을 캄캄한 눈부심의 덩어리로 응고시켜 버린다고 남들에게, 그리고 나 자신에게 대답할 수도 있을 것이다.

처음에 제가 말했었죠? 이 책을 읽으며 빛의 세계로 나왔고, 그 이후로 내내 그 빛 아래에서 살아가고 있다고. 인간의 부조리를 직시하게 만드는 빛, 그 빛 아래로 제가 돌연 소환된 거죠. 이 책을 읽으면서, 죽음을 똑바로 바라보며 삶의 기쁨을 더욱 또렷이 쥐어보자고 생각한 것 같습니다. 너무 비장한가요? 조금 더 순화해서 말하자면, 그늘을 통해서만 더 또렷해지는 밝은 부분을 살아버리자, 라고 다짐한 거죠. 이건 또 너무 바보 같은가요? 고작 이런 이유로 오랜 꿈을 미루고 퇴사 결심을 철회한다는 건.

하지만 이 책을 읽으며 남김없이 살아보자, 라고 다짐한 건 사실입니다. 카뮈는 이 책에 어떤 교훈도 담지 않으려고 애썼겠지만, 이것은 그냥 20대 초반의 청년이 자신이 가본 곳에 대해 쓴 에세이에 불과할지도 모르지만, 마흔이 넘은 나이에도 이 책을 읽으며 저는 배웁니다. 살고 싶은 자세가 이 안에 있으니, 그걸 충실히 따르는 것이 제가 할 일이라고 생각합니다. 그런 의미에서 《결혼·여름》은 저에게는 실용서와도 같은 책입니다. 퇴사를 막아주고, 불안을 다독여주는 책이니까요. 심지어 유한한 이 인생, 남김없이 살아보고 싶은 마음까지 들게 해주니 이 정도면 실용서의 끝판왕이지요. 너무 심한 오독이어도 어쩔 수 없어요.

카뮈에 대한 애정을 담뿍 담은 이 글을 어떻게 마무리하면 좋을까요? 알베르 카뮈가 그의 스승 장 그르니에Jean Grenier의 책 《섬》을 위해 쓴 서문을 그대로 인용해 그의 《결혼·여름》에 고스란히 바치면 어떨까요?

카뮈는 《섬》의 서문에서 말합니다. 길에서 처음으로 《섬》을 펼쳤던 어느 날, 그는 몇 줄을 읽다 말고 자기 방을 향해 한달음에 달려갈 수밖에 없었다고. 혼자만의 공간에서 오로지 책에만 빠져들고 싶어서였죠. 카뮈는 그날 그 저녁으로 되돌아가고 싶다며 회상하다 문득 고백합니다. 지금, 처음으로 이 책을 읽을, 얼굴도 알지 못하는 당신을 열렬히 부러워한다고요. 그것은 질투 한 방울 섞이지 않은, 순수한 열망의 감정일 거예요.

저 역시 같은 마음입니다. 이제 처음으로 《결혼·여름》을 열어보게 될, 얼굴도 알지 못하는 당신을 열렬히 부러워하며 이 글을 마무리할까 합니다.

숫자의 후회, 숫자의 기쁨

숫자의 후회, 숫자의 기쁨

2025년 71

2024년 69

2023년 29

2022년 29

2021년 49

2020년 55

2019년 41

2018년 28

2017년 36

2016년 19

2015년 14

　부끄럽지만 나의 11년 성적표다. 무슨 성적표냐고? 이것은 나의 독서 성적표. 매해 몇 권의 책을 읽었는지 세어보니 나는 11년 동안 총 440권의 책을 읽었고, 가장 적게 읽은 2015년 독서 정산 일기에는 이렇게 적혀 있다. "철들고 이렇게까지 책을 안 읽은 건 처음이다." 이어지는 절망과 부끄러움과 반성의 기운이 가득한 일기. 하지만 이제 와서 생각해보면 그렇게나 반성할 일인가 싶다. 뭐, 책 좀 덜 읽을 수도 있지. 안 그런가요, 여러분?

　대학교 1학년 때의 일이다. 도서관의 두터운 책장 앞에 서서 나는 스펀지가 되기로 결심했다. 공부 때문에 지금까지는 읽을 수 없는 신분이었지만, 지금부터는 읽는 사람이 되겠노라고. 스펀지처럼 다 흡수해버리겠노라고. 뭔가 결의에 찬 다짐처럼 보이지만, 사실 너무나도 막막한 기분이었다. 무슨 책부터 어떻게 읽

어야 하지? 중학생 시절, 엄마가 사준 문학 전집 앞에서 호기롭게
1권인 이광수의 《무정》을 펼쳤다가 독서라는 행위 자체를 그만
두고 싶은 유혹을 얼마나 느꼈던가. 그 책으로 인해 나는 얼마나
독서와 멀어졌던가. 이번엔 실패할 수 없었다. 아무튼 이번엔 재
미있다는 평이 많은 책부터 읽기 시작해서 100권은 읽을 작정이
었다. 고등학교 내내 잠재워둔 독서 세포를 그렇게 깨울 작정이
었다. 100권이면 될 것만 같았다.

한 번에 여러 권을 대출해서 순식간에 읽고 반납했다. 한강
작가의 《검은 사슴》처럼 나를 송두리째 바꾼 책을 만난 것이 그
때이다. 파트리크 쥐스킨트Patrick Suskind의 《비둘기》를 읽고,
그 작가의 모든 책들을 섭렵한 것도 그때이다. 밀란 쿤데라Milan
Kundera의 《참을 수 없는 존재의 가벼움》을 읽고, 방대한 밀란 쿤
데라의 세계에 홀린 듯 들어가 헤매기 시작한 것도, 은희경, 윤대
녕, 배수아, 이성복, 김혜순 같은 이름들이 친밀해진 것도 그 시절
의 일이다. 그러다 세는 걸 그만두었다. 이게 아무런 의미가 없다
는 것을 깨달았기 때문이다. 99권을 읽었다고 독서력이 떨어지
고, 100권을 읽었다고 해서 갑자기 다음 레벨로 올라가는 그런
일은 없을 테니까. 이건 게임이 아니니까.

해마다 읽은 책의 숫자를 다시 세기 시작한 것은 회사를 다
니면서였다. 회사원의 자아를 새롭게 장착해야 했지만, 어렵게
얻은 독서인의 자아도 잃어버리고 싶지 않았다. 심지어 나는 카
피라이터. 책을 많이 읽고, 잘 읽을 의무가 있는 사람이라 생각했
다. 책을 읽고, 좋아하는 문장들을 갈무리해서 타이핑해놓았다.
모아놓은 문장이 많아지면 많아질수록, 읽은 책의 권수가 늘어

날수록, 유능한 카피라이터가 될 수 있을 것도 같았다. 여기서 나는 함정에 빠지고 만다. 문장 수집에 대한 욕심과 숫자에 대한 강박 속에서 책 읽기의 즐거움을 상당 부분 놓쳐버리고 만 것이다.

베스트셀러가 꼭 나의 베스트일 수는 없다는 걸 그때 알았더라면. 내 취향도 아닌 책을 꾸역꾸역 읽으며 써먹을 만한 문장을 갈무리한 것으로, 그렇게 한 권을 더 채우는 것으로 만족하면 안 된다는 걸 그때 알았더라면. '빨리 많이'가 아니라 '천천히 깊이'라는 독서의 비밀을 그때 알았더라면. 단순히 문장을 타이핑하는 것을 넘어서서 왜 그 책이 좋았는지, 어떤 부분이 좋았고 어떤 부분이 내 취향이 아니었는지 조금 더 고민하는 시간을 가져야 한다는 걸 그때 알았더라면. 한 해 14권밖에 못 읽었다는 사실이 문제가 아니라, 14권을 읽고도 남는 것이 거의 없는 것이 진짜 문제라는 걸 그때 내가 알았더라면. 단 한 권을 읽어도 멀리 깊이 갈 수 있다면 그걸로도 독서는 충분히 좋다는 걸 그때 나는 몰랐다. 너무 몰랐다.

책에 관한 숫자가 후회나 반성이 아니라 기쁨이 될 수도 있다는 것을 나는 북클럽을 시작하고 나서야 알았다. 바로 북클럽의 처음을 여는 책, 사랑해 마지않는 책, 토니 모리슨Toni Morrison의 《재즈》를 내가 다섯 번이나 읽게 되었기 때문이었다. 오래전 처음 이 책을 읽었을 때에도 책을 덮자마자 홀린 듯이 처음으로 돌아가 다시 꼼꼼히 읽으며 감탄을 쏟아낸 기억이 있다. 처음의 독서가 산책이라면, 두 번째 독서는 보물찾기였다. 눈 닿는 곳마다 보석이 쏟아졌다. 그토록 쾌감이 넘치는 독서라니!

독서의 기억은 사라져도 독서의 기쁨은 빛바래지 않았다. 십

수 년이 지나 북클럽을 위해 이 책을 다시 펼쳤고, 다시 그때처럼 탄복했기 때문이다. 그걸 바탕으로 글을 한 편 써서 북클럽 사람들에게 보냈다. 2주가 지나고 두 번째 글을 써서 보내기 위해 다시 한번 꼼꼼히 읽었다. 새삼 탄복했다. 그리고 다시 2주가 지나고, 이 책으로 라이브 방송을 하기 위해 나는 다시 한번 책을 읽었다. 그제야 보이는 보석이 또 있었다. 나는 전율했다. 그렇게 나는 《재즈》를 다섯 번이나 꼭꼭 씹어 먹은 사람이 되었다. '오독오독'이라고 이름을 지을 때, 그 이름에 '5독'의 의미가 포함될 수도 있다는 걸 그제야 나는 깨달았다.

2주 전에 읽은 책이라면 상당 부분 기억하지 않냐고? 기억나지 않는다. 어떻게 그럴 수 있냐고? 그게 나라는 사람의 한계이고 이런 나를 데리고 사느라 내가 참 고생이다. 그렇게 다 까먹을 거라면 도대체 책을 왜 읽냐고? 재미있으니까. 그리고 똑같은 책을 또 읽어도, 또 새로운 것들이 보이니까. 매번 새삼스럽게 놀라는 재능이 내게 있으니까(이런 것까지 재능이라 부를 수밖에 없는 처지라니). 이렇게나 결정적인 문장을 놓치고 읽었다는 아쉬움보다, 이제라도 이 문장의 의미를 알게 되어 기쁘기만 하니까.

그렇게 토니 모리슨의 《재즈》를 다섯 번째 읽으며 발견한 문장의 의미를 라이브 방송 때 오독 대원들(북클럽 참여자들을 이렇게 부른다) 앞에서 이야기했다. 그 순간 채팅창은 충격과 환호로 뒤엉켰다. 그리고 "우와, 처음부터 다시 읽어봐야겠네요"라는 말이 뒤이어 채팅창을 뒤덮었다. 그때 내가 느낀 그 뿌듯함을 어떻게 설명할 수 있을까.

놀랍게도 다시 한번 책을 읽을 때, 그제야 손을 드는 문장들이 있다. 평범한 문장이 작가가 숨겨놓은 힌트라는 걸 그제야 알아채고, 무심코 넘긴 문장이 돌연 책 전체를 관통하는 결정적 문장이라는 걸 깨닫고 소름이 돋기도 한다. 두 번째 읽을 때엔 문장 하나하나가 일어서서 나에게로 온다. 그렇게 잊을 수 없는 책 한 권이 완성되는 것이다. 나는 확신을 담아 오독 대원들에게 다시 재독을 권했다. 이 좋은 경험을 나만 할 수는 없으니까.

'오독오독 북클럽의 책'이라는 타이틀에는 '오독오독 북클럽을 위해 최소 세 번에서 최대 다섯 번을 읽은 책'이라는 의미가 포함되기 시작했다. 당연히 '그렇게 읽고도 잘 기억은 못하는 책'이라는 의미도 포함되어 있고. 하지만 신기한 일이다. 기억하지는 못해도 깊어질 수는 있었다. 같은 책을 읽고 또 읽으며 책 속에 난 샛길과 동굴과 계곡까지 탐험하기 시작하면서, 다른 책을 읽을 때에도 나는 전엔 보지 못했을 길들을 더 잘 발견하기 시작했다. 책 한 권 속에서 더 다채로운 여행을 할 줄 알게 되었다. 수많은 숫자 사이를 방황한 끝에, 마침내 내가 원하는 독서에 도착하게 된 것이다. 마침내 천천히 깊게.

물론 아직도 숫자의 강박이 나에게 남아 있긴 하다. 작년에 71권을 읽었다는 사실이 여전히 나를 뿌듯하게 하니까. 하지만 이제는 71이라는 숫자 안에 깊이 좋아한 책이 몇 권이나 섞여 있다는 사실이, 한 작가의 책을 거의 다 탐독할 수 있는 여유를 가지게 되었다는 사실이, 어려운 책도 꾸역꾸역 읽어내는 체력이 생겼다는 사실이, 한 권을 다섯 번이나 읽는 마음의 여유를 확보했다는 사실이 더 뿌듯하다. 그렇게 후회를 딛고, 새로운 독서 세상에 이제 막 발걸음을 내딛는 중이다.

노벨 문학상을 받은
여성 작가들을 찾아서

토니 모리슨 지음,
최인자 옮김,
《재즈》,
문학동네, 2015.

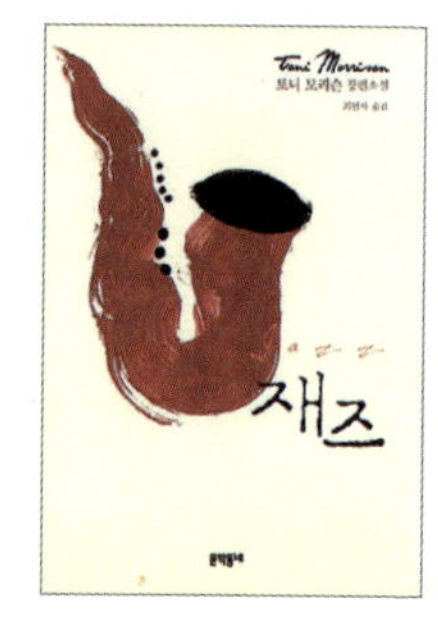

아니 에르노 지음,
신유진 옮김,
《남자의 자리》,
1984Books, 2024.

도리스 레싱 지음,
정덕애 옮김,
《다섯째 아이》,
민음사, 1999.

상 같은 것에 의연한 사람이 되고 싶었습니다만, 한강 작가가 노벨 문학상을 받은 이래로 저는 그럴 수 없는 사람이 되었습니다. 다시 말하면서도 소름이 돋네요. 노벨 문학상이라니. 그 상을 계기로 저는 한강 작가의 책들을 다시 완독했습니다. 오랫동안 간직해온 마음에 포스트잇을 붙이고 싶었거든요. 막연하게 좋아하는 대신, 구체적으로 또렷하게 열광하고 싶었거든요. 그 시간을 보내고 나니 한강 작가 이전에 노벨 문학상을 받은 여성 작가들이 궁금해졌습니다. 노벨 문학상을 받은 남성 작가들은 이미 너무 많이 알고 있죠. 알베르 카뮈도 그중의 한 명이고요, 헤르만 헤세, 앙드레 지드, 유진 오닐, 어니스트 헤밍웨이, 주제 사라마구, 가즈오 이시구로 등 읽었든 읽지 않았든 우리는 이 사람들을 알고 있습니다. 이미 그들에게는 충분한 명성이 주어져 있고요. 하지만 노벨 문학상을 받은 여성 작가들에 대해서는 얼마나 알고 있을까요?

2025년까지의 노벨 문학상 수상자들을 놓고 봤을 때, 총 122명의 수상자 중 18명이 여성 수상자입니다. 노벨 위원회가 여성도 문학이라는 걸 하고 있다는 걸 본격적으로 인식하기 시작한 것은 1990년대로 보입니다. 1901년에 최초의 노벨 문학상이 수여되었으니, 90년 만이네요. 그 전에도 잊을 만하면 한 번씩 여성 작가들이 노벨 문학상을 받긴 했습니다만, 1990년대에 이르러서야 마침내 3명의 여성 작가가 노벨 문학상을 받았지요. 2000년대에도 2010년대에도 각 3명의 여성 작가가 노벨 문학상을 받았습니다. 2018년부터는 여성 작가와 남성 작가를 해마다 번갈아 주고 있네요. 수많은 세월 동안 남성 작가들에게 연이어 노벨 문학상을 안겨준 걸 감안한다면, 여성 작가들에게도 연이어 상을 안겨주며 전체 균형을 맞추는 것도 좋지 않나 싶지만, 아직 그럴 생각은 없어 보입니다. 간신히 맞춘 1 대 1의 균형이 옹졸해 보이는 건 제 눈에만 그런 걸까요?

아무튼 한강 작가 덕분에 저는 더 많은 여성 노벨 문학상 수상자가 궁금해졌습니다. 토니 모리슨, 앨리스 먼로, 도리스 레싱, 아니 에르노, 올가 토카르추크, 스베틀라나 알렉시예비치 등 지금까지 제가 사랑한 작가들의 작품들을 다시 읽다 보니, 그들의 세계도 좀 더 구체적으로 좋아하고 싶다는 생각이 들었습니다. 그들의 다채로운 세계를 북클럽 사람들과 같이 다채롭게 즐기고 싶다는 것이 더 정확한 표현이겠네요.

'노벨 문학상'이란 단어로 그들의 작품들을 성글게 묶을 수는 있겠지요. 하지만 읽으면 읽을수록 그들을 하나로 묶을 수 있는 단어는 세상에 존재하지 않는다는 확신만 강해졌습니다. '위대함' 같은 단어로도 그들은 묶이지 않았습니다. 그냥 각자가 하나의 거대한 세계였습니다. 너무나도 다른 질감과 색채와 시야의 세계들. 저는 완전히 새로운 도시에 도착한 여행자처럼 매번 그 세계를 황홀하게 여행하며 호들갑을 떨었습니다. 여기, 너무 대단하지 않나요? 영원히 여기에만 머물러도 좋을 것 같지 않나요? 어쩌면 이렇게 아름다울 수 있을까요? 그것은 제가 새로운 세계를 만날 때마다 취했던 태도였습니다. 여행자의 태도로 좋아하는 책의 세계를 탐험한다면 또 어떤 경이로움이 우리를 찾아올까요?

결국 토니 모리슨의 《재즈》, 아니 에르노의 《남자의 자리》, 그리고 도리스 레싱의 《다섯째 아이》를 좀 더 깊이 탐험하기로 결심했습니다. 3명의 노벨 문학상 여성 작가들, 그들의 세계로 들어갈 준비 되셨나요?

토니 모리슨이라는
세계

토니 모리슨의 노벨 문학상 수상은 하나의 '사건'이었습니다. 지금처럼 노벨 위원회가 다양성을 의식하지 않던 1993년, 토니 모리슨은 흑인 여성으로서는 최초로 노벨상을 받은 작가였거든요. 두 살짜리 딸이 잡혀가 노예가 될 위기에 처했을 때, 차라리 자신이 딸의 목을 잘라버리는 선택을 한 엄마, 마거릿 가너Margaret Garner의 이야기를 아시나요? 1987년 토니 모리슨은 이 사건을 모티브로 《빌러비드》를 써서 퓰리처상을 받죠(이 작품도 저는 무척이나 사랑합니다). 그리고 1992년, 여섯 번째 소설 《재즈》를 발표하고 이듬해 그는 노벨 문학상을 받게 됩니다.

토니 모리슨은 단순히 생물학적으로 흑인의 정체성을 가진 것이 아닙니다. 그는 자신의 '아프리카계 미국인 여성 소설가'라는 정체성에 대해 또렷이 인식하고 그곳에 단단히 뿌리를 내리고 평생 글을 쓴 작가입니다. 그는 백인 작가들이 흑인 사회를 '무정부주의, 성적인 방탕, 일탈' 등 매우 상투적인 방식으로만 그려내는 것에 반감을 가지고, 미국 사회 안에서의 생생한 흑인의 삶을 보여주려 애씁니다. 그는 말합니다. "제가 관심 있는 것은 그 시선, '하얀 시선the white gaze' 없이 글을 쓰는 겁니다." 그는 서양의 전형적인 직선적이고 연대기적인 방식의 글쓰기를 거부하고 자신은 주변부에 머물면서 중심부가 자신을 찾도록 할 거라고 말했죠. 그리고 그의 말은 고스란히 현실이 되었습니다.

결론부터 말하자면《재즈》는 서양의 전형적인 방식, 직선적이고 연대기적인 방식의 책들에 익숙해져 있는 제게 낯선 책이었습니다. 20대엔 몇 번이나 읽으려고 시도했지만, 매번 몇 페이지 못 읽고 문장들 사이로 미끄러져서 결국 덮어버린 책이기도 합니다. 그런데 무슨 일일까요. 30대에 문득 다시 이 책을 펼쳤고, 그때부터 이 책은 저에게 하나의 '사건'이 되었습니다. 너무 경이로운 책이라 책을 덮자마자 다시 처음으로 되돌아가서 읽었습니다. 그랬더니 또 완전히 다른 책이더라고요? 분명 처음에도 꼼꼼히 읽었음에도 불구하고, 다시 읽었더니 지나쳤던 많은 문장이 결정적 문장으로 변신하며 소설의 몸체에 착 달라붙었고 덕분에 소설의 자장이 몇 배로 커졌지요. 결국 저는 오래전 이 책을 제게 권해준 친구에게 전화해 "그때 왜 더 강하게 이 책을 읽으라고 밀어붙이지 않았어?"라고 항의를 하기도 했지요(네, 이런 적반하장이 없습니다). 무엇이 그렇게 놀라웠냐고요?

우선 기본적인 설정부터 설명하고 시작해볼게요. 이 책은 1920년대 뉴욕 맨해튼 북부의 흑인 거주지를 배경으로 합니다. 노예제도는 폐지되었지만 아직 완전한 평등은 주어지지 않은 시대이지요. 이때의 흑인들은 더 나은 일자리와 기회를 찾아 남부 농업 지역을 떠나 서쪽으로 북쪽으로 그야말로 대이동을 합니다. 《재즈》의 주인공들도 대이동의 물결에 몸을 실은 사람들입니다. 아프리카계 미국인들이 도시를 만나며 이제 도시엔 그들만의 리듬이 만들어지고, 기존의 리듬과 합쳐지며 새로운 흐름이 만들어집니다. 흑인 예술과 음악, 문학이 폭발적으로 성장하게 되는 시기가 바로 이 시기입니다.

　　여기까지 들으시면, 《재즈》를 흑인 재즈 연주자들의 이야기로 오해하실 수도 있을 것 같아요. 하지만 《재즈》라는 제목과 달리 이 책에는 '재즈'라는 단어가 흘러가듯 딱 한 번 등장합니다. 등장인물들도 재즈와는 거리가 멀어요. 그렇다면 왜 《재즈》일까요? 그건 바로 책 자체가 '재즈'이기 때문이지요. 맞습니다. 문학이 음악으로 변해버렸습니다. 분명 책을 읽었는데, 지금까지 들어본 적이 없는 위대한 재즈곡을 들은 느낌이지요. 과장이 아닙니다. 토니 모리슨은 3년 동안 소설의 배경이 되는 시대를 조사하고, 인물들과 소설의 흐름에 대한 구상도 끝낸 후 이 책이 재즈 그 자체가 되도록 애쓰는 데에 정말 많은 공을 들였다고 합니다. 그리고 이렇게 말했습니다.

《재즈》를 쓸 때는 아주 의식적으로 인위적으로 고안한 것과 즉흥적인 부분을 섞으려고 노력했지요. 스스로를 재즈 음악가로 생각했습니다.
－ 파리 리뷰, 《작가란 무엇인가 2》

　　재즈 공연을 보신 적이 있나요? 재즈 음악의 특징은 바로 '즉흥성'에 있습니다. 메인 멜로디와 기본적인 흐름만 공유한 채, 연주자들은 상대의 소리를 들으며 자신의 느낌에 따라 즉흥적으로 반응을 해야 합니다. 음악이 어떻게 완성될지는 아무도 모르지요. 연주자들도 모릅니다. 새로운 리듬이 튀어나오고, 익숙한 멜로디는 변주가 되죠. 분명 알고 있는 곡이었는데, 갑자기 낯선 곡으로 돌변하기도 합니다. 이런 재즈 음악의 특성이 어떻게 소설로 구현되었는지 궁금하시죠?

　　《재즈》는 시작부터 메인 멜로디를 연주합니다. 전주 같은 건 없어요. '춫'이라는 추임새 한마디만 던진 채 바로 메인 이야기로 돌진합니다. 바이올렛의 남편, 쉰 살의 조 트레이스가 열여덟 살 소녀 도카스와 사랑에 빠집니다. 그는 이 사랑을 변치 않는 상태로 영원히 간직하고 싶다는 이유로 도카스를 총으로 쏘아 죽입니다. 그 사실을 안 바이올렛은 자신의 남편이 사랑한 여자, 아니 소녀의 얼굴에 칼질을 하기 위해 그 아이의 장례식에 갔다가 사람들에게 쫓겨나지요. 그럼에도 불구하고 바이올렛과 조는 계속 한집에 삽니다. 너무 스포일러가 심한 게 아니냐고요? 절대 아닙니다. 이건 겨우 이 소설 첫 페이지의 일곱 줄 분량인걸요. 심지어 초판본에서는 이 줄거리가 표지에, 무려 표지에 다 적혀 있었다고 합니다. 상황이 이러니 두세 장만 읽으면 소설의 굵직한 내용은 다 드러납니다. 토니 모리슨은 시간 순서대로 진행되다가 끝에 가서야 결말이 나오는 서양의 글쓰기를 이렇게 정면에서 반격합니다. 아예 시작부터 다 까발려버리는 거죠.

자, 그럼 두세 장 만에 전체 내용을 다 밝히고 나면, 그다음 진행은 어떻게 되냐고요? 다시 재즈 공연을 떠올려볼까요? 재즈 공연에서 빠지지 않는 것이 있지요. 바로 각 악기의 솔로 연주입니다. 시작하자마자 메인 멜로디를 연주했으니, 이제 각 인물들이 각자의 솔로 공연을 펼칠 차례입니다. 여기까지 이야기하면 다들 우리에게 익숙한 방법을 떠올리시겠죠? 한 인물이 한 챕터의 주인공이 되어서 마음껏 자신의 이야기를 해나가는 방식. 하지만 토니 모리슨은 그렇게 쉬운 방법을 택하지 않습니다(역시 노벨 문학상은 아무나 타는 것이 아닌가 봐요). 바이올렛의 솔로 연주 위로 조의 멜로디가 합쳐지고 그러다 도카스의 솔로 공연이 펼쳐지는 식으로 소설은 진행됩니다. 한 사람에게 운명이 다른 사람에게 가면 우연이 됩니다. 누군가에게 정답이 누군가에게는 불완전한 진실이 됩니다. 조가 열여덟 살의 도카스를 사랑하기로 결정한 것도, 도카스가 50대 남자를 받아들이는 것도, 바이올렛이 그럼에도 불구하고 조와 계속 사는 것도, 각자의 솔로 연주 안에서 비로소 이해가 됩니다. 물론 독자인 우리가 동의하건 말건 소설 속 인물들은 자기 방식대로 살아버리니, 우리는 꼼짝없이 그들의 연주에 붙들려 책을 끝까지 읽을 수밖에 없지요.

그렇게 변주된 멜로디들을 정신없이 따라가다 보면 문득 토니 모리슨은 우리를 처음의 멜로디로 다시 데려갑니다. 조가 도카스를 죽이고, 도카스는 그 죽음을 받아들이고, 바이올렛은 도카스의 장례식장으로 향하는 이야기가 다시 반복되지요. 하지만 우리는 그 모든 인물의 솔로 연주를 듣고 난 이후이므로 이제 메인 멜로디는 다른 식으로 들립니다. 더 이상 그렇게 단순한 멜로디가 아니지요. 음 하나하나에 사연이 깃들었습니다. 잊을 수 없는 음악이 되는 거죠. 책을 다 읽고 나면 자연스럽게 아시게 될 거예요. 소설 자체를 재즈로 만들려는 토니 모리슨의 거대한 꿈은, 보기 좋게 성공하고 말았다는 걸요.

> 하지만 독자들이 얻는 기쁨은 이야기에서 멀어졌다 돌아오고, 주변을 돌거나 뚫고 지나가는 데서 발견될 수 있기를 바랐지요. 마치 이야기가 끝없이 회전하는 프리즘인 것처럼요.
> 멜로디만을 원하고, 무슨 일이 일어났고, 누가 그 짓을 왜 했는지만을 알고 싶어하는 독자들에게는 《재즈》의 유희적인 측면이 아주 불만족스러울 수 있습니다. 하지만 이 책의 재즈 같은 구조는 부차적인 것이 아닙니다. 존재 이유 그 자체니까요.
> — 파리 리뷰, 《작가란 무엇인가 2》

물론 토니 모리슨의 음악이 몸을 편안히 뒤로 젖히고 눈을 지그시 감은 채 즐길 수 있는 유의 음악은 아닙니다. 확실히 익숙하지 않은 리듬감입니다. 복잡한 멜로디입니다. 주인공인 조 트레이스의 이름처럼, 소설 속에는 트레이스trace, 즉 흔적들이 가득합니다. 하나의 사건을 두고도 각기 다른 흔적들이 가득하니, 저는 이 책을 읽을 때엔 노트를 옆에 펴두고 계속해서 그 흔적들을 기록해가며 읽었어요. 그럴 수밖에 없었죠. 예를 들어 설명해볼까요?

50페이지쯤에서 작가는 조와 도카스가 어떻게 만나게 되었는지를 슬쩍 보여줍니다. 그러면서 한 문장을 떨어뜨리죠. "도카스로 결정해버린 것이다"라는 문장을요. 불가항력적으로 빠져든 사랑이 아닙니다. '결정'입니다. 하지만 그에 대해 더 자세하게 설명하기를 택하는 대신, 카메라를 바이올렛과 조에게 돌립니다. 오래전 그들이 어떻게 만났는지를 슬쩍 설명하다 바로 그들이 도시로 올 때에 탄 기차 안 풍경과 도시의 의미, 도시가 어떤 힘을 가진 곳인지를 설명하는 것에 더 공을 들입니다. "도카스로 결정해버린 것이다"에 대한 구체적인 정황은 그로부터 60페이지가 지나서야 비로소 드러납니다. 바이올렛과 조의 만남에 대한 자세한 이야기도 다시 50페이지가 더 지난 후에 등장하며 그때에서야 독자들은 조와 바이올렛에게도 운명 같은 순간이 있었음을, 그 순간부터 여기까지 얼마나 많은 인생이 펼쳐졌는지를 짐작할 수 있게 되죠.

이건 정말 단순한 예시고요, 이 책 전체가 이런 식으로 이루어져 있습니다. 그야말로 3,000피스짜리 퍼즐을 맞추는 쾌감을 책으로도 느낄 수 있는데요. 퍼즐이 그렇듯 이 책에서도 단어 하나, 문장 하나 버릴 것이 없습니다. 이쯤에서 공개하지 않을 수 없네요. 다섯 번을 읽으며 제가 마지막으로 맞춰낸 퍼즐 조각을요. 오독 대원들을 충격에 빠뜨린 바로 그 퍼즐 조각은 다음과 같습니다.

도카스가 죽으며 친구에게 말하죠.

"사과는 오직 하나야."
"딱 한 개뿐이야. 조에게 말해줘."

지구가 멸망하기 직전에 사과나무를 심겠다는 사람은 봤어도, 자기가 죽으면서 사과 이야기를 하는 소녀라니요. 너무 이상하지 않나요. 주인공이 죽으면서 내뱉은 대사니까 분명 중요한 대사일 텐데, 저는 내내 이 의미를 파악하지 못했어요. 단서가 보이지 않았거든요. 책을 읽을 때마다 자꾸 다른 사건들의 단서를 줍느라 정신이 팔려 있었거든요. 그러다 다섯 번째 읽을 때에 비로소 저 대사의 120페이지 전에 등장한 조의 독백을 발견했지요.

"너로 인해 아담이 사과를 씨까지 삼켜버린 거라고. 에덴을 떠났을 때 아담은 최고 부자였어. 이브와 함께였을 뿐 아니라 그의 입안에는 이 세상 최초로 먹어본 사과의 맛이 평생 동안 남아 있을 테니까."

퍼즐 조각이 맞춰지나요? 무슨 말인지 모르겠다고요? 당연합니다. 아직 《재즈》를 읽지 않으신 분이잖아요. 제가 먼저 읽은 사람으로서 (오독일지도 모르지만) 설명해볼게요.

"아담이 사과를 씨까지 삼켜버린" 것은 무엇을 의미할까요? 아담과 이브와 사과나무. 이것은 인류의 시작입니다. 근데 생각해보세요. 아담이 사과를 한 입 베어 문 것이 아니라, 사과의 씨까지 삼켜버렸다면? 이후의 인류는 사과를 맛볼 수 없겠지요. 유일한 사과의 씨앗까지 아담이 다 먹어버렸으니까요. 거기에 대해 조는 말합니다. 아담은 이브도 곁에 있었고, 세상 최초로 사과도 통째로 먹은 사나이니 최고 부자였다고. 그러니까 도카스라는 사과를 자신 말고는 아무도 먹지 못하도록 조는 도카스의 씨까지 삼켜버린 거죠. 총으로 쏴버림으로써요. 그 사실을 아는 도카스는, 죽어가면서도 조가 원하는 것을 정확히 말하는 겁니다. 사과는 오직 하나라고. 나라는 사과는 오직 하나였고, 그걸 당신만이 온전히 다 먹었다고.

과한 해석일까요? 저도 그럴지도 모른다고 생각했지만, 소설 끝에 이르러 이 구절을 발견하는 순간, 저의 오독이 맞을지도 모른다는 생각을 했어요. 이 부분을 보시겠어요?

그들은 배를 따지 않고 나뭇가지에 남겨둔다. 그들이 배를 따버리면 배가 사라져버릴 테니까. 자기들만을 위해 그런 짓을 하면 다른 사람들은 잘 익은 배를 아예 보지 못할 것 아닌가?

이 서술이 나올 때에 조와 바이올렛은 초반의 그들이 아닙니다. 이제 그들은 남을 위해 배를 따지 않을 줄 아는 사람이 된 거죠. 멀리 떨어져 있는 이 3개의 구절을 하나로 이을 때의 쾌감은 정말 말로 하기 힘들지요. 제일 중요한 퍼즐을 제가 다 맞춰버려서 책을 읽을 흥이 나지 않는다고요? 어휴, 그런 걱정일랑 하지를 마세요. 3,000개 짜리 퍼즐이라니까요. 저는 겨우 3개를 맞췄을 뿐입니다. 이제 나머지는 다 여러분의 몫이지요. 여러분의 재즈를 연주하시면 됩니다. 마음껏. 자유롭게.

책 안에는 정말 다양한 사람의 다양한 멜로디가 촘촘히 이어집니다. 저는 어느 순간엔가 책 안의 인물들을 분석하기를 그만두고, 그들의 리듬에 따라 물 흐르듯이 흐르기 시작했습니다. 멜로디는 수시로 절정으로 치달았죠. 어떤 부분에서는 정신을 차릴 수 없도록 속주가 이어졌죠. 덕분에 저는 한 권으로 몇 개의 인생을 살아낸 건지 모르겠습니다. 여러 번 읽었지만, 여전히 어떤 부분을 펼치더라도 다시 그 부분의 멜로디로 뛰어들게 됩니다.

토니 모리슨은 2011년 프린스턴 대학교 특강에서 이렇게 말합니다.

> 독자는 해석할 뿐만 아니라 쓰기를 돕는다. (중략)
> 보이지 않는 잉크는 이를 알아보는 독자가 발견하기 전까지 행간에 그리고 행의 안팎에 숨어 있는 것이다. '알아보는' 독자라고 하는 이유는 책에 따라서 모든 독자에게 맞지 않을 수도 있기 때문이다. (중략) 그 책에 '딱 들어맞는' 사람은 바로 보이지 않는 잉크에 민감한 사람이다.
> ─ 토니 모리슨, 《보이지 않는 잉크》

한 번 읽어서는 모습을 다 드러내지 않는 책이 있습니다. 보이지 않는 잉크로 쓰인 책이지요. 그럴 땐 두 번 읽으면 됩니다. 그럼 그 책의 잉크가 마음속에 잊을 수 없는 흔적을 남길 거예요. 살짝 덧붙이자면, 《재즈》는 제가 오독오독 북클럽 1기를 시작하며 소개한 첫 번째 책이기도 합니다. 북클럽의 첫인상이 될 책이니 제가 얼마나 고심해서 고른 건지 짐작 가능하시죠? 어떤 책은 너무 가볍고, 어떤 책은 그냥 제 취향이기만 하고, 어떤 책은 너무 유명해서 이미 모두가 다 읽었을 것 같았지만 이 책은 달랐거든요. 토니 모리슨의 《재즈》라면 몇 번을 읽어도 읽을 때마다 새로운 부분이 보일 거고, 새롭게 또 좋을 거라고 확신했지요. 그리고 앞서 말한 것처럼 다섯 번을 읽었는데도 여전히 새롭고 여전히 좋더라고요.

오독오독 북클럽에 참여한 수많은 분도 저의 강권에 힘입어, 두 번씩 읽으셨지요. 그리고 수많은 간증이 쏟아졌습니다. "솔직히 안 믿었는데, 정말, 두 번째 《재즈》는 이렇게 재미날 수 없네요" "이 책은 한 번 읽고 덮으면 되는 책이 아니었어요. 다시 읽으니까 더 몰입해서 읽게 되었고 더 흥미로운 부분들이 많네요" 등의 반응을 보면서 제가 얼마나 뿌듯했는지는 말 안 해도 다 아시겠지요? 이 책을 읽는 것은, 이 책을 듣는 것은, 그리고 연거푸 다시 한번 읽는 것은 여러분에게도 하나의 '사건'이 될 거예요. 여러분에게도 이 마음이 전달되길 바라며, 다음 작가의 세계로 이동해볼까요?

아니 에르노라는
세계

아니 에르노Annie Ernaux를 이야기하

기 위해서 잠깐 다시 한강 작가를 이야기해볼게요. 앞선 글에서 《희랍어 시간》을 설명하기 위해 한강 작가의 인터뷰들을 인용했던 걸 기억하시나요? 작가의 개인적인 고민과 이 작품이 맞닿아 있음을 말해보기 위해 작가의 말들을 인용하긴 했습니다만, 제가 아주 개운한 마음이었던 건 아닙니다. 작가의 경험이 작품을 이해할 수 있는 하나의 통로가 될 수 있다는 건 알지만, 작가 개인의 경험에서 독립한 '작품의 세계'라는 것이 분명히 존재하니까요. 조금 예를 들어서 말해볼게요.

《소년이 온다》의 뒷부분에는 한강 작가의 이야기로 생각할 수밖에 없는 한 챕터가 나옵니다. 하지만 그것에 대해서 한강 작가는 그것이 작가의 이야기가 아니라 소설 속 한 부분으로 읽히길 바란다고 말했죠. 《작별하지 않는다》에서도 시작 부분에 작가 한강의 꿈 이야기와 이전 소설인 《소년이 온다》를 쓴 이후에 작가가 아주 힘든 시간을 보냈음을 추측하게 하는 단서들이 나오지만, 그것은 소설 주인공인 '경하'의 이야기로 되어 있습니다. 그러니까 모든 작가의 모든 작품에는 실제 그 작가의 경험과 생각이 반영된 인물들이 등장하지만, 그것은 작가의 한 부분일 뿐입니다. 작가에서 독립된 소설 그 자체의 세계가 분명 존재하는 것이지요.

그런 측면에서 아니 에르노의 작품은 완전히 다른 길을 갑니다. 아니 에르노의 《남자의 자리》에 나오는 이 부분을 한 번 보시죠.

최근에서야 나는 소설이 불가능하다는 사실을 깨달았

다. 물질적 필요에 굴복하는 삶을 설명하기 위해서는 무엇보다 예술적인 것, 무언가 '흥미진진한 것' 혹은 '감동적인 것'을 추구해서는 안 된다. 나는 아버지의 말과 제스처, 취향, 아버지의 인생에 영향을 미쳤던 사건들, 나 역시 함께 나누었던 한 존재의 모든 객관적인 표적을 모아보려 한다.

아니 에르노는 직접 체험하지 않은 허구를 쓴 적은 한 번도 없고 앞으로도 그럴 것이라고 단호하게 말하는 작가입니다. 《남자의 자리》는 아니 에르노의 아버지에 대한 기록입니다. 《한 여자》는 어머니에 대한 기록이고요. 아니 에르노의 책 중 한국에서 가장 유명한 책 《단순한 열정》은 연하인 외국인 유부남과의 연애 기록입니다. 심지어 그 이후에 나온 《탐닉》은 《단순한 열정》 속 그 남자와 사랑할 때 아니 에르노의 일기를 책으로 출간한 거라, 모든 감정들이 조금의 여과도 없이 고스란히 담겨 있습니다. 감정뿐만이 아니라, 어떤 식으로 섹스를 했는지, 어디에서 했는지, 그걸 하고 난 후에 자신의 감정이 어떤지, 그런 후에 그의 연락이 다시 오기까지 기다리는 동안의 감정 변화는 어떤지, 세상이 어떤 식으로 지옥과 천국을 오가는지 낱낱이 씁니다. 아니 에르노는 정말로 이 책의 출간 이후 자신이 존재하지 않을 것처럼 글을 씁니다.

나는 늘 내가 쓴 글이 출간될 때쯤이면 내가 이 세상에 존재하지 않을 것처럼 글을 쓰고 싶어했다. 나는 죽고, 더이상 심판할 사람이 없기라도 할 것처럼 글쓰기. 진실이란 죽음과 연관되어서만 생겨난다고 믿는 것이 어쩌면 환상에 불과할지라도.

— 아니 에르노, 《집착》

아니 에르노는 내밀한 것의 한계를 밀어붙임으로써 "사적인 것이 정치적인 것이다"라는 것을 입증합니다. 왜 아니겠어요. 자신이 겪은 경험들을 한계 없이 파헤쳐가되 극도로 냉정한 시선을 유지하는 글쓰기 덕분에 이 책은 아니 에르노만의 경험이기도 하지만, 같은 시대를 살아가고 있는 여성들의 경험이 되고, 그 시대를 생생하게 증언하는 목소리가 되기도 하니까요. 그래서 2022년에 스웨덴 한림원은 노벨 문학상 수상자로 아니 에르노를 호명하며 "개인적 기억의 뿌리와 소외, 집단적 억압을 파헤치는 용기, 그리고 꾸밈없는 예리함을 보여주는 작가"라고 선정 이유를 소개합니다.

아니 에르노는 자신의 작품을 소설로 분류하지 않습니다. 예술, 문학, 에세이로 분류되는 것도 거부합니다. 다만 자신은 '작가'이고, 자신이 쓰는 것은 그저 '글쓰기'라고 이야기하죠. 기존의 장르 구분으로는 그의 글쓰기를 묶어둘 방법이 없습니다. 그렇기 때문일까요? 아니 에르노 역시 자신의 글쓰기 방법을 '자전적·전기적·사회학적'이라는 긴 말로 설명합니다. 한 단어로 정리하기 어렵다는 이야기지요. 바로 여기가 아니 에르노만의 독특한 세계가 펼쳐지는 곳입니다. 아니 에르노의 책, 《남자의 자리》를 중심으로 좀 더 이야기해볼게요.

아버지의 자리
아버지의 빈자리

여러분은 아버지에 대한 글을 써보신 적이 있나요? 저는 있습니다. 바로 아버지의 장례식장에서였지요. 저는 평소 아버지에 관한 이야기를 그 누구에게도 털어놓지 않았습니다. 저의 침묵은 바로 그의 부재를 뜻했고, 그것은 동시에 그 존재를 설명할 언어도 부재한다는 걸 뜻했지요. 저는 말하지 않았고, 친구들은 그 빈자리에 대해 캐묻지 않았습니다. 성인이 될 때까지 그렇게 살았지요.

그러던 어느 날, 아버지의 죽음을 들었을 때 저는 아무 말도 할 수 없었습니다. 회사에 아버지의 장례를 알리는 것도 불가능했습니다. 그의 부재를 공식적으로 알려야 하는데, 그에 대한 언어가 부재하므로 어떻게 말을 해야 할지 알 수 없었으니까요. 이해할 분이 계실까요? "아버지가 돌아가셨어요"라는 그 간단한 말을 아무에게도 하지 못하고, 동생과 둘이서 장례식장을 지켰습니다. 다행히 동생의 손님이 많았고, 저는 아버지의 영정 사진 앞에 혼자 앉아 있는 시간이 길었습니다. 마침 챙겨간 일기장에 아버지에 대한 글을 쓰기 시작했지요. 그제야 저에겐 아버지에 관한 언어가 생겨났습니다. 마침내 아버지에 관한 저의 감정을, 내가 겪은 그 시간을, 똑바로 쳐다볼 수가 있게 된 거죠. 그 모든 사태가 이해되기 시작한 거죠.

시간이 지난 후 그 경험을 저의 책 《모든 요일의 기록》에 썼습니다. 한 지인이 저에게 말하더라고요.

"난 이해가 안 돼. 친구들과 회사에도 이야기 못 한 걸, 모르는 사람이 읽을 책에 써놓을 수 있다는 사실이.”

그 말을 들었을 때, 저는 그가 저를 영원히 이해할 수 없을 거라는 걸 알았지요. 그의 부재를 씀으로써 나는 마침내 그에게 나의 방식으로 장례를 치러준 건데, 그 솔직한 고백이 있어야만 나의 상처도 언어를 갖게 되고, 그래야만 나는 나의 방식으로 나의 상처를 치료할 수 있는 건데. 물론 그걸 모두가 다 이해할 필요는 없겠지요. 하지만 저는 글을 쓰며 솔직한 저의 감정을 들여다볼 수 있었고, 그 이후로 많은 것이 괜찮아지기 시작했습니다. 상처 자국은 여전했지만, 상처 자국 하나 없는 매끈한 인생을 원한 적은 단 한 번도 없으니까요.

아니 에르노의 《남자의 자리》를 읽으며 오랜만에 아버지 생각을 했습니다. 여러분도 그러실 거라 생각합니다. 이 책은 우리 각자의 마음속에 있는 아버지의 자리를 확인하게 만드는 그런 책이지요. 아버지라는 존재가 우리에게 결코 간단하지 않은 것처럼, 이 얇은 책도 결코 단순하지 않습니다. 얇지만 겹겹의 의미로 가득 차 있습니다. 페이스트리 같은 책이랄까요. 이미 읽은 분이라도 장담컨대 이 글을 읽고 다시 책을 읽으면 좀 더 많은 의미들이 잡히실 거라 생각합니다.

반대로 기억의 장면들이 슬며시 미끄러져 들어오게 두면, 아버지의 있는 모습 그대로가 보인다. 그의 웃음, 그의 걸음걸이, 그가 내 손을 잡고 장터에 데려가고, 나는 놀이기구를 두려워한다. 다른 이들과 나눴던 상황의 모든 조건들이 중요하지 않게 된다. 나는 매번 개인적이라는 함정에서 빠져나온다.

아주 가깝지만, 아주 잘 알지는 못하는 사람. 아주 잘 알고 싶었다가도 금세 포기하게 만드는 사람. 어떤 분에게는 아주 든든하지만 어떤 분에게는 아주 진절머리가 쳐지는, 또 어떤 분에게는 고맙지만 또 어떤 분에게는 멀리하고만 싶은 사람. 우리가 평생토록 객관적으로 바라볼 수 없는 사람이 있다면, 그건 바로 우리의 아버지와 어머니겠지요. 하지만 아니 에르노는 바로 그 작업을 하려는 대담한 시도를 합니다. 아버지를 떠나보내고 한 달이 지난 후 아니 에르노는 아버지에 대한 글을 써 내려가기 시작합니다. 끝없이 개인적이라는 함정에서 빠져나오려고 애쓰면서. 그가 내게 준 보드라운 순간들을 빼고, 그의 죽음이 내게 안겨준 슬픔을 배제하고, 그의 빈자리를 똑바로 쳐다보려고 노력하면서. 그 결과 시작부터 충격적인 글이 탄생합니다. 이것 보세요.

어느 일요일, 이른 오후였다.
계단 위쪽에서 어머니가 보였다. 그녀는 점심 식사 후에 방으로 가지고 올라간 듯한 냅킨으로 눈물을 훔치고 있었다. 그녀는 무미건조한 목소리로 말했다. “다 끝났다.” 그 후 몇 분은 잘 기억나지 않는다. 다만 내 뒤로 멀리 무언가를 응시하던 아버지의 눈과 잇몸 위로 말려 올라간 그의 입술만이 떠오를 뿐이다.

이 도입부를 읽으면 생각나는 소설이 있지 않나요? 저는 알베르 카뮈의 《이방인》이 떠올랐습니다.

오늘 엄마가 죽었다. 아니 어쩌면 어제. 모르겠다. 양로원으로부터 전보를 한 통 받았다. '모친 사망, 명일 장례식. 근조謹弔.' 그것만으로써는 아무런 뜻이 없다. 아마 어제였는지도 모르겠다.

《이방인》의 주인공 뫼르소는 어머니의 장례식에서 울지 않았다는 이유로 법정에서 가중처벌을 받는 인물이지요. 마치 뫼르소처럼 아니 에르노는 자신의 감정을 의도적으로 배제합니다. "잘 기억나지 않는다" 정도가 그가 자신의 감정을 드러내는 표현이지요. 그 대신 아니 에르노는 아버지의 시신 앞에서의 어머니의 행동, 이웃들의 조문, 장례식 풍경 등 자신이 본 것들을 고스란히 옮겨놓으려고 애씁니다. 순간순간 바뀌는 자신의 감정 따위로 아버지의 자리를 훼손할 수 없다는 듯이.

감정이 틀렸다는 것이 아닙니다. 어쩌면 우리가 아버지에 대해서 느끼는 감정이 더 진실에 맞닿아 있을 수도 있지요. 그를 마지막으로 바라보며 스쳐 지나가는 장면들 속에 그 어떤 유산보다 오래 간직할 보석이 숨어 있을 수도 있습니다. 하지만 그것은 '나'라는 사람의 필터를 거쳐간 아버지의 모습입니다. '나의 아버지'가 아니라 '한 남자'로서의 이야기를 써서, 그 사람의 자리를 확보하겠다는 아이디어를 아니 에르노는 끝까지 밀어붙입니다.

물론 쉬운 일은 아닙니다. 어머니가 돌아가신 후에도 아니 에르노는 같은 작업을 반복합니다. 그리고 《한 여자》라는 책을 펴냅니다. 거기에서 아니 에르노는 '나의 어머니'를 지우고 '한 여자'로서의 삶을 구성해내는 것은 (아버지와는 비교할 수 없을 정도로) 불가능한 일임을 토로합니다.

그 주 내내 아무 데서고 눈물을 흘리는 일이 벌어졌다. 잠에서 깨어나다가 어머니가 죽었다는 것을 기억해 내곤 했다. 어머니가 꿈에 나왔고, 죽었다는 것을 빼면 아무것도 기억나지 않는 무거운 꿈에서 빠져나오기도 여러 번이었다. 생활에 필요한 일들 말고는 아무것도 하지 못했다. 장보기, 식사, 세탁기로 빨래 돌리기. 종종 어떤 순서로 그 일들을 해야 하는지 잊어버렸고, 야채 껍질을 벗기고 나서 그다음 동작을 연달아 하지 못하고 가만히 있다가는, 한참 애써 생각을 해보고 나서야 물에 씻었다. 책 읽기가 불가능했다.

이것은 쉽지 않은 시도이다. 내게 어머니는 이야깃거리를 가지고 있지 않다. 어머니는 늘 거기 있었다.

내가 태어난 그 순간부터 지금까지, 늘 당연하게 그 자리에 있었던 사람에 대해서 생각하는 것. 그 사람의 이야기를 구출하는 것. 그 사람의 인생을 되살려내는 것. 이걸 쉬운 일이라 말하기는 쉽지 않아 보입니다. 아니 에르노가 바로 그 어려운 일을 해내려는 것이지요.

아버지의
자리 변화

　　　　　장례식에 관한 서술이 끝나면 아니 에르노는 본격적으로 아버지가 어떤 사람이었는지, 어떤 환경에서 자랐는지, 어떤 경로를 거쳐서 이 자리에 이르게 되었는지를 이야기하기 시작합니다. 어쨌거나 아버지는 태어난 자리로부터 스스로의 노력으로 이 자리까지 온 사람이니까요.

　문맹의 짐수레꾼 할아버지와 방직공 할머니 사이에서 태어난 아니 에르노의 아버지는 겨우 열두 살까지 학교를 다녔을 뿐입니다. 학교에서 공부하는 것보다는 농장에서 인부로 일하는 것이 더 익숙한 사람이었지요. 군대에 다녀온 이후로는 밧줄 공장 노동자로 일을 했고, 그곳에서 만난 여자와 결혼을 했고, 빚을 내서 그들 꿈의 최대치를 이룹니다. 바로 식료품 가게를 여는 것. 농부에서 노동자로 다시 소상인으로. 그렇게 아버지의 자리는 변화해왔습니다.

　하지만 세월의 흐름에 따라서 아버지의 자리가 바뀐 것을 말하기 위해 아니 에르노가 책 한 권을 썼다고 생각하지는 않습니다. 제가 생각하는 이 책의 핵심은 바로 이 책의 맨 앞을 여는 문장에 있습니다.

나는 감히 이렇게 설명해 보려 한다.
글쓰기란 우리가 배신했을 때 쓸 수 있는
최후의 수단이라고.
― 장 주네

왜 아버지의 일생에 대해 쓰면서 아니 에르노는 저 문장으로 책을 시작했을까요? 아니 에르노는 무엇을 배신한 걸까요? 무엇을 배신했길래 글쓰기로 최후의 진술을 하려는 걸까요? 이 문장에 이 책의 핵심이 담겨 있다고 저는 생각합니다. 이 문장에 대해 곰곰이 생각한 후에 이 책을 다시 읽었더니 책 전체가 완전히 다르게 다가왔거든요.

이 책의 제목인 '자리'에는 '신분과 계급'의 의미가 담겨 있습니다. 아니 에르노는 공부를 하면서, 교사가 되고, 다시 문학 교수가 되고, 부르주아 집안의 남자와 결혼을 합니다. 그는 점점 넓은 세상으로 나아가고, 지식인의 식견을 갖춰갑니다. 분명 아버지는 그 자리에 가만히 있는데, 자신의 자리가 점점 변해가기 때문에 마치 아버지의 자리가 달라진 것처럼 느끼죠. 당연했던 사투리의 세상이 열등해 보이고, 어릴 때에는 그토록 크게 느껴진 마을이 사실은 아주 작은 시골 마을이라는 것을 깨닫죠. 부모의 일상적인 행동이 얼마나 교양이 없는 행동인지, 그들의 생활이 얼마나 문화와 동떨어져 있는지도 알게 되죠.

낯설지 않습니다. 우리 대부분이 어느 정도 이런 경험을 하지 않나요? 우리 모두 부모님에게서 "자기 혼자 잘나서 저렇게 큰 줄 알지” 같은 말들을 들어본 적이 있지 않나요? 우리가 자라면서 우리의 세상은 점점 커집니다. 그리고 그렇게 커진 세상에서 문득 부모님의 세상을 보는 순간 그곳은 보잘것없이 보이고, 다시는 돌아가고 싶지 않은 세상처럼 느껴지죠. 그런 의미에서 우리 모두는 우리의 부모를 ‘배신’합니다.

이 상황에서 아니 에르노는 어떤 자리에 설까요?

> 사실상 지배당하고 있는 삶의 양태를 칭송하지 않기란 쉬운 일이 아니었고, 이전에 나 역시 함께했던 행동과 태도에 대해서 관대한 시선이나 빈정거림에 빠지지 않는 것 또한 무척 힘들었죠. 그 좁은 길, 내가 양쪽 어디로든 떨어질 수 있다는 위험을 안고 올라서 있던 그 선을 나는 불행히도 ‘밋밋한 글쓰기’라고 불렀어요.
> ― 아니 에르노·로즈마리 라그라브, 《아니 에르노의 말》

아니 에르노는 그가 직접 밝히는 것처럼 ‘좁은 선’ 위에 서기로 합니다. 지금 자신이 속해 있는 세계를 칭송하지 않고, 그들의 눈으로 부모의 세계를 판단하지 않겠다고. 지금 자신의 세계를 관대하게 바라보지 않는 것처럼, 자신의 오래된 세계를 혐오하지도 않겠다고. 있는 그대로를 드러내겠다고. 이 태도는 책의 처음부터 끝까지 일관되게 나타납니다. 다시 책의 처음부터 그 시선으로 살펴볼까요?

읽을 줄도 쓸 줄도 몰랐던 할아버지 아래에서 어렵게 자란 아버지는 너무나도 당연하게도 학교보다 농장 일이 우선입니다. 배움은 멀고도 아득하지만, 일은 가깝고도 다급합니다. 아니 에르노는 외양간에서 자며, 아침 다섯 시에 일어나 소젖을 짠 자신의 아버지의 어린 시절을 이야기하며 이렇게 부연합니다. 만일 자신이 책을 그 이야기로 시작했다면 내려다보는 시선으로 그 삶을 추모하는 빌미를 제공했을 거라고요. 사람들이 사는 집 안에 자신의 자리조차 없어 외양간에서 잘 정도로 가난한 소년의 이야기라니. 그 사람이 바로 나의 아버지였다니. 이 이야기를 극적으로 바꿔서 책 앞에 배치했다면, 책의 분위기는 완전히 달라졌을 겁니다. 사실 얼마나 변화시킬 여지가 많은 이야기인가요? 하지만 그런 식으로 시작했다가는 지배 세계에게 빌미를 주고 말 것이라고 말하죠. 아니 에르노는 건조하게 서술하기를 택합니다. 어떤 회한도 어떤 동정도 없이, 있는 그대로 서술하기.

아니 에르노의 밋밋한(건조한) 글은, 사실을 직접적으로 전달하는 그 내용과 형식은, 의도적인 것으로 봐야 합니다. 부르주아 세계에 떨어지지도 않고, 자신이 오랫동안 속했던 부모와 그 지방의 세계에 함몰되지도 않은 채로 균형 잡힌 글쓰기를 위한 것이지요. 노벨 문학상 수상 강연에서도 아니 에르노는 말하죠. "나의 종족의 복수를 위해 글을 쓰겠다"라고. 그러니까 아니 에르노는 자신의 출신 집단을 "배신"하지 않고, 아버지라는 사람의 개별성을 글로 구출하고, 그 작업을 통해 당시 그 계층 사람들 모두를 구출해내는 작업을 한 거죠. 자신이 그 계층에서 자라났음을 결코 부인하거나 부끄러워하지도 않고요. 덕분에 우리는 이 얇은 책을 통해 단순히 아니 에르노의 자리뿐만 아니라 그의 아버지의 자리, 그리고 그것들을 통해 그가 속했던 그 사회와 시대의 모습까지 그리게 됩니다. 무엇보다 이 책을 덮고 나면 우리는 우리 각자 아버지의 자리를 생각하지 않을 수가 없게 되죠. 이것이 아니 에르노의 마법입니다.

아니 에르노를 좋아하는 분들, 많으시죠? 물론 아니 에르노를 싫어하시는 분들이 많다는 것도 알고 있습니다. 참 많은 사람이 "아니 에르노는 난 별로……"라고 말하는 걸 들어왔거든요. 하지만 좋아하든 싫어하든 아니 에르노라는 독특한 세계가 따로 있다는 점에 대해서는 그 누구도 부인할 수 없을 거예요. 북클럽에서도 아니 에르노라는 마법에 걸려 한 달 동안 11권의 책을 읽으신 분이 생길 정도였으니까요. 그만큼 거부할 수 없는 매력입니다. 아니 에르노라는 마법에 걸리고 싶으신가요? 윙가르디움 에르노사~

도리스 레싱이라는
세계

앞서 말한 것처럼 작가와 작품을 어디까지 구분해야 할지에 대해서는 언제나 논쟁의 여지가 있습니다. 하지만 도리스 레싱Doris Lessing의 경우에는 좀 다릅니다. 그가 직접 그의 많은 작품에 자전적 요소가 많다고 이야기했기 때문이지요. 저 역시 도리스 레싱에 대해 알면 알수록, 우리가 읽을 책들에도 작가의 경험이 녹아 있을 것 같다는 생각이 들더라고요. 아니 에르노의 책도 자전적이지만, 도리스 레싱은 완전히 다른 방식으로 자전적입니다. 도리스 레싱의 삶부터 한번 살펴볼까요?

도리스 레싱은 1919년 지금은 이란 땅이 된 페르시아에서 영국인 부모님에게서 태어났지요. 그의 아버지는 전쟁으로 인해 한쪽 다리를 절단한 영국인이었고, 그때 돌봐주던 간호사가 바로 도리스 레싱의 어머니지요. 아버지가 페르시아에 있는 제국은행 지점장으로 발령받아 떠나는 것이 결정되어 있었기 때문에 어머니는 그와 결혼하기로 결심한 것 같다고 도리스 레싱은 밝힙니다. 당시 페르시아에서 살던 영국인들의 부유한 삶이 어머니의 허영심을 자극했다는 것이지요. 결혼을 하자마자 (원치 않았지만) 도리스 레싱이 태어났고, 딸이라 실망한 어머니는 그를 방치하다시피 키웁니다. 도리스 레싱은 평생 자신이 어머니의 사랑을 받지 못해 반항적 성격을 갖게 되었다고 꾸준히 변명하지요.

5년간의 페르시아 생활을 정리한 후, 가족이 향한 곳은 아프리카입니다. 이비지가 아프리카에서 옥수수 농사로 수년 안에 큰돈을 벌 수 있다는 이야기에 넘어갔기 때문인데요. 도리스 레싱은 여기에 대해 이렇게 말합니다.

아버지는 놀라운 사람이었지요. 완전히 비실용적인 사람이었답니다.
— 파리 리뷰,《작가란 무엇인가 2》

당연히 농사는 성공하지 못했고, 어머니는 자식들의 교육에 온 열정을 쏟기 시작했습니다. 하지만 도리스 레싱은 어머니의 계속된 권유에도 영국으로 진학하는 것을 거부했을 뿐만 아니라, 열세 살에 결막염이 다 나은 이후에도 눈이 안 보인다고 우겨서 결국 공식적인 학업을 중단합니다. 이 모든 것이 사실은 어머니의 기대를 저버리기 위해서였지요. 겨우 열세 살까지의 이력을 살펴봤는데 이미 범상치 않죠? 결코 녹록지 않은 어린 시절이었지요. 도리스 레싱은 훗날 자신의 그 불행한 경험이 자신을 작가로 길러냈을지도 모른다고 이야기합니다. 하지만 그 후의 삶도 도리스 레싱에게 결코 친절하지 않았죠.

그는 열다섯 살이 되면서 집을 떠나, 타이피스트, 전화 교환원 등 다양한 직업을 전전하게 되는데요. 그러다 열아홉 살, 도리스 레싱은 공무원인 프랭크 위즈덤과 결혼을 합니다. 결혼 당시에 이미 그의 아이를 임신 중이었죠. 그 사실을 한참 후에야 알게 되고 임신중지를 하기 위해 요하네스버그로 가지만, 이미 임신 5개월이라 임신중지가 불가능하다는 이야기를 듣고 아이를 출산하게 됩니다. 이 경험은 그의 작품,《올바른 결혼A Proper Marriage》에서 주인공의 경험으로 생생하게 되살아나고, 그 진솔한 묘사로 인해 그는 폭넓은 독자를 가지게 됩니다. 그때까지는 모성이 신성하게만 여겨졌는데, 도리스 레싱은 그것이 여자에게 축복인 동시에 족쇄라는 것을 적나라하게 밝혔기 때문이지요.

도리스 레싱은 두 명의 아이를 출산하지만, 점점 아내와 어머니로서의 역할을 벗어버리고 스스로의 삶을 살고 싶다는 욕구를 느끼게 됩니다. 결국 스물세 살, 그는 남편과 아이들을 떠나버리지요. 이로 인해 도리스 레싱은 평생 죄책감과 해방감을 오가며 살게 됩니다. 하지만 무슨 일일까요. 그는 좌익 정치 단체 활동에 몰두를 하다가 어느 순간 고트프리트 레싱과 두 번째 결혼을 하게 됩니다. 그와 곧 이혼을 하게 될 것이라는 걸 알면서도 또 임신을 하고요. 결국 전쟁이 끝나고 두 번째 이혼을 한 도리스 레싱은 마침내 영국에 도착합니다. 이곳에서는 작가로 성공할 수 있을 것이란 기대감을 품고요. 그리고 그 기대는 사실이 되지요(물론 아주 많은 우여곡절 끝에요). 작가로 데뷔하고 난 후에는 이전의 모든 경험이 도리스 레싱의 작품 속에 녹아듭니다.

반항하는 작가로
끝끝내 남을 사람

2007년 스웨덴 한림원은 도리스 레싱을 수상자로 발표하며 "회의적인 시선과 강렬한 열정, 꿰뚫는 통찰로 분열된 현대 문명을 해부해온 여성 경험의 대서사 시인"이라 평하며 그에 대해 찬사를 퍼부었지요. 하지만 도리스 레싱은 장을 보러 갔다가 그 수상 소식을 듣고 노벨 위원회를 조롱했습니다.

"그들은 '언젠가 그 여자에게 상을 줘야 할 텐데'라며 걱정했을 거예요. 그런데 제가 흥분하고 기뻐해야 하나요. 난 이미 유럽에서 많은 상을 받았어요."

기본적으로 주류에 반항하는 정서가 도리스 레싱에게는 있는 것 같습니다. 아마도 당시 주류였던 영국에 속하지 못한 채 아프리카 식민 사회에서 성장하고, 또한 결혼과 출산을 겪으며 여성의 삶에 대한 자각을 한 것들이 여기에 영향을 미쳤지 않을까 싶습니다.

도리스는 유명해진 후에 주류 사회의 민낯을 까발리기 위한 실험도 합니다. 혹시 '제인 서머스Jane Somers'라는 이름을 들어보신 적이 있나요? 없으실 거예요. 저도 도리스 레싱에 관한 자료를 찾아보다가 알게 된 이름이니까요. 제인 서머스는 도리스 레싱의 또 다른 필명입니다. 제인 서머스라는 이름으로 그는 2권의 장편 소설을 출간합니다. 목적은 하나였습니다. 젊은 예술가들이 비평가들에게 어떤 식으로 취급당하는지 보여주기 위해서였죠. 도리스 레싱의 말을 직접 들어볼까요?

원고를 한 편 쓰고 나서 제 출판 대리인에게 그걸 출판하고 싶다고 말했지요. 런던에 있는 어떤 여성 저널리스트의 처녀작이라고 하면서요. 저 자신과 유사하고 정체성이 많이 다르지 않은 인물로 책을 내길 원했습니다. (중략) 제 책을 출판했던 두 개의 영국 출판사에서 그 원고를 거절했지요. 출판사에서 원고를 검토한 사람들의 보고서를 봤는데 매우 생색을 내면서 무시하는 투였습니다. 정말로 놀라울 정도로 깔보는 투였어요.

– 파리 리뷰,《작가란 무엇인가 2》

염두에 두던 대상은 출판사가 아니라 서평과 비평을 쓰는 사람들이었습니다. 그들은 놀라울 정도로 예측 가능하게 움직입니다. 그 책이 출판되면 어떤 반응이 나올지 전부 알고 있었어요. 제가 사실을 털어놓기 직전에 캐나다 텔레비전 방송과 인터뷰했습니다. 그들은 "앞으로 어떻게 될 거라고 생각하십니까?"라고 질문했지요. "영국 비평가들은 그 책이 별로라고 말할 겁니다."라고 답했습니다. 정확히 예측한 대로였습니다. 불쾌하고 험악한 서평들을 받았지요. 그 와중에 다른 나라에서는 아주 잘 팔려나갔고요.
— 파리 리뷰,《작가란 무엇인가 2》

어떤가요? 이미 이런 도리스 레싱이니 노벨 문학상을 받았을 때 비아냥조로 말한 것도 모자라, 결국 시상식에도 불참했지요. 건강 악화를 이유로 들면서요. 하지만 개인직으로 최고의 노벨상 불참 이유는 2016년 노벨 문학상을 받은 밥 딜런Bob Dylan이라고 생각합니다. 그는 끝끝내 불참을 통보하며 이렇게 말했지요.

"선약이 있어서, 시상식에는 가지 못하겠네요."

반항하는 작가, 도리스 레싱 작품 중 우리가 같이 읽어볼 책은 《다섯째 아이》입니다. 자, 시작해볼게요.

완벽한 가족을
믿으시나요?

여러분은 '가족'이라는 단어 앞에 어떤 수식어를 붙이고 싶으신가요?

화목한, 든든한, 행복한, 완벽한, 내 편이 되어주는, 함께하고 싶은.

걱정되는, 엉망진창인, 진절머리 나는, 모른 척하고 싶은, 견디기 힘든, 떠날 수 없는.

처음 떠올린 단어는 각자 다를 거라 생각합니다. 하지만 제가 위에 적어놓은 수식어들을 읽다 보면 모든 가족에겐 이 모든 수식어의 시간이 조금씩 있지 않을까요? 물론 그 수위는 각자 다르겠지만요. 근데 저 많은 수식어 중에서 유독 '완벽한'이라는 수식어가 저는 의심스럽습니다. 엉망진창인 가족일지라도 때론 화목한 가족인 순간이 있고, 진절머리 나는 가족이 문득 든든한 가족이 되어주는 순간도 있죠. 우리의 가족은 수많은 수식어를 퐁당퐁당 뛰어다니며 이런저런 가족이 되잖아요. 근데 '완벽한 가족'이라니요. 완벽한 가족이 뭘까요? 그건 따뜻한 아이스 아메리카노가 아닐까요. 절대 불가능한, 세상에 존재할 수 없는, 허상에 불과한.

완벽한 가족에 대해 《다섯째 아이》의 주인공인 해리엇과 데이비드 부부에게 묻는다면, 그들은 일말의 망설임도 없이 대답하겠지요. '대가족'이라고. 그들은 '완벽한 가족'을 꿈꾸며 계속해서 아이를 낳고, 그러다 다섯째 아이라는 '견디기 힘든 가족'을 만나게 되고, 결국 가족의 붕괴를 고통스럽게 겪는 인물들입니다.

도리스 레싱의 유명한 단편, 〈19호실로 가다〉는 이런 문장으로 시작합니다.

이것은 지성의 실패에 관한 이야기라고 할 수 있다. 롤링스 부부의 결혼생활은 지성에 발목을 붙잡혔다.

이 문장을 《다섯째 아이》로 가져와 본다면 이렇게 바꿀 수 있겠네요.

"이것은 믿음의 실패에 관한 이야기라고 할 수 있다. 해리엇과 데이비드 부부의 결혼생활은 대가족이라는 믿음에 발목을 붙잡혔다."

대가족이라니요. 이 소설의 배경이 1960년대인데, 그때에도 이미 대가족은 시대에 걸맞지 않은 가치였죠. 그렇습니다. 소설이 시작하자마자 첫 페이지에서부터 도리스 레싱은 공들여서 묘사합니다. 해리엇과 데이비드가 얼마나 시대에 걸맞지 않은 인물들인지. 하지만 불행인지 다행인지 서로가 정확히 그 지점에서 서로에게 반하게 되죠. 둘 다 이상적인 대가족을 원하고 있고, '가족 이데올로기'를 위해 헌신할 준비가 되어 있죠.

그들은 그 꿈을 위해 현실에는 철저하게 눈을 감아버립니다. 월급으로는 도저히 감당할 수 없는 거대한 호텔 같은 빅토리아풍 주택을 덜컥 계약하고, 대출금을 갚으려면 둘 다 회사를 다녀야 함에도 불구하고 대책도 없이 아이를 덜컥 가집니다. 그리고? 아이를 낳고 낳고 또 낳고 또또 낳습니다. 그것도 모자라 휴가철이 될 때마다 모든 친척들을 그 집으로 불러 모읍니다. 수십 명의 친척들이 몇 주 동안 그 집을 가득 채웁니다. 그들은 자신들이 행복하다고 '믿습니다'.

믿음은 자신의 신념이 옳은가에 대해 질문하지 않습니다. 믿음은 불리한 상황을 외면하고, 유리한 상황을 확대해석하는 것에 능합니다. 해리엇과 데이비드는 감당하기 버거운 순간이 다가오면 '그래도 이건 우리가 꿈꾸던 가족이야'라는 생각을 하면서 현실에서 눈을 돌려버리지요. 태어난 아이들을 어떻게 교육시킬 것인지, 얼마 전에 아이를 낳았는데 또 금방 임신을 해버려서 아내 몸이 축나는 건 어떻게 할 것인지, 사람들의 질타가 이어져도 듣지 않습니다. 오직 아이들을 중심으로 양가 부모와 형제들과 그 자녀들까지 그 집 안에서 행복하게 보내는 순간만 보려 합니다. 그들은 '가족 이데올로기'의 투철한 수호자입니다.

'가족'이 이념이 될 수 있을까요? 해리엇과 데이비드를 보면 그게 가능하다는 것을 알게 됩니다. 이념 앞에서는 그 어떤 진실도 맥을 못 춥니다. 자신이 옳다고 굳게 믿고 있으니까요. 그들은 힘들면 힘들수록 '가족이라는 허상'에 더 단단히 매달립니다. 그 믿음이 옳아야, 자신의 지금 힘든 삶도 가치 있는 게 되니까요. 그들은 자신들의 믿음을 지키기 위해 아버지의 돈을 씁니다. 어머니의 노동력을 무상으로 이용하고요. 그렇게 결혼한 지 몇 년이 지나지 않아 해리엇은 넷째를 낳고 얼마 되지 않아 다섯째 아이를 임신합니다. 이 책의 제목이기도 한

'다섯째 아이'가 마침내 등장합니다. 가족을 갈기갈기 찢으며.

'행복한 가족'이라는 이상에 단단히 갇혀 있던 해리엇을 깨부수는 건 다섯째 아이, 벤입니다. 벤은 그야말로 뱃속에서부터 해리엇을 부숩니다. 3개월이 되지 않았을 때부터 해리엇의 몸에 쥐어짜는 태동을 선사하죠. 태어난 후에는 울지도 않습니다. 엄마를 모조리 흡입하겠다는 기세로 젖을 먹고, 엄마를 잡아먹을 듯이 노려보죠. 덩치도 힘도 모습도 어린 아기의 그것이 아닙니다. 그야말로 기이한 생명체가 태어난 거죠. 당연히 형제들과 어울리지 못합니다. 그 집에 오는 강아지와 고양이는 이유도 알 수 없이 죽습니다.

벤의 모습을 보면서 저는 계속해서 영화 〈케빈에 대하여〉(2012)가 떠올랐습니다. 엄마를 향한 이유 없는 적개심. 커가면서 만들어진 적개심이 아니라, 말을 하기도 전부터 이미 완성되어 있던 그 증오 섞인 표정. 아무리 엄마가 노력을 해도 그 모든 노력을 케빈은 작정을 하고 깨부숩니다. 문제는, 엄마에게만 그런다는 거지요. 마지막 순간까지도요. 고통스러운 엄마의 표정이 자신의 존재 이유가 되는 것처럼 끝까지 케빈은 엄마를 물고 놔주지 않습니다.

그럼에도 불구하고 영화 〈케빈에 대하여〉에서 마지막까지 엄마가 케빈을 돌보는 것처럼 《다섯째 아이》에서도 그 모든 책임은 엄마인 해리엇에게 돌아옵니다. 생각해보면, 그 이전에 이 가족을 책임지고 있었던 건 해리엇의 엄마인 도로시였고요.

우리 이 그림, 너무 자주 보지 않았나요? 사실, 지금도 보고 있지 않나요? '가족 이데올로기'가 제물로 요구하는 것은 왜 언제나 여자일까요. 많은 경우에 여자들은 가족의 수호자가 되어야 한다고 사회적으로 교육받고, 가족을 위한 희생자가 되길 강요받습니다. 게다가 사람들은 참 뻔뻔하기도 하죠. 행복한 가정일 때는 '우리 모두가' 노력하여 이룩한 것이고, 가정에 불행한 일이 닥쳤을 때는 '엄마가' 책임지고 그 상황을 이겨나가야 하죠. 소설 속에서 해리엇은 절규합니다.

어떻게 이럴 수가 있냐고. 문명이랄 것도 없고, 인간에 대한 이해 자체가 부족한 원시 시대엔 정상성을 벗어난 아이를 낳은 여자가 홀로 비난의 시선을 뒤집어썼다지만, 우리는 지금 문명 시대를 살고 있는 것 아니냐며. 그런데 어떻게 모두들 자신을 이렇게 취급할 수 있냐고 울부짖습니다. 고통으로 만신창이가 된 해리엇을 앞에 두고 데이비드는 마치 남의 이야기 하듯, 자신은 이 사태와 아무 상관없다는 듯, 침착하게 한마디를 내리꽂죠. 뭘 그렇게 다 과장을 하냐고.

이것이 정말
픽션일까

처음 이 소설을 읽었을 때는 아주아주 무서운 '이야기'라고 생각했습니다. 살면서 벤 같은 존재를 만나본 적 없으니까요. 태어나자마자 울지도 않고, 엄마를 죽일 듯이 똑바로 쳐다보고, 모두에게 이토록 공포가 되는 존재라니요. 이것은 명백한 허구입니다. 하지만 '명백한 허구'라고 쓰는 순간, 잠깐 주저하게 되네요. 정말 이 이야기가 현실엔 결코 없을 이야기일까요? 정말 그럴까요?

벤은 돌연변이입니다. 그러니까 우리가 생각하는 '정상'의 범위를 벗어난 아이죠. 정상에 편입되지 않는 존재를 우리는 어떻게 대하나요? 아마도 정확히 이 책에 등장하는 인물들처럼 대할 겁니다. 누군가는 데이비드처럼 가족을 먹여 살려야 한다며 일로 도피를 하거나, 더 이상 휴가철에 그 집을 찾지 않는 가족들처럼 그 존재와의 대면 자체를 피하거나, 아니면 의사처럼 무책임한 해결책을 제시해주거나, 적극적으로 그 존재를 떼어내는 방법까지 제시하겠지요.

그리고 대부분의 경우 엄마는 그 모든 대책을 거부하고, 아이를 보호하는 방식을 택합니다. 발달장애 혹은 정서·행동장애를 가진 아이를 둔 엄마들이 대부분 그렇듯이. 그리고 많은 엄마들이 이런 존재가 태어난 것이 마치 자신의 잘못인 것 같은 죄책감에 시달립니다. 해리잇처럼. 실제로 많은 사람들이 은연중에 벤의 존재가 해리엇의 잘못인 양 비난하기도 하고요.

정상성에 편입되지 않는 존재 앞에서 우리는 너무나도 쉽게 우리의 한계를 드러냅니다. 어찌할 줄을 몰라 아예 못 본 척 하기도 하고요, 비상식적인 행동과 말을 거침없이 하기도 합니다. 평소의 우리와는 다른 모습을 거침없이 드러냅니다. 그것이 결국 우리의 한계라는 것도 모르고.

세상에 존재하지 않을 것 같은, 이야기 속 허구의 인물인 것 같던 벤은 커가며 비주류 사회에 편입이 됩니다. 안정적인 직업이 없이 떠도는 젊은이들 사이에서 편안함을 느끼고, 학교의 문제아들 사이에 자연스럽게 녹아듭니다. 그러니까 벤은 점점 더 정상적인 사회의 부정할 수 없는 한 축이 되어갑니다. 규칙을 깨는 반항아로, 사회를 혼란하게 만드는 범죄자로. 우리의 사회에 존재할 수밖에 없는 그림자로.

이 모든 과정을 읽으며, 그들의 마음을 겪으며, 이것이 명백한 허구라고 말할 근거가 저에겐 없다는 것을 깨달았습니다. 모든 사람이, 그들의 행동 양식이, 그들의 어려움과 고민이, 너무나도 현실적이라서요. 계속해서 현실의 저에게 질문을 던지고 있어서요. 무엇이 정상일까요? 우리는 '다름'을 어디까지 받아들일 수 있나요? 다름 앞에서 여성(엄마)에게는 어떤 역할이 요구되는가요? 그것이 정당한가요? 여성의 희생을 강요하며 그를 고립시키고 있진 않나요? 그것이야말로 폭력 아닌가요? 지금도 다섯째 아이는 계속 태어나고 있지 않나요? 우리는 다섯째 아이를 사회에서 어떻게 배제하고 있나요? 다섯째 아이는 가해자일까요? 피해자일까요?

그 어떤 질문에도 답이 쉽지 않습니다. 이것이 도리스 레싱이라는 반항적인 작가가 우리를 강타하는 방식입니다. 하지만 너무 걱정 마세요. 아마 제가 지금껏 소개한 책 중에 가장 빠르게, 가장 흥미진진하게 읽을 수 있는 책일 거라 자신합니다. 도리스 레싱은 순식간에 우리의 손을 잡아채 책 속으로 끌고 들어가거든요. 문장 몇 개로 입체적으로 인물들을 구축해내는 솜씨를 보면 감탄만 나옵니다. 그 인물들이 우리의 심장을 얼마나 자유자재로 가지고 노는지요. 문장 하나하나에

노림수는 또 얼마나 정교한지요. 노벨 문학상, 아무나 받는 게 아니라니까요.

3명의 작가가 만들어낸 세 가지 색깔의 세계. 꼭 그 세계들을 직접 다 맛보시길 바랍니다. 아시잖아요. 남의 여행 이야기 백번 들어봤자, 내가 직접 하는 여행에 비할 수 없다는 걸. 토니 모리슨, 아니 에르노, 도리스 레싱, 이 세계들을 꼭 직접 걸어보고, 느껴보고, 머물러보고, 음미해보고, 길을 잃어도 보시길. 저는 다만 저의 글들이 믿을 만한 지도 중 하나가 되길 바랄 뿐입니다. 자, 각자의 여행을 떠나보시죠.

사적인 책 역사

사적인 책 역사

'여행'이라는 단어를 입력하면 튀어나오는 기억들이 있다. 마치 겪자마자 급속 냉동이라도 한 것처럼 생생하게 보관된 기억들이다. 다른 건 다 잊어버렸는데, 이상하게도 그때의 풍경과 날씨, 공기의 질감까지 순식간에 재생된다. 나에겐 '책'도 그런 단어이다. '책'이라는 단어 하나를 입력하면 튀어나오는 기억들이 있다. 책의 제목도 내용도 다 잊어버렸는데, 이상하게 책 그 자체와 관련한 기억들은 지금까지 내 안에서 살아 펄떡인다. 지우고 싶은 기억까지도 너무나도 선연하게.

Scene #1

아직까지도 또렷하게 생각나는 장면 하나. 책이 배달되어 왔다. 처음 가져보는 내 책들이었다. 책은 무척이나 단단하고, 각 페이지들도 종이 상자처럼 두툼하다. 글씨 하나 없이 숫자와 토끼(미피였다)만 있는 책들. 아직 글을 읽을 줄 모르는 나를 위해 엄마가 사순 나의 첫 책들. 엄마의 증언에 따르면 나는 네 살이 되었을 때 거의 혼자 한글을 깨우쳤다고 한다. 그렇다면 이 기억은 네 살도 되기 전의 기억이다. 엄마는 기억도 못하고 있는 이 장면을, 내가 기억하고 있다. 그때의 집 안 풍경까지도 또렷하게. 그때 신이 나서 어쩔 줄 몰랐던 그 마음까지.

Scene #2

"엄마 올 때까지 여기서 책 읽고 있어."

엄마는 늘 서점에 나를 데려다놓고 볼일을 보러 갔다. 책이 있으면 얼마든지 기다릴 수 있었다. 아주 어릴 때부터 그랬다. 무슨 책을 읽은 건지는 당연히 기억나지 않는다. 아빠도 엄마와 같았다. 아빠는 도서관 입구에 나를 내려주고 말했다.

"아빠 볼일 보고 올 때까지 이 안에서 책 읽고 있어."

늘 그랬던 것처럼 고개를 끄덕이고 도서관에 들어가면서 한 생각이 기억난다.

'다음 주엔 입학이네.'

그러니까 이건 초등학교 입학 전의 이야기다. 일곱 살짜리 애를 도서관에 혼자 보내기도 하나? 모르겠다. 옛날이라 가능했던 걸지도. 어쩌면 나라서 가능했던 걸지도. 부모님이 독서에 유난이었던 기억은 없고, 동생도 책과는 거리가 멀었으니까. 책은 나에게만 통하는 명약이었을지도 모른다.

Scene #3

초등학교 3학년 때 짝꿍의 집은 학교와 우리 집 딱 중간에 있었다. 그래서 학교를 마치고 집으로 갈 땐 꼭 짝꿍의 집에 들렀다. 아주 작은 마당이 있는, 오래된 집이었다. 현관문을 열고 들어가자마자 화장실 문이 보였고, 그 옆 귀퉁이 공간에 작은 책장이 있었다. 그곳엔 짝꿍의 동화책이 가득했다. 하루는 그 아이가 나에게 말했다.

"니는 왜 우리 집에 오면 맨날 책장부터 보는데?"

열 살 버릇도 마흔까지 간다. 아직도 나는 누군가의 집에 가면 책장부터 보니까. 아마 여든 아니 죽을 때까지 이 버릇은 이어지지 않을까.

Scene #4

산타 할아버지에게 편지를 써두고 잠들며 불안하긴 했다. 왜 하필 오늘 할머니 집에서 자야 한단 말인가. 산타 할아버지가 못 찾아오면 어쩌려고. 그래서 편지에 똑똑히 적어두었다. 꼭 동화책 《꼬마 흡혈귀》 시리즈를 선물해줬으면 좋겠다고. 아니나 다를까. 선물은 없었다. 아무것도 없었다. 크리스마스 아침부터 펑펑 울었다. 일부러 '흡혈귀 루디거'를 정확하게 언급하며 울었다. 공식적으로는 아직 산타 할아버지를 믿는 걸로 되어 있었지만, 살짝 눈치는 챈 터였다. 엄마 아빠를 공략해야 한다는 것을. 그래서 좀 더 정성껏 울며 좀 더 정확하게 원하는 바를 말했다. 결국 나의 크리스마스 선물은 하루 늦게 도착했다. 원하던 바로 그 책이었다.

Scene #5

'중고등학생 필독서' 열풍이 엄마에게도 들이닥친 걸까. 중학생이 되자마자 황토색 양장에 금색 띠가 둘러진 《한국문학 전집》《세계문학 전집》 세트가 우리 집에 도착했다. 책꽂이 하나를 다 채울 만큼 무겁고, 웅장한 책들이었다. 덩달아 내 마음도 웅장해졌다. 반드시 1권부터 모두 다 읽으리라. 호기롭게 빼내 든 1권 '이광수 《무정》'.

책이 그렇게 재미없을 수도 있다는 걸 나는 그 책으로 배웠다. 졸다 깨다 열심히 읽어보아도 계속 재미가 없었다. 문학 전집의 1권이니 분명 유명한 소설일 텐데 무슨 일일까. 근대문학사의 최초 장편 소설인 걸 나는 몰랐고, 물론 그걸 알았더라도 별로 달라지는 점은 없었을 것 같지만. 어쨌거나 1권이라 포기할 수 없어서 끝끝내 읽었다. 그리고?

아무것도 남지 않았다. 아니, 책 같은 건 꼴도 보기 싫은 그 마음만은 확실히 남았다. 순서대로 읽겠다는 욕심은 버리고 재미있어 보이는 제목의 책들을 꺼내서 읽다 말다 했다.

그 와중에 확실히 기억에 남는 소설도 있다. 바로 《제인 에어》. 유명한데 재미도 있다니, 신기했지만 그 무겁고 웅장하고 고리타분해 보이는 문학 전집은 이내 나의 버림을 받았다. 집 앞에 도서 대여점이 생겼기 때문이었다. 그곳에 있는 책들은 라디오 광고에 나올 만큼 유명했는데, 심지어 세련된 표지와 제목까지 가지고 있었다. 나는 책 대여점의 유혹에 홀라당 넘어가버리고 말았다.

진짜 재미있는 책들은 거기 다 있었다. 로빈 쿡 《돌연변이》를 읽고 무서워서 며칠 잠을 설쳤고, 에릭 시걸 《닥터스》를 읽고 로라와 바니의 사랑이 진짜 사랑이라 확신했다. 《스칼렛》(《바람과 함께 사라지다》의 속편이었다) 1, 2권을 같이 읽은 친구와 3권을 서로 먼저 빌려 읽겠다고 실랑이를 벌인 것도 생각난다. 《세계문학 전집》에는 절대 못 들어갈 것에 틀림없는 그런 책들이 나의 한 시대를 장식했다.

Scene #6

고등학교 2학년 중간고사 다음 날. 학교 전체에 불만의 기운이 팽배하다. 어제까지 중간고사 치느라고 그렇게 고생했는데, 하루도 쉬지 못하고 바로 야간 자율 학습이라니. 선생님들에게 항

의도 해보고, 앙탈도 부려보았지만, 꼼짝없이 모두 야간 자율 학습에 붙들렸다. 공부를 하는 친구들도 있었고, 소설책을 읽는 친구들도 있었고, 조는 친구들도 있었다.

조용한 교실 뒷문으로 선생님이 더 조용하게 들어선다. 바로 눈치를 채고 조는 친구를 쿡 찔러 깨운다. 하지만 오늘 선생님의 관심사는 조는 학생이 아니다. 신성한 야간 자율 학습 시간에 책을 읽는 학생들이다. 순식간에 교실 한 바퀴를 돌며 선생님은 책들을 다 빼앗았다. 내 앞의 친구는 《상실의 시대》를 읽다가, 또 다른 친구는 《태백산맥》을 읽다가 책도 빼앗기고 손바닥도 맞았다. 모두들 순식간에 울상이 되었다. 맞아서가 아니라 책을 빼앗겨서다. 억울해서가 아니라 걱정 되어서다. 도서 대여점에서 빌린 책들인데, 어떻게 변상하지. 선생님이 돌려주실까. 안 돌려주시겠지. 발을 동동 구르는 친구를 보면서 나는 이상하다는 생각을 지울 수가 없었다. 왜 학교에서 책을 읽으면 안 되는 걸까. 시험이 끝난 다음 날인데, 소설을 읽는 이러한 소소한 기쁨두 우리는 누릴 수 없는 걸까. 입시생이 그런 기쁨까지 탐내면 안 되는 걸까.

다음 날 점심시간. 학교 스피커에 문학 선생님의 걸걸한 목소리가 울려 퍼진다.

"자, 어제 저녁 야간 자율 학습 시간에 책 읽다 빼앗긴 학생들, 지금 모두 방송실로 집합합니다."

순식간에 책을 빼앗긴 친구들의 표정이 밝아진다.

"아싸. 책 돌려줄 건가 봐. 오예~"

잠시 후, 스피커로 전교에 울려 퍼진 그 소리를 어떻게 설명할 수 있을까. 밥을 먹던 아이들의 수다가 멈췄다. 밥을 씹던 입이 다물어지지 않는다. 모두가 하얗게 질렸다. 매 맞는 소리가, 전교에, 쩌렁쩌렁 울려 퍼진다. 문학 선생님이, 마이크를 켜놓고, 어제 책 읽은 학생들을 모두 엎드려 뻗쳐 시켜놓고, 때렸다. 그 소리 끝에 문학 선생님이 다시 마이크를 잡는다. 탁한 목소리로 경고한다.

"자, 앞으로 학교에 공부와 관계없는 책을 가져오는 학생에겐, 같은 조치를 취합니다. 이상."

단 하나의 충격이 책을 좋아하던 사람을 순식간에 책을 펼치지도 못하는 사람으로 바꾸어놓았다. '고등학생 필독서'라는 이야기를 들으면 내 귀에는 아직도 그날의 매 맞는 소리가 들린다. '문해력'이라는 단어 앞에서도, '요즘 아이들은 책을 안 읽는다'라는 학부모의 고민 앞에서도 그날의 소리는 자동으로 재생된다. 교복을 입고 소설책을 읽는 아이를 만나면, 나는 웃지도 울지도 못하는 이상한 표정이 된다.

3년 후, 대학생이 되어서야 나는 도서관의 책들 앞에 다시 설 수 있었다. 도서관의 분위기만큼이나 내 모습도 평온해 보였겠지만, 사실 매우 다급한 마음이었다. 폭력의 충격으로 잃어버렸지만, 꼭 다시 찾고 싶은 마음이 있었기 때문이었다. 책으로 지우고 싶은, 책으로만 지울 수 있는 폭력의 기억이 내게 있었기 때문이다. 문학의 힘을 모르는 사람에게 문학을 배워야 하는 것이 나의 지난 현실이었지만, 문학의 힘을 빌려 내가 좋아하는 문학의 세계로 되돌아올 수 있는 것이 나의 지금 현실이었다. 그렇게 나는 책의 세계에 다시 편입하였다. 책을 좋아하는 마음도 재능이라면, 나에겐 타고난 재능이 있었다. 이번에야말로 그 재능의 힘을 빌려 다시 책의 세계에 들어갈 작정이었다.

책만 펼치면 그곳에 있었다.
즐겁고 안전한 나의 세계가.
어떤 폭력도 훼손할 수 없는 나만의 세계가.

나를 찾아서

샬럿 브론테 지음,
유종호 옮김,
《제인 에어 1, 2》,
민음사, 2004.

진 리스 지음,
윤정길 옮김,
《광막한 사르가소 바다》,
웅진지식하우스, 2024.

페터 비에리 지음,
문항심 옮김,
《자기 결정》,
은행나무, 2015.

탁월한 이야기는 우리를 어디까지 데려갈까요? 딱딱한 문학 전집 속에서 중학생이 찾아낸《제인 에어》라는 샘물은 놀랍게도 마흔 중반이 된 지금까지 제 삶에 흐르고 있습니다. 드라마 〈제인 에어〉(2006)에 빠졌던 20대도 있었고,《제인 에어》를 비틀어 써낸《광막한 사르가소 바다》에 침 튀기며 열광했던 30대도 있었고, 그리고 그 책들을 오독 대원들과 같이 읽으며 같이 열광한 40대도 있습니다. 20대의 참가자부터 60대의 참가자까지 모두 한목소리로 말했지요.《제인 에어》가 이렇게 재미있는 책인 줄 몰랐다고. 그리고 그 모두가《광막한 사르가소 바다》를 읽으며《제인 에어》의 진실을 깨닫고 해일 같은 분노를 터뜨렸지요.

분노에도 불구하고 탁월한 이야기의 힘은 조금도 줄어들지 않더라고요. 10대부터 40대까지 저를 쥐고 흔든《제인 에어》의 여정을 시작해보려고 합니다. 샬럿 브론테의《제인 에어》로 시작해서, 진 리스의《광막한 사르가소 바다》를 지나, 페터 비에리의《자기 결정》에 도착하는 긴 여행입니다.

보통의 여행사라면 방문할 장소와 식사 그리고 팁 정도를 안내하겠지요. 하지만 저는 이 여행 끝에 여러분이 '나'를 찾게 될 것이라는 확답까지 드리겠습니다. 시작하기 전에 이런 이야기를 하는 건 여행사로서 감당할 수 없는 약속이라는 건 알고 있습니다만, 그래도 사실이 그러한데 어쩌겠습니까. '나를 찾는 여행'이라고 해서 걱정을 하실 필요는 없습니다. 전혀 어려울 게 없는 코스입니다. 친한 친구와 수다를 떠는 기분으로 설렁설렁 걸어가볼까요?

제인 에어라는
문학적 원형

　　　　　백 번 넘게 본 영화가 있습니다. 과장법
이 아니에요. 제대로 셌다면 이백 번이 넘어갈지도 모르겠습
니다. 중학교 때 저는 학교에서 돌아오자마자 늘 〈사운드 오
브 뮤직〉(1969)을 봤습니다. 텅 빈 집에서 혼자 교복을 갈아
입고, 학원 갈 가방을 싸고, 냉장고에서 뭔가를 꺼내서 챙겨
먹으며 눈은 내내 〈사운드 오브 뮤직〉에 고정이 되어 있었습
니다.

　　보고 보고 또 본 드라마도 있습니다. 백 번 넘게 본 것까진
아니지만, 사실은 특정 장면만 보고 보고 또 본 거지만, 꽤 자
주 이 드라마를 꺼내 보았습니다. 바로 2006년 BBC에서 만든
드라마 〈제인 에어〉입니다. 저는 로체스터를 아주 좋아했습
니다. 무뚝뚝한 로체스터가 웃는 순간을 특히 좋아해서, 회사
에서 밤을 꼬박 새고 집으로 돌아와 잠을 자기 전에도 그 장면
을 다시 보며 잠에 들었죠.

　　계속 본 영화와 계속 본 드라마. 이 둘의 닮은 점을 깨닫고
소스라치게 놀란 건, 북클럽을 준비하면서였어요. 제인 에어
도 〈사운드 오브 뮤직〉의 마리아도 가정교사로 취직을 하죠.
둘 다 가진 돈은 한 푼도 없고요. 그리고 그 집의 안하무인인
주인과 사랑에 빠집니다. 두 남자 다 부잣집 여자와 재혼을 하
려는 것도 동일하죠. 마리아와 제인 에어 모두 그 여자 때문에
마음을 접는 상황도 똑같고요. 결국 어리석은 남자가 뒤늦게
자신의 마음을 깨닫고 사랑이 이뤄지는 그 순간도 너무 똑같

지 않나요? 도대체 어떻게 된 일일까요?

이것이 탁월한 이야기의 힘입니다. 탁월한 이야기는 문학적 원형이 되어 다른 작품들에 영향을 주며 영원토록 반복됩니다. 제인 에어는 '가진 것 없는 여자 주인공이 낯선 세계에 들어가서 사랑과 자유를 동시에 찾는 이야기'라는 이야기의 원형입니다. 제인 에어도 마리아도 사랑을 위해 스스로를 버리거나, 거짓 자아를 만들어내지 않습니다. 오히려 스스로의 자아를 지키기에 사랑도 얻습니다. 이런 여성 캐릭터라면 우리 참 많이 보지 않았나요?

《미녀와 야수》의 벨은 어떤가요? 벨은 야수가 살고 있는 외딴 성에 들어와서 스스로를 지키는 것은 물론 야수까지 변화시키죠. 〈내 이름은 김삼순〉(2005)의 김삼순은요? 뚱뚱하다고 계속해서 외면받지만, 그는 굴복하지 않고 스스로를 지키고, 결국 남자 주인공의 마음을 돌려놓죠. 제인 에어를 필두로 해서 이런 여성들이 세상에서 점점 이야기되고, 발전이 되고, 실제 세상 속 여성들에게 영향을 미치는 거죠. 캬, 너무 멋있지 않나요. 우리가 지금 읽는 《제인 에어》는 단순한 이야기가 아니라니까요. 우리가 좋아하는 많은 이야기의 원형인 거죠.

물론 오해가 깊어지기 전에 한 가지 고백을 하고 넘어가야겠습니다. 이런 여성 서사를 너무나도 좋아하기에 〈사운드 오브 뮤직〉과 〈제인 에어〉를 그렇게 보고 보고 또 봤다, 라고 저를 변호하고 싶습니다만…… 부끄럽게도 그게 전부는 아닙니다. 본 트랩 대령과 로체스터처럼, 무뚝뚝한 사람이 사랑 앞에서 부드러워지는 순간을 제가 너무 좋아합니다. 좀 심각하게 많이 좋아합니다. 하지만 얼마나 다행인지요! 현실 세계에서는 무뚝뚝한 남자가 전혀 이상형이 아니거든요. 물론 유부남에게도 전혀 관심이 없으니, 안심하셔도 좋습니다.

샬럿 브론테는
어떻게

우선 이 탁월한 이야기를 만들어낸 샬럿 브론테Charlotte Bronte에 대해 조금 이야기를 해보려고 합니다. 샬럿 브론테의 《제인 에어》 앞에서는 작품과 작가를 떼내는 작업에 언제나 실패를 하고 맙니다. 자꾸 이 글을 써 내려가던 샬럿 브론테의 마음이 글 위로 포개져서요.

지금 우리는 《제인 에어》를 쓴 샬럿 브론테와 《폭풍의 언덕》을 쓴 에밀리 브론테Emily Bronte를 합쳐서 '브론테 자매'라고 부르지요. 하지만 출간 당시로 돌아가볼까요? 그러면 우리는 '브론테 자매' 대신에 '벨 형제'라고 불러야 했을지도 모르겠습니다. 1847년 샬럿 브론테는 '커러 벨Currer Bell'이라는 필명으로 《제인 에어》를 발표했고요, 곧이어 에밀리 브론테는 '엘리스 벨Ellis Bell'이라는 필명으로 《폭풍의 언덕》을 발표했거든요. 그들은 알았던 거죠. 여성의 이름으로 출간을 했다가는 결코 정당한 평가를 받을 수 없을 것이라는 걸요. 사실 이건 그들의 첫 책이 아닙니다. 한 해 전에 막내 앤 브론테Anne Bronte까지 '액턴 벨Acton Bell'이라는 필명으로 함께

《커러, 엘리스, 액턴 벨의 시집Poems by Currer, Ellis, and Acton Bell》을 냈지만, 단 두 권만 팔렸거든요.

두 권만 팔린 것에 충격을 받은 걸까요. 아니면 두 권 따위로 샬럿 브론테의 창작열을 꺾을 수 없었던 걸까요. 그 이후로 샬럿 브론테는 본격적으로《제인 에어》를 쓰기 시작합니다. 에밀리 브론테는 그의 유일한 소설 작품《폭풍의 언덕》을 쓰기 시작했고요. 두 자매가 나란히 지금까지도 널리 읽히는 고전 중의 고전을 썼다니. 도대체 얼마나 지적인 집안에서 고상하게 자란 건지 궁금해지죠? 결론부터 말하자면 그들의 성장 환경은 결코 순탄치 않았습니다. 어쩌면 '순탄'이라는 단어가 들어설 여지가 없는 삶이었다고 말하는 편이 더 나을지도 모르겠네요.

샬럿 브론테는 1816년 목사인 패트릭 브론테의 여섯 남매 중 셋째로 태어납니다. 이어 남동생 패트릭과 여동생 에밀리, 앤이 태어나고요. 하지만 겨우 1821년, 그가 다섯 살일 때 어머니가 돌아가시고 맙니다. 그 이후 이모의 손에 맡겨졌다가 기숙사에 들어가서 혹독한 생활을 하게 되는데요. 1825년에는 같이 기숙사 생활을 하던 친언니인 마리아와 엘리자베스가 모두 세상을 떠납니다. 이 모든 과정은《제인 에어》의 기숙사 생활 묘사에 고스란히 반영되어 있습니다. 광신적이며 위선적인 교장의 모습까지도요.

제인 에어를 읽다 보면 샬럿 브론테의 삶이 그 위로 겹쳐질 수밖에 없습니다. 놀라울 정도로 닮은 점이 많거든요. 제인 에어도 샬럿 브론테도 둘 다 어머니가 일찍 돌아가시죠. 둘 다

친척에게 맡겨졌다가 혹독한 기숙사 생활을 겪습니다. 둘 다 그곳에서 사랑하는 사람의 죽음을 경험하고요. 둘 다 비슷한 사랑을 하는 점도 비슷합니다. 그 사랑의 결론은 다르지만요.

죽음은 늘 샬럿 브론테 곁에 머뭅니다. 1847년 《폭풍의 언덕》을 발표한 동생 에밀리 브론테는 이듬해 세상을 떠나고요(남동생 패트릭도요), 곧이어 막냇동생 앤 브론테도 세상을 떠납니다. 결국 샬럿 브론테가 가장 오래 살아남지만, 그도 1855년, 마흔도 되지 않은 나이에 세상을 떠나게 됩니다.

그래서 《제인 에어》를 읽다 보면, 이 소설을 써 내려가는 작가에게 자꾸 마음이 향합니다. 상상해보세요. 사랑하는 사람들은 자꾸 죽고, 사랑한 남자에게서는 거절을 당하고, 교육받은 여성의 입장이지만 겨우 구할 수 있는 일자리는 가정교사뿐입니다. 고통이 기본값이고, 자신을 향해 열린 문은 하나도 없습니다. 하지만 샬럿 브론테는 좌절하는 여성상이 아닙니다. 그가 쓴 시의 한 구절을 한번 보세요.

야망의 강한 맥박이
나의 모든 혈관에서 요동치고 있다
그 순간, 흐르는 피는
내면의 내밀한 상처를 누설한다
— 샌드라 길버트·수전 구바, 《다락방의 미친 여자》

《제인 에어》를 읽다 보면 아시게 될 거예요. 이 시는 바로 제인 에어의 내면을 그대로 담아내고 있다는 걸요. 이 강한 야망을 억누를 길이 없는 샬럿 브론테는 《제인 에어》를 써 내려 갑니다. 답답한 현실을 그대로 반영하면서요. 그럼에도 불구 하고 기죽지 않는 강인한 성격을 고스란히 나타내면서요. 그 가 스스로의 고통과 결핍을 숨기지 않고 표현한 덕분에 《제인 에어》라는 걸출한 작품이, 인물이 탄생하게 된 거죠.

이 책은 당시 출간되자마자 큰 반향을 불러일으킵니다. 이런 여자 주인공은 모두에게 처음이었던 거죠. 이토록 솔직 하고 강인한 여자 주인공이라니. 당연히 남성 작가가 쓴 소설 일 거라는 추측이 팽배했습니다. 하지만 몇 달 지나지 않아 여 성 작가가 썼다는 사실이 알려지며, 분위기는 반전됩니다. '너 무 열정적이고 감정적이다'라는 비판까지 일어나게 된 거죠 (지금의 상황과 너무 비슷하죠? 지금도 얼마나 자주 '너무 감정적이다' 라는 비판이 여성들을 옭아매나요). 물론 위대한 작품은 그런 자잘 한 비난에 조금도 훼손되지 않습니다. 비판한 사람들은 모두 이름도 없이 죽었지만, 《제인 에어》는 지금까지두 계속 살아 있으니까요.

제인 에어는
어떻게

　　　　　　　　샬럿 브론테는 답답한 현실을 참지 않 고 글을 씁니다. 제인 에어는 답답한 현실을 참지 않고 그 생 각을 말로 내뱉습니다. 별생각 없이 책을 읽어 내려갔을 때 에는 제인 에어의 말이, 생각이 대단하다는 생각을 못 할 수도 있어요. 왜냐하면 우리는 현대를 살아가는 사람의 생각으로 제인 에어를 바라보게 되니까요. 당연히 자신의 생각을 가질 수 있고, 당연히 자유롭게 말할 수 있고, 연애와 결혼에 있어서도 남녀가 대등한 입장을 가지(는 것처럼 보이기도 하)는 지금의 눈으로 보면 제인 에어는 그다지 독특한 인물이 아닙니다. 하지만 기억해주세요. 이 소설이 1847년에 발표되었다는 걸요.

> "제가 가난하고 미천하고 못생겼다 해서 혼도 감정도 없다고 생각하세요? 잘못 생각하신 거예요! 저도 당신과 마찬가지로 혼도 있고 꼭 같은 감정도 가지고 있어요. (중략) 저는 지금 관습이나 인습을 매개로 해서 말씀드리는 것도 아니고 육신을 통해 말씀드리는 것도 아녜요. 제 영혼이 당신의 영혼에게 말을 하고 있는 거예요. 마치 두 영혼이 다 무덤 속을 지나 하느님 발밑에 서 있는 것처럼, 동등한 자격으로 말이에요. 사실상 우리는 현재도 동등하지만 말이에요!"

《제인 에어》에서 가장 인상적인 대사 중 하나를 가져와봤습니다. 로맨틱함이라고는 전혀 없는 이 대사는, 놀랍게도 제인 에어가 로체스터로부터 사랑 고백을 받기 직전에 내뱉는 말입니다. '관습과 인습' 대신 '동등'이라는 단어 선택. 고용주를 향한 "우리는 동등하다"라는 선언. 180년 전 사람들이 이 이야기를 읽었을 때 기분이 어땠을까요? 이 선언이 얼마나 생경했을까요? 비록 신분이 다르지만, 부의 수준도 전혀 다르지만, 감히 당신을 넘볼 수 없다는 걸 알지만, 나와 당신은 동등한 자격을 가진 인간이라는 선언이라니요. 동시에 제인 에어는 말합니다. 당신은 겨우 돈과 신분 때문에 부잣집 여자를 아내로 택하려고 하니, 나는 당신보다 도덕적으로는 우위에 있다고.

사실 제인 에어의 이 말은 당시 빅토리아 시대의 결혼관에서 완전히 벗어나 있습니다. 그때엔 근대 자본주의가 발달하기 시작하면서 결혼은 사유재산과 신분의 결합, 즉 집안 대 집안의 이해관계에 의한 결합이 일반적이었습니다. 하지만 제인 에어는 당당히 당신과 나는 동등하다고 말하죠. 물론 바로 그 당당함 때문에 로체스터는 제인 에어에게 반했으므로, 로체스터는 제인 에어가 듣고 싶어 하는 방식 그대로의 말로 청혼합니다.

> "나와 동등한 것, 나와 꼭 닮은 것이 여기 있기 때문이오. 제인, 나와 결혼해 주겠소?" (중략)
> "가난하고 미천하고 조그맣고 예쁘지도 않은 당신에게 나를 남편으로서 받아들여 달라고 나는 간청하오."

세상에서 가장 신기한 청혼이 여기에 있습니다. 청혼을 하며 상대에게 "가난하고 미천하고 조그맣고 예쁘지도 않은"이라는 수식어를 쓰다니요. 이 정도 말이라면 화를 낼 만도 한데, 영혼의 단짝이긴 한가 봅니다. 이런 말 앞에서 제인 에어는 그의 진심을 눈치채니까요. 사실 제인 에어는 첫 만남에서부터 로체스터의 무례하고 무뚝뚝한 태도에 호감을 느끼긴합니다. 꾸며낸 친절보다는 직설적인 진심이 더 안전하다고느끼기도 하고요.

그런데 아시나요? 이렇게 제인 에어가 로체스터와 동등하다고 느끼고, 자기 목소리를 낼 수 있도록 하기 위해 샬럿 브론테가 앞에서부터 공들여 많은 장치를 마련해두었다는 걸요. 시간을 조금 거슬러 올라가 로체스터와 제인 에어가 처음 만나는 장면을 살펴볼까요?

그들은 저택 안에서 고용주와 가정교사로 만나지 않습니다. 야외에서 우연히 마주치죠. 심지어 로체스터가 곤경에 처한 제인 에어를 구하는 설정도 아닙니다. 샬럿 브론테는 왕자가 구하는 신데렐라 이야기 대신, 제인 에어가 말에서 떨어진 로체스터에게 도움을 주는 설정을 택합니다. 덕분에 제인 에어는 처음 만나는 이 남자 앞에서 위축될 필요가 없습니다. 그가 누군지 모르니까요. 그저 자기의 도움을 필요로 하는 인간일 뿐이니까요. 제인 에어는 원래 무뚝뚝하고 솔직한 그의 스타일 그대로, 어떤 가면도 쓰지 않은 채로 로체스터를 만날 기회를 얻습니다. 로체스터가 처음에 말에서 떨어졌을 때에도 그가 잘생기지 않고, 찌푸린 오만상에 무뚝뚝한 태도를 보여서 마음을 놓았다고 말하고, 첫 접견을 할 때에도 상대가 아무렇게나 마구 대접하니, 오히려 마음이 홀가분해진다고 말하죠. 덕분에 로체스터도 솔직하고 독립적인 제인 에어를 있는그대로 보게 되고요. 어쩌면 제인 에어가 로체스터를 사랑하게 되는 건 당연한 결과일지도 모릅니다. 제인은 자신을 정확하게 알아봐주는 존재를 살면서 처음 만났으니까요.

그래서일까요? 처음 만난 순간부터 대화는 겉돌지 않습니다. 다른 사람에게는 털어놓기 힘든 이야기를 서로에게는 어렵지 않게 털어놓습니다. 분명 이 둘은 잘 어울립니다. 가정교사와 주인이라기보다는, 영혼의 단짝을 만난 느낌이지요. 로체스터의 이 말이 과장이 아닙니다.

"마치 내 왼편 갈비뼈 밑 어딘가에 끈이 하나 달려 있어서, 그것이 당신의 그 조그만 몸뚱이의 오른편 갈비뼈 밑에 달려 있는 똑같은 끈과 풀리지 않게 꼭 매어져 있는 것 같은 느낌이오."

하지만 이런 고백이나 느낌이 무슨 소용입니까. 로체스터에게는 부인이 있는걸요. 심지어 한집에 같이 살고 있는걸요.

제인 에어라는
양심

　　　　　　제인 에어는 떠납니다. 문제는 로체스터에게 아내가 있다는 사실을 알게 되었어도 그에 대한 사랑이 조금도 줄어들지 않는다는 것에 있습니다. 하지만 제인 에어는 차마 로체스터의 정부로 살 수는 없습니다. 사랑의 무게보다 양심이 무게가 더 무거우니까요. 로체스터를 너무나도 사랑하지만 자신에 대한 사랑도 버릴 수 없으니까요. 정부라니, 제인 에어에게 그것은 자기 자신을 배반하는 행위이지요. 사실 당시 가정교사가 정부가 되는 일은 아주 흔했다고 합니다. 그러니 소설 속에는 이런 대사가 서슴없이 등장합니다.

> "가정교사 얘기는 하지도 마라. 가정교사란 말만 들어도 신경질이 난다. 그들의 무능과 변덕 때문에 난 정말 순교자의 고생을 치렀단다. 이제 그들과는 손을 끊게 되었으니 하느님께 감사를 드리고 있단다." (중략)
> "어머니, 저는 그런 족속에 대해서 할 말이 한 가지밖에 없어요. 골칫거리라는 것."

누가 가정교사가 될까요? 귀족 여성? 아닙니다. 그들은 직업을 얻을 필요가 없죠. 그들에게 직업을 얻는다는 것은 오히려 신분 하락을 의미합니다. 살기 위해 돈을 벌어야 한다고요? 말도 안 되죠. 결혼을 잘하기만 하면, 사는 일은 바로 해결되는걸요. 생각해보세요. 안나 카레니나는 누군가의 아내였고, 제인 오스틴의 소설 속 주인공들도 모두 누군가의 딸들이며, 누군가의 아내가 될 준비를 열심히 하고 있습니다. 그럼 어떤 여성들이 집을 떠나 가정교사가 될까요? 바로 교육을 통해 음악과 미술, 문학을 배워서 지적 수준은 귀족과 같지만 신분은 그렇지 않은 사람들이 가정교사가 됩니다. 제인 에어 역시 고아였기 때문에 가정교사라는 직업을 가질 수 있게 되는 거죠. 고아였기 때문에 이 모든 서사의 주인공이 될 수 있는 거고요.

　이토록 천대받고 모욕적인 시선을 견뎌야 하는 직업이지만, 제인 에어는 쉬운 길을 선택하지 않습니다. 아니, 그에게 가장 쉬운 길은 그의 양심을 따르는 길입니다. 그에게 고난은 견딜 수 있는 것이지만, 도덕적 타락은 도저히 견딜 수 없는 것이니까요. 사랑이 양심보다 중요하지 않다는 이야기는 아닙니다. 사랑은 여전히 마음속에서 펄펄 끓어오르고 있어요. 하지만 자신의 삶에 대한 주도권을 사랑에 넘겨줄 수가 없는 거죠. 성숙한 자유인인 우리의 제인 에어는.

　제인이 성숙한 자유라는, 생각조차 할 수 없는 목표를 향해 어린 시절의 감금에서 벗어나고자 발버둥칠 때 부딪치는 여러 문제—억압(게이츠헤드에서), 굶주림(로우드에서), 광기(손필드에서), 추위(마시엔드에서)—는 가부장적 사회에서 모든 여성이 직면하고 극복해야 하는 곤경의 징후다.
　ー 샌드라 길버트·수전 구바, 《다락방의 미친 여자》

　못생긴 제인 에어는(이것은 저의 평가가 아닙니다. 살면서 여자 주인공이 못생겼다는 걸 이렇게나 끝없이 이야기하는 소설은 또 처음이에요) 자신의 처지를 비관하고 주저앉지 않습니다. 다른 삶을 향해 계속해서 나아갑니다. 천대받는 친척 집에서 열악한 기숙학교로, 그곳에서도 또 다른 자리로, 그리고 손필드 저택으로. 이때 그를 떠미는 힘은 성공이나 안식에 대한 갈망이 아닙니다. 조금이라도 온당한 대우를 받을 수 있는지, 자신의 도덕적 기준에 부합하는 삶을 살 수 있는지, 자신 안에 타오르는 열망을 조금이라도 잠재울 수 있는지가 기준입니다. 그 선택이 자신을 더 힘겨운 삶으로 내몰더라도 제인 에어는 기꺼이 감당합니다. 자신 내면의 기준에 따라 마땅히 해야 하는 선택이었으니까요. 그는 끝없이 자신이 자신의 주인이 되기 위해 노력합니다. 이 대사를 보세요.

'내가 나를 걱정한다. 쓸쓸하고 고독하고 아무도 의지할 사람이 없으면 없을수록 나는 나 자신을 존경한다.'

샬럿 브론테는 무엇을 꿈꾸었을까요? 19세기 영국 빅토리아 시대에 감히 여성이 남성에게 종속되지 않는 사랑을 꿈꾼다는 것은 어떤 의미였을까요? 제인 에어는 시대의 한계를 뛰어넘은 걸까요? 지금의 눈으로 보면 여전히 시대의 한계에 갇혀 있는 걸까요? 로체스터는 제인 에어에게 사랑을 받을 만한 인간이었을까요? 버사의 입장에서 보면 로체스터는 어떤 인물일까요? 그나저나 자꾸 로체스터 같은 남자 주인공만 좋아하는 김민철은 어떻게 해야 할까요?

너무 걱정하실 필요는 없습니다. 진 리스Jean Rhys의 《광막한 사르가소 바다》가 기다리고 있으니까요. 이제 로체스터의 진실, 《제인 에어》 속에 감춰진 수많은 진실을 직면할 차례입니다. 집채만 한 파도가 우리를 집어삼킬 겁니다. 꼭 붙잡으세요! 뭐라도요!

탁월한 이야기가
탁월한 후배 작가를 만나면

　　　　　　　자, 내리실까요. 무사히 도착했습니다.
여기는 진 리스의 《광막한 사르가소 바다》입니다. 저의 첫 번
째 에세이 《모든 요일의 기록》에는 이 책에 대한 언급이 있
지요.

책으로도 드라마로도 몇 번이나 본 《제인 에어》에서 나
는 단 한 번도 로체스터의 부인에게 주의를 기울이지 않
았다. 《제인 에어》에서 그 여자의 역할은 분명했으니까.
제인 에어와 로체스터의 고귀한 사랑에 장애물이 되는 여
자, 미친 이미지가 잘 어울리는 이국의 여자, 미쳐서 로체
스터의 침대에 불을 지르는 여자, 그렇지만 속 깊은 로체
스터기에 차마 버리지 못한 여자, 로체스터의 성에 갇히
는 게 당연한 여자, 이미 분명한 역할이었기에 더 이상의
고민을 할 필요가 없는 여자였다. 하지만 한 소설가는 《제
인 에어》를 읽고 분노한다. "단지 한쪽의 이야기일 뿐이잖
아. 영국 쪽 말이야."

그렇습니다. 분노한 소설가가 바로 《광막한 사르가소 바
다》를 쓴 진 리스입니다. 《광막한 사르가소 바다》는 《제인 에
어》의 프리퀄에 해당하기 때문에 소설의 결말은 이미 《제인
에어》에 다 나와 있습니다. 로체스터는 제인 에어를 만나기
훨씬 전, 자메이카에서 버사와 결혼을 했고, 그를 손필드 저택

꼭대기 방에 가두는 것이 그 결론이니까요.

버사를 생각하며 다시 《제인 에어》를 읽어볼까요? 다시 읽어보면 '버사, 자메이카, 재산, 미친 웃음, 다락방' 등 곳곳에 로체스터의 과거에 대해 알 수 있는 힌트가 많이 나와 있습니다.

"에드워드 페어팩스 로체스터 씨는 1800년 10월 20일(십오 년 전의 날짜였다.) 소생의 누이동생이며, 상인인 조너스 메이슨과 서인도 제도 출생인 그의 처 앙투아네트의 딸, 버사 앙투아네트 메이슨과 자메이카섬 스패니시타운 ○○ 교회에서 결혼했음을 확인함."

"에드워드 나리가 성년이 된 직후에 그리 공정한 처사라고 볼 수가 없는 조처가 취해지고 그 결과 골칫거리가 생겼던 거지요."

"운명에게 억울한 대우를 받았을 때 난 냉정을 지킬 만큼 지혜롭지 못했던 거요. 나는 자포자기가 되어 타락하고만 것이오."

"당신은……." 나는 그의 말을 가로막았다. "그 불행한 여인한테 너무 가혹하게 말씀하시는군요. 증오심을 가지고, 앙심 깊은 반감을 가지고 그분 일을 이야기하시는군요. 잔인해요. 미치지 않을 수가 없겠어요."

마지막 인용은 바로 제인 에어의 말입니다. 아마도 이 책의 저자 진 리스가 공감했을 유일한 말 아닐까요? 제인 에어만 유일하게 다락방의 여인의 입장에 공감을 표하니까요. 다른 말들은 모조리 로체스터의 입장을 대변하고 있을 뿐입니다.

《제인 에어》는 제인 에어가 사촌에게 대들다가 '붉은 방'에 갇히고, 거기서 두려움에 기절을 해버리고 마는 장면으로 시작합니다. '붉은 방'은 여성을 억압하는 힘의 상징입니다. 여자들의 입을 막고, 사고를 마비시키고, 가부장제의 입맛에 맞게 여성들을 길들이는 곳이지요. 샬럿 브론테는 제인 에어를 붉은 방에서 구출하고, 가난과 억압적인 사랑에서 구해내서, 결국 그가 원하는 삶에 도착하도록 만들었죠.

그렇다면 이제는 진 리스의 글을 통해 버사를 구출해서 원래의 자리로 되돌릴 차례입니다. 손필드 저택 다락방에 갇히기 전 버사는 어떤 사람이었는지, 버사가 어쩌다가 로체스터와 결혼을 한 건지, 버사의 이야기를 들어볼 차례입니다. 다시 말하지만 이 책은 《제인 에어》의 프리퀄이기 때문에, 비극적인 결말은 정해져 있습니다. 그럼에도 불구하고 절대 악으로 몰리고도 말할 기회조차 한 번 가지지 못한 버사에게 말할 기회를 줄 수는 있죠. 어쩌다가 거기까지 오게 된 것인지. 당신이 미치지 않고서 그 시간을 살아낼 수 있었던 건지. 아니, 진짜로 당신이 미치기나 한 건지.

어디에도 속하지 못한 존재,
크리올

《광막한 사르가소 바다》를 펼치면, 버사는 앙투아네트가 됩니다. 자신의 원래 이름을 회복하는 거죠. 앙투아네트와 그의 엄마 아네트는 모두 '크리올'이고, 그들의 이야기가 펼쳐지는 곳은 자메이카입니다. 바로 당시 영국의 식민지였던 곳이지요. 이들은 크리올이기 때문에 자메이카 흑인 공동체로부터도 배척을 받고, 영국 사람인 로체스터로부터도 온당한 대우를 받지 못합니다. 그렇기 때문에 크리올이 무엇인지를 알고 이 책을 읽는 것이 중요합니다. 이것이 모든 사건의 발단이고, 증오가 고이는 곳이고, 사태를 극단으로 몰아가는 힘이 되는 것이기 때문이지요.

《광막한 사르가소 바다》에서 크리올은 '유럽 혈통이지만, 유럽 본토가 아닌 식민지에서 태어난 백인'을 일컫는 말입니다. 앙투아네트의 엄마인 아네트는 마르티니크에서 태어난 크리올이고, 앙투아네트는 자메이카에서 태어난 크리올입니다. 크리올은 모순된 정체성을 띤 존재입니다. 어디에도 낄 수 없죠. 겉보기에는 분명 백인이지만, 흑인과 함께 살아왔죠. 유럽인도 아닙니다. 그렇기 때문에 로체스터 같은 유럽인들은 그들을 '오염된 백인'으로 여기고, 하층민으로 취급하는 것을 당연하게 생각하죠.

그렇다면 자메이카 원주민들에게 크리올은 어떤 존재일까요? 《광막한 사르가소 바다》를 읽다 보면 이들을 지칭하는 용어가 나옵니다. 바로 '흰 바퀴벌레'라는 표현이지요. 크리올들은 흑인들을 노예로 삼아 식민지에서 대농장들을 경영하면서 부자로 삽니다. 그러다 노예제가 폐지가 되죠. 일해야 할 흑인들은 자유의 몸이 되어 떠납니다. 덕분에 더 이상 대농장을 경영할 수 없게 된 크리올들은 대농장을 헐값에 내놓고, 그걸 유럽 본토의 귀족들이 와서 사게 됩니다. 그들은 흑인들을 고용합니다. 흑인들 입장에서는 새롭게 자신들을 고용해서, 돈을 주는 유럽 본토 귀족은 인정해줄 수밖에 없습니다. 하지만 자신들을 노예로 부렸던 크리올들은 어떨까요? 피부가 하얗긴 하지만 크리올들은 자신들과 같이 자메이카에서 태어났고 자랐으며, 자신들을 착취하기만 한 존재입니다. 그들을 '진짜 백인'으로 인정할 수는 없습니다. 그리하여 책 속에 등장하는 수많은 갈등 상황이 빚어지는 거죠. 이 상황을 이해하고 책을 펼치시면 수많은 사태가 또렷하게 이해되실 거예요.

사실 진 리스가 다락에 갇힌 크리올인 버사에게 감정이입해서 그의 입장에서 프리퀄을 쓸 수밖에 없었던 이유는, 진 리스가 크리올이었기 때문입니다. 진 리스는 1890년, 당시 영국령이었던 도미니카 연방의 수도 로조에서 태어났습니다. 아버지는 웨일스 태생의 의사였고, 어머니는 스코틀랜드계 크리올 상속자였고요.

그렇습니다. 진 리스는 크리올의 풍성한 문화 속에서 자란 사람으로서 앙투아네트(버사)의 어린 시절을 회복해주는 일에 착수할 수밖에 없었던 거죠. 그렇다고 해서 이 일을 진짜로 해내는 것이 쉬웠던 건 결코 아닙니다. 1939년 《한밤이여, 안녕》을 발표하고 사라진 진 리스가 1966년, 70대 중반이 다

되어 《광막한 사르가소 바다》를 들고 나타났다는 사실을 기억해야 합니다. 이 책을 쓰느라 그는 건강도 다 잃어버렸다고 합니다. 근데 책을 읽으면 이해가 됩니다. 이런 책을 써내다니요. 《제인 에어》에서 이토록 멀리 깊이 갈 수 있다니요.

아무것도 가질 수 없는 존재, 여성

오염된 백인인 크리올과 결혼을 하기 위해서 왜 로체스터는 자메이카까지 왔을까요? 바로 앙투아네트의 재산 때문입니다. 당시 자메이카는 영국의 식민지였기 때문에 영국 법률이 그대로 적용되는 곳이었습니다. 당시 영국은 '커버처coverture 관행'을 채택하고 있었죠.

이 법의 핵심은 여성이 결혼과 동시에 법적 존재로서 독립성을 잃는다는 것입니다. 남편의 법적 보호 아래 있는 존재가 되는 거죠. 기가 막힌 것은 재산은 물론 수입도 모두 남편의 것이 된다는 겁니다. 만약 부모가 딸의 미래가 걱정이 되어서, 재산을 한꺼번에 물려주지 않고, 평생 동안 딸이 일정 금액의 돈을 또박또박 받으면서 살 수 있도록 조치를 취하잖아요? 그래도 소용없습니다. 또박또박 나오는 그 모든 돈이 사위의 돈이 됩니다. 심지어 여성은 결혼할 때 지참금도 가져가야 합니다. 여성 측 가족이 남성에게 자금과 토지를 내놓으면, 남자는 그걸 마음대로 사용할 수 있는 권한까지 가지는 거죠.

로체스터는 차남입니다. 아버지는 장남에게 모든 재산을

물려주기로 결정한 상태입니다. 그 상황에서 한 푼도 없는 로체스터는 살길을 찾아야 합니다. 일을 해야 하는 게 아니냐고요? 아니죠. 귀족이 무슨 일을 합니까. 로체스터의 일은 부잣집 딸을 찾아서 결혼하는 것입니다. 부잣집 딸과 결혼해서 그의 재산을 자기 손에 넣어야 자신도 부자 귀족으로 살 수 있으니까요. 하지만 영국 본토에서는 그것이 쉽지 않습니다. 그래서 영국 밖으로 눈을 돌리는 거죠. 저 멀리 자메이카에, 아버지로부터 모든 돈을 상속받은, 하나밖에 없는 딸인 앙투아네트가 있습니다.

물론 로체스터가 이 모든 일을 혼자서 자발적으로 한 건 아닙니다. 로체스터의 아버지가 자신의 재산을 장남에게 다 물려주기로 해놓고, 그제야 차남의 먹고살 길을 고민하다가 앙투아네트 신랑 자리를 찾아낸 겁니다. 로체스터는 아버지의 명령에 따라 자메이카에 도착을 합니다. 맞아요. 순전히 자의적이진 않습니다. 하지만 '순전히 자의적이지 않다'고 로체스터를 비호할 생각은 꿈에도 하지 마세요. 어쨌거나 로체스터는 자메이카로 끌려온 것이 아니고, 결혼식 앞에서 도망치지도 않습니다. 오히려 결혼을 거부하는 앙투아네트의 마음을 약하게 만들어, 앙투아네트의 재산을 가로채는 프로젝트를 성공적으로 수행합니다. 불행은 본격적으로 앙투아네트를 집어삼키기 시작합니다.

앙투아네트는 어린 시절부터 결코 행복하다고 할 수 없는 환경에서 자랐습니다. 크리올이라는 정체성, 적대적인 원주민들, 앙투아네트를 전혀 보살피지 않는 가족, 특히 엄마. 하지만 앙투아네트의 불행을 만든 결정적 인물은 한 명으로 좁혀집니다. 바로 로체스터. 사실 로체스터의 여성관이 얼마나 삐뚤어져 있는지는 《제인 에어》에서도 곳곳에 드러나 있습니다.

"이 여자는 좀 괴짠가? 신랄한가? 나는 이 조그마한 한 사람의 영국 아가씨를 영양처럼 부드러운 눈을 가지고 있고 극락의 천녀처럼 아름다운 터키 황제의 후궁들 전부하고도 바꾸지 않겠어!"
터키 후궁과의 비유가 또 내 비위를 건드렸다. "전 터키 후궁의 대역 같은 건 절대로 안 하겠어요. 그러니 절 그런 것과 똑같이는 보지 마세요. 만약 그런 종류의 여자가 좋으시거든 지체 마시고 이스탄불의 노예 시장으로 가세요. 그리고 여기서는 시원스럽게 쓰질 못해 애쓰시는 모양인 그 돈을 노예 대량 매입에나 쓰세요."

남자 하나를 인간으로 만들기 위해 어머니에 이어 아내가 고생해야 하는 건 그냥 인류 불변의 법칙인 걸까요. 우리의 똑똑한 제인 에어가 저렇게 똑 부러지게 대답하며, 당신이 노예들을 매입하면 자신은 그 속에 들어가서 반란을 선동하겠다고 말하죠. 이어지는 로체스터의 말은 더 가관입니다.

"지금은 당신의 전성시대야, 요 귀여운 폭군아. 하지만 인제 곧 내 전성시대가 될 거란 말이야. 그래 일단 당신을 꽉 잡기만 하는 날엔, 비유해서 말하자면 (회중시계의 줄을 만지면서) 이런 식으로 쇠사슬로 매어 놓아 버릴 테야."

《제인 에어》를 읽을 때 저 대사는 제인 에어가 사라질까 봐 애타는 마음을 표현한 대사로 보였지만, 이렇게 떼놓고 보니 소름 돋지 않나요. 실제로 로체스터는 그렇게 하니까요. 어린 앙투아네트를 옴짝달싹하지도 못하게 만들고, 이름까지 버사로 바꿔 그를 손필드 저택 꼭대기에 매어놓잖아요. 애초에 그는 이 결혼 생활을 잘 해보려는 그 어떤 의지도, 책임감도 없습니다. 앙투아네트를, 자신이 도착한 낯선 세계를 제대로 보려는 마음 자체가 없습니다. 세상을 향한, 아버지를 향한 원망만 가득합니다. 말과 생각과 행동 모두 심하게 현실에서 등 돌리고 있습니다. 마치 낯선 땅에서 낯선 앙투아네트에 대한 적개심으로 눈이 멀어버린 사람 같습니다.

그렇지 않으면 나는 그녀의 얼굴을 부드럽게 어루만져주거나 그녀의 눈물을 닦아주었다. 눈물이라고? 그건 아무것도 아니지. 말들? 그건 더욱더 쓸데없는 것이고. 내가 그녀에게 준 행복? 그건 허무보다 더 못한 것이었지. 나는 그녀를 사랑하지 않았다. 단지 여자에게 목말랐던 것이다. 그건 사랑이 아니다. 나는 그녀를 향한 어떤 훈훈한 감정도 가지고 있지 않았다. 그녀는 내게 단지 이방인일 뿐이었다. 나와는 생각도 느낌도 다른 이방인.

《광막한 사르가소 바다》를 읽다 보면 로체스터에게 욕을 퍼붓고 싶은 순간들이 한두 번이 아닙니다. 어떤 욕도 부족하다는 생각까지 드니까요. 어쩌면 저처럼 로체스터와 사랑에 빠진 분들은, 제가, 아니 저자 진 리스가 원망스러울지도 모르겠습니다. 하지만 아무리 원망스럽더라도 로체스터에 대해 똑바로 알아야죠. 사랑 앞에서 우리까지 눈이 멀 수는 없잖아요. 우리의 이 귀중한 사랑, 받을 만한 사람인지 아닌지 제대로 검증해야죠. 심지어 제인 에어가 사랑하는 남자입니다. 제대로 검증해야 할 의무가 우리에게 있지 않나요?

야생을 받아들이기엔
너무 문명에서 오셨다고요

나는 산도 언덕도 강도 비도 증오하고, 그 색깔이 무엇이든 간에, 황혼도 증오한다. 나는 이곳의 아름다움도 마력도 그리고 내가 결코 알아낼 수 없는 비밀도 증오한다. 나는 이곳이 보여 주는 아름다움 속에 내재한 무관심도 잔인성도 증오한다. 무엇보다도, 나는 이 여자를 증오한다. 왜냐하면 이 여자는 그 마력과 아름다움의 일부이기 때문이다.

로체스터는 19세기 가장 문명국가라 자부하는 영국에서 온 귀족입니다. 문명이 뭔가요. 펄떡거리는 자연을 통제 가능하게 만드는 것, 통제할 수 없다면 없애버리는 것, 인간의 문법에 따라 길들이는 것, 인간의 입맛에 맞춰 정복해버리는 것, 바로 그것이 문명입니다. 하지만 로체스터가 앙투아네트와 결혼하기 위해 도착한 자메이카는 어떤가요.

이곳의 자연은 너무나도 생생합니다. 햇빛은 작열하고, 숲은 생명으로 가득합니다. 도무지 통제 가능하지 않죠. 손아귀에 들어오지 않을뿐더러, 인간의 이해 범위를 벗어나 있습니다. 그 속에서 인간이 취할 수 있는 입장은 많지 않을 것입니다. 자연에 순응하는 것, 그 땅의 순리를 따르는 것. 하지만 로체스터는 정반대의 입장을 취하죠. 끝없는 적대감을 드러내고, 아무것도 받아들이려 하지 않습니다.

이것이 자연 앞에서 취하는 입장뿐이었다면 그래도 다행일 거예요. 하지만 로체스터는 낯선 땅의 낯선 사람들 앞에서도 같은 입장을 취합니다. 자신이 알아들을 수 없는 언어는 자신에 대한 공격으로 해석하죠. 자신이 이해하지 못할 행위들은 미개함으로 받아들입니다. 문제는 이 입장을 앙투아네트에게도 그대로 적용한다는 것입니다.

앙투아네트는 제인 에어가 아닙니다. 그 말을 바꾸면, 영국식 법도로 수렴되지 않는 여자죠. 본토의 귀족 여성들이 어떻게 행동하는지 앙투아네트는 알지 못합니다. 그는 이 땅에서 야생의 자연처럼 자유롭습니다. 자신의 욕구 앞에서 솔직하고, 자메이카의 자연과 사람들 안에서 편안함을 느끼죠. 로체스터가 두려워하는 자메이카의 모호함이 앙투아네트에게는 원래 그런 것입니다.

로체스터가 이 두려움 앞에서 앙투아네트에게 기대면 어 땠을까요? 결론은 완전히 달라졌겠지요. 하지만 로체스터는 두려움을 증오로 무장합니다. 남성 우월주의를 끝내 버리지 못하고, 백인 우월주의에 더 깊이 뿌리를 내리고 크리올인 앙 투아네트를 끝끝내 멸시하죠. 그 와중에 돈 때문에 크리올 여 성과 결혼할 수밖에 없었다는 피해의식은 또 어찌나 강한지 요. 그 모든 것을 앙투아네트의 탓으로 돌리려고 하죠. 절대로 앙투아네트와 그 땅의 사람들과 자연을 있는 그대로 보려 하 지 않습니다. 보려 하지 않는 사람을 무슨 수로 보게 할 수 있 을까요? 앙투아네트는 자신의 모든 것을 다 주고도 제대로 된 시선 한 번 얻지 못합니다. 그러면서도 앙투아네트가 다른 남 자와 결혼해서 잘 살 수도 있다는 가정 앞에서 로체스터는 질 투로 폭발합니다. 자기가 가지긴 싫지만, 절대로 남에게 주기 도 싫은. 손필드에 가둬놓더라도 자신의 것이므로 끝까지 자 신이 가지겠다는 이토록 가부장적이고도 폭력적인 이기심이 라니요.

어떻게 이름까지
빼앗아버리나요

　　　　　　　　다 좋습니다. 다 좋다고 쳐요. 그래요,
백번 양보해서 그럴 수 있다고 해볼게요. 로체스터가 앙투아 네트의 재산을 다 가져버렸다는 건 당시 법이 그랬다니까 이 해한다고 쳐요. 로체스터가 피해의식에 사로잡혀서 모든 것을 제대로 보지 않으려고 했다는 것도 덜떨어진 남자라 그랬다고 쳐요. 하지만 그렇다고 어떻게 이름까지 빼앗나요. 그건 나를 부정하는 것, 나를 근본부터 해체해버리는 것, 나의 정체성을 말살하는 것 아닌가요?

어느 날 갑자기 로체스터는 앙투아네트를 '버사'라고 부릅니다.

> "그렇게 웃지 마, 버사."
> "내 이름은 버사가 아닌데, 왜 나를 버사라고 부르는 거예요?"
> "왜 그런지 알아? 버사라는 이름이 내가 특별히 좋아하는 이름이거든. 나는 당신을 버사라고 생각해."
> "마음대로 하세요."

이름을 빼앗아버리는 것. 이것은 우리에게 낯선 사건이 아닙니다. 오래전 이 땅에서 벌어진 '창씨개명' 앞에서 사람들은 왜 그토록 저항했을까요. 그건 그냥 이름을 바꾸는 문제가 아니기 때문입니다. 나의 이름, 나의 가족의 이름, 나의 뿌리, 그 모든 것이 지워지는 일이기 때문입니다. 이름을 지키겠다는 건, 내가 나로서 존재할 수 있는 최소의 권리를 빼앗기지 않겠다는 투쟁입니다.

로체스터는 버사라는 이름, 자신이 고안해낸 이름 안에 앙투아네트를 가둡니다. 지금까지 그가 앙투아네트로 살아오고, 앙투아네트로 생각하고 행동한 그 모든 것들을 지웁니다.

결국 앙투아네트는 자신이 누구인지, 어떤 존재인지, 자신이 지금 어디에 있는지 아무것도 알지 못하게 됩니다. 파멸해버리는 거죠. 로체스터가 원한 그대로.

그 남자가 나를 앙투아네트라고 부르지 않자, 나는 앙투아네트가 창문을 통해 슬그머니 날아가 버리는 것을 보았어. 앙투아네트의 향기도, 옷도, 거울도 모두 사라져버리는 것을 나는 보았거든.

왜 이 책의 제목이 《광막한 사르가소 바다》가 되었는지 이제 명확해집니다. 진 리스는 《제인 에어》에서 '자메이카' 한 단어를 탁 낚아채서 자메이카와 영국 사이에 놓인 사르가소 바다로 우리를 데려갑니다. 사르가소 바다는 해조류로 빽빽하고 또 바람도 잘 불지 않는 바다라고 합니다. 때문에 과거엔 이 바다에 들어오면 배가 오도 가도 못하는 일이 잦았다고 합니다. 그렇다면 왜 제목이 《광막한 사르가소 바다》인지 짐작 가능하지 않나요? 자메이카의 앙투아네트와 영국의 로체스터, 그들 사이엔 절대 건널 수 없는 거대하고도 막막한 바다가 있죠. 바람 한 점 불지 않고, 빽빽한 해초로 한 발 내딛기도 힘든, 그야말로 광막한 사르가소 바다가 있습니다. 하나 더 이야기를 하자면, 원제의 'wide'를 '광막한'으로 번역한 것은 정말 천재적인 번역이라 생각합니다. 덕분에 원제가 다 담지 못하는 막막함까지 다 담겼으니까요. 책을 읽고 나면 '광막한'이라는 단어를 생각하는 것만으로도 앙투아네트의 마음을 고스란히 다 느낄 수밖에 없으니까요.

《광막한 사르가소 바다》를 읽다 보면 확실히 샬럿 브론테와 《제인 에어》의 한계가 보입니다. 어쨌거나 샬럿 브론테도 영국의 제국주의적 관점을 가진 사람이었으니까요. 이국적인 것은 위험한 것, 위험한 것은 멀리해야 하는 것, 이해되지 않는 것은 미쳐버린 것. 여성 캐릭터를 발명해내는 것에서는 시대적 한계를 뛰어넘은 샬럿 브론테였지만, 이 부분에서는 시대적 한계를 여실히 보여줍니다. 그러니까 버사를 손필드의 꼭대기에 가둬버린 거죠. 제인 에어가 버사의 죽음 앞에서는 조금도 안타까워하지 않는 것도, 로체스터의 아픔만 안타까워하는 것도, 시대적 한계라고 봐야겠지요.

하지만 저는 샬럿 브론테의 한계와 로체스터의 실체를 알게 되었다고 해서, 《제인 에어》에 대한 사랑이 줄어들진 않더라고요. 《제인 에어》가 있었기 때문에 《광막한 사르가소 바다》가 있을 수 있었으니까요. 《광막한 사르가소 바다》는 《제인 에어》를 더욱더 풍성하게 읽을 수 있게 만들어주는 아주 소중한, 아주 놀라운 텍스트니까요. 문학적 원형의 힘이 바로 이런 거니까요. 더욱더 풍성한 이야기를 품고, 제인 에어는 더 오래 읽힐 수 있는 이야기가 되어버린 게 아닌가 합니다.

이 정도면 《제인 에어》와 《광막한 사르가소 바다》 영업에 성공했나요? 제가 두 책에 대해 너무 많은 것을 이야기해서 독서의 즐거움이 줄어들 거라는 걱정 같은 건 아예 내려놓으셔도 됩니다. 저의 이 긴 수다로 줄어들 그런 즐거움이 아닙니다. 꼭 이 즐거움을 직접 맛보시길 바랍니다. 물론 저는 여기에서 멈출 생각이 없습니다. 《제인 에어》를 통해 배운 삶의 태도를, 《광막한 사르가소 바다》를 통해 배운 내 삶의 주도권을, 이제 《자기 결정》을 통해 구체적으로 말해보려고요. 자, 이번에는 거센 파도 같은 건 없습니다. 끓어오른 마음을 얼음처럼 차가운 물로 좀 씻어내시고, 다음 책으로 넘어가볼까요?

내 삶의
실용서

페터 비에리Peter Bieri 《자기 결정》의 책 내용을 한마디로 줄이면 "자기가 결정하는 것이 중요하다"입니다. 책 표지에도 떡하니 적혀 있죠? "행복하고 존엄한 삶은 내가 결정하는 삶이다"라고. 하나 마나 한 소리라서 힘이 빠지나요? 책을 읽기도 전에 책 내용을 다 알아버려서 흥미가 떨어지나요? 안심하셔도 좋습니다. 이 책은 여러분에게 지금과는 다른 방식으로 도움이 될 테니까요.

책을 한번 살펴볼까요? 만만하죠? 겨우 100페이지 조금 넘을 뿐입니다. 두 권짜리 《제인 에어》도 읽어낸 우리 앞에 100페이지는 아주 가소롭죠. 하지만 책을 펼쳐서 읽다 보면 조금 당황하실지도 모르겠어요. 이 책은 문학적 언어로 되어 있지 않거든요. 철학 강의를 옮겨놓은 책이라서요. '철학'이라는 말 앞에서 겁먹진 않으셨으면 좋겠습니다. 본격 철학책이 아니라 이건 철학 교수가 대중을 상대로 한 강의를 옮겨놓은 책이에요. 조금은 편안하게, 하지만 집중해서 좋은 강의를 든는다는 기분으로 읽으시면 됩니다.

또 하나 미리 말해두고 싶은 것이 있습니다. 철학이 무엇인가요? 바로 생각하는 방법을 알려주는 학문입니다. 당연한 개념들을 당연하게 바라보지 않고 논리적으로 차근차근히 따져가는 학문이죠. 이 책을 읽다 보면 우리 안의 뿌연 부분들이 체계적으로 정돈되는 느낌이 들 거예요. 논리적으로 차근차근 전개되는 문장을, 우리 역시 차근차근 따라가면 됩니다. 속도를 좀 늦추면 좋고요, 그래도 멈추진 않았으면 좋겠습니다. 이 책과 함께 대화하다 보면 분명 도움이 될 거니까요. 제가 지금 계속 '도움이 된다'라고 이야기하고 있죠? 왜 이렇게 자신만만하게 말하냐고요? 제가 이 책으로부터 큰 도움을 받았거든요. 지금도 계속 도움을 받는 중이거든요.

사실 책을 읽으면 뭐가 좋냐는 질문이나, 책을 활용하는 법에 대해서 질문을 받으면 저는 망설입니다. 책 덕분에 즐겁고 풍성한 삶을 살게 된 건 확실하지만, 책이 삶에 아주 직접적으로 도움을 주는 건 아니잖아요. 제인 에어의 태도를 알게 되어서 그처럼 당당하게 살아가자고 다짐을 할 수는 있지만, 그런 가르침을 얻기 위해 우리가 책을 읽은 건 아니지요. 하지만 이 책을 읽고 난 후에 저는 조금 달라졌습니다. 삶이 모호할 때, 어디로 가야 할지 알 수 없을 때, '자기 결정' 이 네 글자를 떠올리는 것만으로도 머릿속이 정리되곤 했거든요.

잠깐 부연 설명을 하자면, 저자인 페터 비에리라는 이름을 들어보신 적이 있나요? 없으시다고요? 그렇다면 파스칼 메르시어Pascal Mercier는 어떤가요? 역시나 낯설다고요? 그렇다면 《리스본행 야간열차》라는 소설과 영화는 들어본 적 있으신가요? 《리스본행 야간열차》를 쓴 작가 파스칼 메르시어가 바로 철학자 페터 비에리입니다. 그는 자신의 소설이 철학자의 설명처럼 읽히지 않았으면 좋겠다는 바람에 따라서 의도적으로 필명을 만들고 소설을 발표했습니다.

여기서 《자기 결정》에 대한 힌트가 있습니다. 이 책은 소설도 쓰는 철학자가 쓴 책입니다. 다시 말하자면, 어려운 철학 용어를 빼고, 일상의 언어로 우리를 계속해서 질문 앞에 세우는 책입니다. 마치 소크라테스가 끝없이 상대에게 질문을 던져서, 스스로 무지하다는 것을 깨우치도록 만든 것처럼요. 이 책은 거울처럼 우리를 비춥니다. 그리고 질문을 합니다.

> 나는 어떤 방식으로 살고 있는가? 지금의 내 삶은 내가 원한 모습일까?
> 나는 내 삶에서 중요한 결정을 스스로 내렸는가?
> 어쩌면 지금 나는 내가 뭘 원하는지도 모르는 채로 달려가고 있는 것이 아닐까?
> 지금 내게 중요하다고 여겨지는 문제가, 진짜 내게 중요한 문제일까?
> 내 삶의 중요한 결정을 세상의 기대와 타인의 판단에 의해 내리고 있는 건 아닐까?
> 나의 지금 삶은 나의 결정인가?

어떤가요? 그 어떤 질문도 쉽게 대답하긴 어렵습니다. 왜냐하면 이 모든 질문이 우리를 삶의 중심으로 데려가니까요. 나를 솔직하게 바라보게 만드니까요. 내가 어떻게 살았는지를 질문하게 만들고, 나에게 정말 중요한 것이 무엇인지 생각하게 만드니까요. 물론 이런 질문이 없어도 우리는 살아갈 수 있습니다. 내 감정 내가 잘 몰라도, 복잡한 내 생각의 실타래를 굳이 풀지 않아도 인생은 어떻게든 또 살아집니다. 하지만 어떤 순간엔 내 인생의 정체 모를 희뿌연 안개를 걷어내고 싶지 않나요? 단순하게 모호한 것보다 복잡하더라도 또렷하게 알고 싶지 않나요? 그럴 땐 이런 책이 도움이 됩니다. 이 책에 비춰 나의 삶을 바라보다 보면, 그것에 대해 기록하다 보면, 앞으로 어떻게 살고 싶은지도 조금 더 명확하게 보일 거예요. 빈말이 아닙니다. 저는 이 책에 기대 삶의 중요한 순간에 자기 결정을 할 수 있었거든요. 이번엔 그 이야기를 좀 자세히 해볼까요? 그러면 이 얇은 책의 자장이 넓어질 것 같으니 한번 시작해볼게요.

퇴사
결정기

　　　　언젠가 퇴근 후에 남편과 산책을 하다가 제가 또 퇴사 이야기를 했습니다. 그날도 무척이나 지쳤거든요. 왜 해야 하는지 알 수 없는 일들과, 사기를 꺾어놓는 말들과, 책임을 지지 않기 위해서 요리조리 빠져나가는 사람들과, 이기적인 요청들 사이에서 줄다리기를 하느라 문득문득 울고 싶어졌던 하루였거든요. 그런 날은 어김없이 퇴사 생각이 간절해지죠. 심지어 저는 십수 년째 퇴사 메들리를 부르는 사람이었으니까, 당연히 그날도 퇴사 이야기를 했죠. 이야기를 듣던 남편이 말했습니다.

"그만두자. 그렇게까지 힘든 걸 다 견딜 필요는 없는 거 같아. 솔직히 견딜 만큼 견뎠고."

여느 때보다 단호한 남편의 말투는 아마도, 여느 때보다 더 힘들어하는 그날의 저 때문이었을 겁니다. 단호한 말투 앞에서 저는 아무 말 없이 곰곰이 저에게 질문을 던지기 시작했습니다. 정말 '지금' 그만두고 싶은가? 지금 그만두는 것이 '최선'인가? 지금 이 결정을 내린다면 나는 '후회'하지 않을 자신이 있는가? 질문은 끝없이 이어졌습니다. 침묵 속에서 걷다가 남편에게 말했죠.

"나는, 결단이 필요한 사람인 거 같아. 광고주가 싫어서, 일이 힘들어서, 같이 일하는 사람이 싫어서, 그래서 회사를 그만두기로 결정한다면, 내가 나를 용서하지 않을 것 같거든. 나는 그런 핑계로 회사를 그만두고 싶지 않아. 나는 결단이 필요한 사람이야. 그만두기로 결단하면, 그때 그만둘게."

남편은 곧바로 수긍했습니다.

"그래. 당신은 그런 사람이지."

아마도 회사를 그만두겠다는 결정은 제 인생에 가장 중요한 결정이 될 것임에 틀림이 없었습니다. 모두에게 퇴사가 그런 의미라는 건 결코 아닙니다. 더 좋은 자리가 있다면 이직도 할 수 있고, 잠깐 회사를 그만두고 쉬었다가 다시 돌아올 수도 있죠. 회사의 무게가, 퇴사의 무게가 모두 저와 같진 않을 겁니다. 하지만 이 문제의 핵심은 '나'라는 사람입니다. 저는 이 결정이 《자기 결정》이 되길 누구보다 바랐습니다. 그렇다면 따져 물을 것이 좀 많았습니다. 지금부터 하나하나 살펴볼까요?

1. 나는 어떤 사람인가?

원하는 나의 모습과 현재의 내가 너무 달라 계속해서 마음의 괴로움에 시달리고 있다면 자아상뿐만 아니라 자꾸만 고개를 쳐드는 그 욕구들의 근원지를 찾아 나서야 합니다. 알지 못하고 이해하지 못하는 사이 나를 조종하는, 나의 느낌들과 내가 원하는 것들의 표면 밑에서 흐르고 있는 소용돌이를 감지해내는 것이 중요합니다. 자기 결정은 내가 나 자신을 이해하는 것과 굉장히 깊은 연관이 있습니다.

우리 모두 세상 누구보다 우리 자신을 잘 알고 있습니다. 하지만 동시에 세상에서 가장 이해가 되지 않는 존재도 우리 자신입니다. 40년 넘게 데리고 살았지만, 저는 여전히 제가 어렵습니다. 하지만 어쩌겠습니까. 이해가 되지 않아도 이해하려 애써야 하고, 못나도 데리고 살아야 합니다. 다른 사람도 아닌, 바로 나 자신을 버릴 방법은 없으니까요.
그렇다면 '퇴사를 하려는 나'부터 살펴볼 필요가 있습니다. 왜 그렇게 오랫동안 퇴사를 울부짖으면서, 왜 나라는 사람은 한 번도 퇴사를 하지 못한 걸까요? 고통에 대한 역치가 높아서? 좀 잘 견디긴 합니다. 유난히 책임감이 강해서? 그것 역시 사실일 겁니다. 저에게 일이 맡겨진 이상, 저에게 팀이 생긴 이상, 책임감이 약할 수는 없었죠. 하지만 그것보다 더 중요한 사실이 있습니다. 바로, 제가 결단하면 뒤돌아보지 않는다는 사실이었습니다. 네. 맞아요. 저는 한 번 회사를 그만두면 다시는 회사라는 곳을 다니지 않을 사람이었습니다. 지금까지의 인간관계와 수많은 결정을 보면, 그 사실이 명확했습니다. 그래서 퇴사 앞에서 저는 유독 망설였습니다. 그건 인생의 방향을 틀겠다는 결심이었으니까요.

또 하나 생각할 것이 있었습니다. 힘들어서 그만두는 게 아니라면, 번아웃이 이유가 아니라면, 광고가 싫어서가 아니라면, 같이 일하는 사람 때문이 아니라면, 무엇이 퇴사의 이유가 되어야 할까요? 무엇이 퇴사의 이유가 되어야 이토록 완고한 저 자신을 설득할 수 있을까요? 이 부분이 정리가 되어야 저는 퇴사를 할 수 있을 것 같았습니다. 왜냐하면 그만두지 않아야 할 이유도 동시에 차고 넘쳤거든요.

2. 그만두지 않기로 결정한다면 그 이유는?

회사를 계속 다녀야 하는 이유는 뭘까요? 무엇보다 팀워크가 너무 훌륭했어요. 회의를 하다가도 문득문득 회사를 그만두면 이 친구들과의 회의를 가장 그리워할 것 같다는 예감에 사로잡히곤 했어요. 그건 정말 속상할 정도로 아쉬운 일이었어요. 처음 우리만의 팀워크를 만들어내기까지는 무척이나 힘겨운 시간을 견뎌야 했지만, 수년을 견뎌 만들어낸 그 팀워크는 버리기엔 너무나도 아까웠어요. 우린 매 순간 수다와 웃음이 넘쳐흘렀고, 그리고 모두가 일 앞에서는 기이할 정도의 책임감을 보여주었거든요.

또 하나, 제 입으로 이런 말을 하기엔 좀 민망하지만, 회사에서 제 입지가 괜찮았습니다. 신입사원으로 입사해서 최초로 크리에이티브 디렉터가 된 사례였죠. 그리고 남자 팀장만 수두룩한 회사에서 저는 귀하디귀한 여자 팀장이었습니다. 선배는 남자만 가득했지만, 후배는 여자만 가득했습니다. 그들의 시선을 알고 있었어요. 이 상황에 책임감을 가진다면, 저는 그만두면 안 되는 사람이었죠.

경제적인 이유도 컸습니다. 퇴사를 본격적으로 생각하고 난 후에는 월급날 아침이 늘 무서웠습니다. 입금된 월급을 보면 아득해졌거든요. 20년간 매달 받았던 월급입니다. 심지어 저는 단 한 번 쉰 적도 없기 때문에 20년간 단 한 번도 월급을 못 받은 적이 없었습니다. 그러니 월급날 아침 통장을 확인하면, 이 돈이 없이 산다는 게 도대체 무슨 말인지 짐작조차 할 수 없어서 두려웠습니다. 동시에 이 돈 때문에 퇴사를 결단할 수 없어서 평생 회사원으로 남을까 봐도 두려웠습니다.

그만두지 않아야 할 이유들을 읽으면서 어떤 공통점이 느껴지지 않나요? 맞습니다. 이 모든 것은 저의 내면의 요인들이 아니었습니다. 모두 외부 조건에 관련된 것들이었지요. 중요하지 않다는 것이 아닙니다. 하지만 '인생의 결단'을 내려야 하는 시점에서 나의 내면 조건이 아닌, 외부의 조건만을 바라보며 결정을 미룰 수는 없었습니다.

《자기 결정》 속 이 구절이 저의 상황을 정확히 설명해주고 있네요.

> 자기 결정적으로 발전해나가는 일은 타인의 시선을 맞닥뜨리고 그에 맞설 때만이 가능합니다. 여기서 가장 쉬운 방법은, 외부로부터의 모든 시선을 독립적인 정신적 정체성으로 되받아치는 것입니다. 그러나 타인으로부터 완전히 분리되어 생겨나거나 작용하는 정체성이란 존재하지 않습니다. 그러므로 타인의 시선과의 대결이 자기 결정적인 성질을 띠려면 자기가 누구인지 끊임없이 묻고 또 묻지 않으면 안 됩니다.

회사를 계속 다닌다고 결단할 수도 있지요. 하지만 그 결단을 위해서는 저의 내면세계를 다시 정돈하고 다지는 일이 필요했습니다. 타인의 시선이, 타인의 기대가 제 삶을 결정하게 내버려둘 순 없었거든요. 자, 그렇다면 이젠 마지막 질문, 가장 중요한 질문을 할 때가 되었습니다.

3. 나는 어떤 사람이고 싶은가? 어떤 삶을 살고 싶은가?

이 질문에 대해 잘 설명하기 위해서는 《자기 결정》 속의 '자아상'에 대한 구절을 살펴볼 필요가 있습니다.

자아상은 우리가 어떤 모습이고 싶은가에 대한 생각입니다. 지금 여기서 말할 수 있는 것은 다음과 같습니다. 우리의 삶이 내적으로 그리고 외적으로 우리의 자아상과 조화롭게 어울릴 수 있을 때, 그리고 우리가 행위와 사고와 감정과 소망에 있어서 되고 싶어 하는 모습의 사람이 되었을 때, 그것을 자기 결정적 삶이라고 할 수 있다는 것이지요.

오래도록 제가 원하는 '자아상'이 있었습니다. 물론 그것을 또렷한 말로 표현하긴 어려웠습니다. 하지만 또렷하게 말할 수 있는 사실이 하나 있었습니다. 그 자아상엔 결코 '회사원 김민철'이 포함되지 않는다는 걸요. 그렇다고 자아상을 위해 무턱대고 회사를 그만둘 수는 없죠. 누군가는 그런 용기를 내고, 자기만의 방식으로 삶을 꾸려가기도 하죠. 하지만 저에게 그건 닿을 수 없는 용기입니다. 먹고사는 건 너무나도 중요한 문제니까요. 나와 가족을 건사한다는 건 그 어떤 자아상보다 더 중요하니까요. 그게 저라는 사람의 가치관입니다.

'회사원 김민철'을 20년 동안 지키면서도 계속 글을 썼던 건 '글 쓰는 자아'가 자아상에 더 가까웠기 때문일 겁니다. 하지만 자아상이 그렇다고 해서 실제로 그런 사람이 되는 건 완전히 별개의 문제이죠. 그래서 계속 썼던 것 같아요. 어느 날 갑자기 짜잔! 하고 글 쓰는 사람으로 변신할 수는 없었으니까요. 원하는 자아상 쪽을 바라보면서, 닿을 수 있을지 어떨지 알 수 없는 그곳을 향해, 문득문득 몸의 방향을 틀어서 쓸 수밖에 없었습니다. 그렇게 운이 좋게 '글 쓰는 자아'도 함께 데리고 살 수 있었지요.

퇴사 결정 앞에서 저의 '글 쓰는 자아'가 도움이 되지 않은 것은 아닙니다. 적어도 퇴사 후에 아주 허허벌판에 선 기분은 아닐 테니까요. 하지만 그것은 다시 또 외부적인 요인처럼 느껴졌습니다. 이 직업을 그만두고 저 직업으로 넘어가기 위해 퇴사가 결정적인 조건은 아니었으니까요. 둘 다 하면서도 지금껏 잘 살아왔는데 이제 와서 딴말을 할 순 없잖아요. '작가'라는 타이틀은 퇴사에 아주 결정적인 요인이 될 수는 없었습니다.

무엇이 결정적일까요. 저에겐 그게 '시간'이었습니다. 저에게 시간을 주고 싶었어요. 너무 늦기 전에. 그리하여 '회사원의 자아'가 너무 비대해져서 그만둘 수 없어지기 전에. 책임질 일과 책임질 사람이 너무 많아져서 어느 순간 나를 책임질 수 없어지기 전에. 나를 위해 결단을 내려야 한다 생각했습니다. 시간을 나에게 주면, 유난히 책임감이 강한 내가 나를 어떻게 책임질지 너무 궁금했습니다. 유난히 성실한 내가, 이토록 많은 시간을 어떻게 쓸지도 궁금했고요. 분명 가만히 있진 않을 텐데, 도대체 무엇을 할지도 너무 궁금했습니다. 정리를 하자면, 내게 한 번도 넉넉한 적이 없었던 시간이 무한정으로 주어진다면 어떻게 변해갈지 그게 궁금해서 회사를 그만뒀다고 할 수 있겠네요.

회사를 그만두고 뭐 하고 살 거냐는 질문에 대답을 하지 못한 것은 그 이유였습니다. 저도 잘 몰랐거든요. 손에 쥘 수 있는 확고한 자아상이라는 건 제게 없더라고요. 다만 저에 대해 명확히 아는 것들을 단단히 붙들고 퇴사 결정에 임했습니다. 성실하게 찾을 것이다. 책임감 있게 살아갈 것이다. 어쨌거나 뭐라도 할 것이다. 어쨌거나 가만히 있을 인간은 아니다. 40년 넘게 저를 지켜보면서 알게 된 것들을 단단히 붙들었지요.

그렇게 저는 저의 퇴사를 결단했습니다.

4. 자기 결정

혹시 지금 저의 이야기를 읽으면서, 이렇게 스스로에 대해 잘 알고, 이토록 명료하게 잘 결정을 내릴 수 있다니 대단하다고 생각하신 분 계실까요? 오해가 깊어지기 전에 하나만 말씀드리도록 할게요. 남편에게 결단에 대해 이야기하고 무려 2년을 넘게 고민하고 또 고민해서 겨우 결론에 도달할 수 있었다는 사실을요. 심지어 결단을 내리고도 마지막까지 무서워서 고민을 했습니다. 회사를 그만두는 것도 무서웠지만, 이렇게 오랜 시간 고민해서 결단했음에도 불구하고 회사를 그만두지 못할까 봐도 무서웠습니다. 그래서 파리행 비행기 티켓을 끊어둔 거예요. 이번에는 그만두지 않으면 안 된다고 스스로를 절벽 끝에 세운 거죠(이렇게 《무정형의 삶》의 비밀을 하나 밝히네요).

2년이 넘게 고민을 하는 동안 저에게 가장 도움이 된 건, 이 책에서 페터 비에리가 말하는 것처럼 '글쓰기'였습니다. 아무도 볼 수 없는 곳에 끝없이 글을 썼습니다. 진짜 제가 원하는 것이 무엇인지를 알기 위해. 어디까지 위험을 감수할 수 있는지 알아내기 위해. 마음속 깊이 있는 욕구를 파헤치기 위해. 버릴 수 있는 것들과 버릴 수 없는 것들을 가려내기 위해. 지금 그 작업을 성실하게 해내서 결단하기 위해. 그렇게 미래의 내가 지금의 나를 너무 미워하지 않기 위해.

이 이야기를 면밀히 따라가다 보면, 제가 《자기 결정》 책에서 얼마나 많은 도움을 받았는지 아실 수 있을 거예요. 타인의 욕구와 나의 욕구를 구분하고, 세상의 시선과 나의 내면을 분리하고, 내가 원하는 자아상과 현재의 내가 얼마나 멀어졌나 측정하고, 그 모든 깨달음을 끝없이 기록하고, 매번 솔직하게 또 솔직하게 기록한 끝에 퇴사 결정을 할 수 있었거든요. 그렇기 때문에 "그 결정은 '자기 결정'이다"라고 당당히 말할 수 있게 되었고요.

물론 저는 지금도 매 순간 흔들리고, 아주 자주 지질하고, 불완전한 상태로 살아가고 있습니다. 모든 사람이 다 그런 것처럼요. 하지만 어쩌겠습니다. 이런 나라도 데리고 살아야죠. 그래서 일기를 쓰고, 스스로를 애써 칭찬도 하고, 호되게 채찍질도 하며 살아가고 있습니다. 그리고 결정적인 순간에는 《자기 결정》이라는 이 책 제목을 떠올립니다. '자기 결정'이라는 이 네 글자를 떠올리는 것만으로도 때론 방향이 보이기도 하거든요.. 그래서 제가 이 책을 실질적인 도움을 준 책이라 당당히 부르는 거랍니다.

어쨌거나 "행복하고 존엄한 삶은 내가 결정하는 삶이다"

라는 문장을 표지에 떡하니 박아둔 이 책이 아무런 울림이 없을 거라고는 생각하지 않겠습니다. 특히 《제인 에어》와 《광막한 사르가소 바다》를 거쳐서 《자기 결정》에 이른 당신에게 이 책이 아무런 도움이 되지 않을 거라고는 생각할 수가 없네요. 저의 수다 덕에 이 3권의 책을 펼쳐보고 싶다는 마음이 마음속에 돋아났길, 이 여행을 3권의 책으로 이어가시길, 저는 그 이상의 것은 바라지 않습니다.

책이 밥 먹여주냐고요? 아니요. 책이 돈을 벌게 해주냐고요? 그런 책이 있긴 하지만, 이 책들은 아닙니다. 하지만 밥을 먹고 돈을 벌고 사람들을 만나고 웃고 울고 감동하고 돌아섰다가 또 돌아오고 용기를 냈다가 좌절하고 그럼에도 불구하고 계속 살아가는 사람은 바로 우리 자신이죠. 그런 나를 위해, 내 삶을 위해, 내 삶을 내가 더 잘 살기 위해 책이 도움이 되냐고요? 네. 정말로. 진실로. 한 점 거짓 없이. 모든 확신을 다 담아서.

네.

책과 삶이 만날 때

책과 삶이 만날 때

한 달에 두 번, 공들여서 쓴 글들을 오독 대원들에게 보내면서 나는 본격적으로 사람들을 쪼기 시작한다. "오독 일기를 기다리겠습니다" "여러분도 오독 일기를 보내주셔야 한다는 거 아시죠?" "한 문장도 좋아요, 뭐든지 좋아요, 오독 일기를 쓰셔야 합니다" 권유와 협박을 교묘하게 오가면서 사람들에게 오독 일기를 강요한다. 오독 일기가 뭐냐고? 내가 이 책들을 내 방식대로 읽어내서 쓴 글을 보냈으니, 당신들도 당신들 방식대로 읽어낸 책의 이야기를 써보라는 거다. '오독 일기'라고 이름 붙이며, 어떻게 오독하든 상관없으니 독후감을 보내달라고 말한다.

어린이들만 방학 끝날 때 꾸역꾸역 독후감을 써 내려가는 것이 아니다. 오독오독 북클럽의 어른들도 월말이 가까워오면 나의 압박에 못 이겨(?) 오독 일기를 보내온다(물론 절반 이상이 보내지 않는다. 나는 이것을 '모범생 보존의 법칙'이라 생각한다. 오독 대원들은 계속 바뀌지만 놀라울 정도로 오독 일기를 쓰는 사람의 비율은 일정하다. 어찌나 흥미로운지!). 독후감 앞에서 부담스러울 어른들의 마음을 고려해 "한 문장만 써서 보내줘도 된다"라고 너그럽게 말하지만 사실 이건 너그러움이 아니라 결말을 이미 알고 있는 자의 여유로움으로 봐야 한다. 한 문장만이라도 써보자 마음먹고 한 문장을 쓰면 다음 문장이, 또 그다음 문장이 연이어 방문한다. 어느새 모두들 수다쟁이가 되어 있다. 책 내용은 물론, 책에 겹쳐진 과거 기억, 잊고 있던 순간, 문득 찾은 돌파구 등이 잔뜩 쓰인 각양각색의 오독 일기들. 그리고 많은 오독 일기는 이렇게 끝난다. "신기하네요. 대장님 말씀처럼 쓰기 시작하면 뭐라도 써지네요."

오래된 버릇이 있다. 책을 읽으며 좋았던 부분을 표시해놨

다가, 다 읽고 난 후에 타이핑하기. 방금 다 읽은 책이지만 이미 기억의 상당 부분은 휘발되었다(놀랍지 않은가? 사정이 이러한데도 계속 책을 읽는다는 사실이). 타이핑을 하며 좋았던 부분을 한 번씩 더 곱씹자마자 이어서 독후감을 써 내려간다. 잘 써야 한다는 부담이나, 책의 핵심을 관통해야 한다는 압박감 같은 건 애초에 없다. 나밖에 읽을 리 없는 글이니 말이다. 그저 떠오르는 대로 문장 하나를 쓰고 나면 마치 니트 올이 탁 풀리는 느낌이다. 별로 힘들이지 않고도 책을 읽으며 떠올랐던 것들이 줄줄줄 이어서 풀려나온다. 카피라이터답게 멋있는 한 문장으로 감상을 남기는 것도 좋을 텐데, 나는 매번 올이 다 풀린 니트를 만드는 사람이다. 갑작스럽게 튀어나온 과거와 해결하지 못한 감정이 이렇게 저렇게 엉켜 있고, 새로운 깨달음과 묵은 다짐이 제멋대로 무늬를 이룬다. 그런데 기이할 정도로 개운한 마음이다. 이 책을 내 맘대로 풀어냈다. 이제 이 책은 내 책이 된 것이다.

결국 나는 책 마지막 페이지까지 다 읽는 것에서 독서가 끝난다고 믿지 않는 사람이 되었다. 책의 어떤 부분이 나에게 특별하게 다가온 건지 잠깐이라도 고민해서 글로 써야 독서가 완성된다고 믿는 사람이 되었다. 오독오독 북클럽을 2년 넘게 이끌면서 이 생각은 더 확고해졌다.

무엇을 쓰냐고? 나에게 달라붙는 모든 이야기를 쓰면 된다. 책을 읽을 때 내가 거대한 자석이 되었다고 생각하는 거다. 문장 하나에서, 주인공의 주저하는 마음에서, 해소되지 않은 과거 이야기 앞에서, 스쳐가는 대사 하나에서, 단어 하나에서, 마치 자석처럼 끌려나오는 나의 이야기들을, 나의 마음들을, 스쳐가는 생각들을, 나의 답답함과 개운함을 마음껏 이야기해보는 거다. 좁은 나 자신에게서 빠져나갈 수 있는 기적적인 통로를 발견했다면 그걸 이야기하고, 누구에게서도 얻지 못한 답을 얻었다면 그걸 이야기해도 좋고, 뒤늦게 찾아온 타인에 대한 이해가 있다면 그걸 이야기해도 좋다. 뭐든 좋다. 거대한 자석에 달라붙는 것이라면 모든 것이 정답이다.

그런 게 도무지 없다고? 그럴 순 없다. 수많은 활자와 이야기를 이토록 느리게 통과해냈는데, 그 안에서 나를 위한 샛길 하나 찾지 못했다고? 물론 다 읽었는데도 끝끝내 마음에 안 드는 책은 있다. 아무래도 나와 주파수가 맞지 않는 책도 분명 있다. 그럼 그 이유에 대해 써보는 거다. 단 한 문장이라도. 나의 속으로 책이 들어왔으니, 나의 밖으로 책을 내보내는 것이다. 나의 방식으로. 그렇게 독서는 삶과 책이 오가는 상호작용이 된다. 내 삶이 책에 길을 내고, 책이 내 삶을 안내한다.

오독 대원들도 각자의 삶으로 각자의 책을 읽어냈다. 누군가는 《제인 에어》 속에서 '나는 누구인가'라는 질문을 끝끝내 잃지 않는 인물을 발견했다고 말했지만, 또 누군가는 '건강한 고용인의 자세'를 배웠다고 말했다. 또 누군가는 부모로서 아이의 자율성을 어디까지 인정해줄지, 통제와 자율성 사이의 건강한 균형은 무엇인지 생각해보게 되었다고 말했다. 다른 책도 아니고 《제인 에어》가 육아지침서가 될 수 있다니. 지금 자신에게 중요한 문제가 책 속에서 돋보기를 댄 것처럼 다른 배율로 보이는 건 매번 신기한 일이다. 또 다른 누군가는 제인 에어처럼 목소리를 내본 것이 언제인지 모르겠다며 반성을 하기도 했다. 내 목소리로 내가 원하는 것을 이야기해야만 하는 순간이 닥칠 때, 제인 에어라는 이름이 그에게 용기를 줄 것이다. 책 읽는 모두가 쉽게 미워할 수밖에 없는 인물인 리드 부인에 대해, 누군가는 그 사람도 이해가 된다며 조심스럽게 울타리를 쳤다. 이 나이가 되고 보니, 부모님 두 분이 다 돌아가시고 나서 보니, 책을 읽는 관점이 바뀐다며.

이제 나의 《제인 에어》는 수많은 사람의 수많은 해석과 기억과 반성과 영감으로 돌이킬 수 없이 부풀어 올랐다. 내 마음속의 불안도 비로소 납작해지고 흡족함이 빵처럼 부풀어 올랐다. 왜냐하면 나의 기나긴 오독 일기를 사람들에게 보내며, 혹여나 이 글이 사람들의 독서를 좁게 만들면 어쩌나 불안했기 때문이다. 나의 글이 불필요한 프레임이 되어 책 속에서의 길 잃기를 방해할 수도 있으니 말이다. 하지만 그런 걱정을 할 시간에 책 한 페이지라도 더 보는 것이 나았다. 책 안에서도 각자는 각자의 여행을 할 뿐이다.

여행을 자주 떠나고, 여행에 대한 글을 오래 쓰다 보니 지인들이 여행 정보를 자주 물어온다. 나는 내가 묵은 숙소 정보를 알려주고, 지금까지 묵은 숙소 중 최고라는 찬사를 덧붙이고, 그 동네에 맛있는 집들을 알려주고, 꼭 먹어봐야 하는 메뉴를 힘주어 추천하고, 내가 알아낸 꿀팁까지 덧붙인다. 낯선 도시에 도착해 친구가 덜 헤맸으면 하는 호의와 내가 좋아하는 곳을 친구도 꼭 좋아했으면 좋겠다는 조바심이 합쳐져서 나는 매번 극성 부모처럼 사소한 정보까지 다 알려주는 사람이 되었다. 그러나 그 누구도, 단 한 명도, 나와 같은 여행을 하지 않았다.

집시 같은 영혼을 가진 친구는 집시처럼 도시의 외곽까지 떠

돌았다. 나는 그곳에 그런 자유가 존재한다는 것을 친구 덕에 처음 알았다. 느긋함을 여행의 제1 미덕으로 꼽는 친구는 관광객들이 한 시간 만에 훑고 떠나는 도시에 사흘을 머물렀다. 그런 작은 마을이 친구의 취향이라는 걸 나는 수십 년 만에 알게 되었다. 적어도 하루에 3만 보는 걸어야 직성이 풀리는 친구에게 나의 추천은 아무 의미를 갖지 못했다. 더 오래 더 힘차게 걸을 수 있는 길만이 그를 이끌었다. 모두가 자기 식대로 자신의 여행을 직조했다. 모두가 자기 식대로 자신의 책을 읽어내는 것처럼.

《자기 결정》을 읽을 때에도 '나의 결정기'를 길게 써 보내며 나는 또 걱정했다. 나의 이야기가 누군가에게 지나치게 친절한 지도가 되어 그 사람의 여행을 방해할까 봐. 혹은 나의 여정이 박탈감을 주거나 혹은 비슷한 결정기를 찾아야 한다는 강박이 될까 봐. 하지만 그것 역시 불필요한 걱정이었다. 한 오독 대원이 이런 오독 일기를 보내왔으니 말이다.

"행복하고 존엄한 삶은 내가 결정하는 삶이다."
책을 다 읽고 다시 이 소개 글로 돌아와 보니 단어 하나하나가 아프지 않은 구석이 없습니다. 명확한 자기 인식을 하는 반면에 자기 결정과는 거리가 먼 삶을 살고 있다면 그 삶은 불행한가, 라는 질문이 먼저 떠올랐기 때문입니다. 하고 싶은 일을 늘 가슴에 품고도 가족 때문에, 돈 때문에, 시간의 제약 때문에 당장 해야 할 일을 하자는 의무감을 삶의 최대 동력으로 삼으며 살아온 나의 삶은 불행하기만 한가, 라는 자기 인식의 벽에 '또' 부딪혔기 때문입니다.

그렇게 숨 쉬듯 의문을 가지면서도 마음 깊은 곳 단단한 목소리가 이야기하고 있습니다. 나는 결코 불행하지 않다고. 물론 때때로 불안하고 우울하기도 하지만요. 제가 감히 이 책에서 다루지 않은 부분 하나를 이야기하자면, 그건 자기 인식 후에 자기 결정이 이뤄지기까지 길고 지난한 과정이 있다는 점입니다. 또한 자기 결정이라는 것이 하루아침에 삶을 뒤바꿀 만큼 커다란 결단이 아닐 수도 있다는 사실입니다. 내가 바라는 자아상까지 다가가는 과정 그 자체가 어쩌면 내 인생의 전부일 수도 있고, 그 자아상을 결국 이루지 못할 수도 있지만 사소한 자기 결정들로 이뤄진 여정 자체를 존중하고 아껴주는 것. 원하는 것과 해야 하는 것 사이를 오가며 하루하루 조율하며 살아가는 제가 무너지지 않을 수 있는 이유입니다.
— 오독 대원 J님

몰랐다. 페터 비에리의 《자기 결정》을 몇 번이나 읽으면서도 이런 깨달음이 가능하다는 것을 나는 오독 대원이 아니었으면 결코 알지 못했을 것이다. 내가 바라는 자아상에 다가가는 과정 자체가 어쩌면 내 인생의 전부일 수도 있다니. 끝끝내 도착하지 못하더라도 그 과정까지 내 인생이므로 존중하고 아껴주겠다는 다짐이라니. 이 글을 쓴 대원도 오독 일기를 쓰는 과정이 없었다면 결코 자신을 지탱하는 힘을 깨닫지 못했을 거라고 나는 확신한다. 막연하게는 알고 있더라도 쓰면, 그렇게 내 생각을 내 손에 단단하게 쥐고 나면, 그다음부터는 많은 것이 달라진다.

하루는 오독오독 북클럽을 시작부터 지금까지 단 한 차례도 빼놓지 않고 참여한 한 오독 대원이 하루키의 인터뷰에서 이런 문장을 발견했다며 메일을 보내왔다.

"저는 모든 오해의 합이 진정한 이해를 이룬다고 정말로 믿고 있답니다." (무라카미 하루키)
읽자마자 오독오독 북클럽이 떠올랐습니다.
저의 오독 일기가 한 송이 눈처럼 이 책 이해의 일부로 쌓일 수 있길.
— 오독 대원 K님

'오독'이 위험하지 않냐고? 작가의 의도를 무시하고, 자기 마음대로 오독만 해버리면, 독서가 무슨 의미를 가지냐고? 그렇다면 다시 물어보고 싶다. 수많은 사람들이 수없이 많은 오독이 책 한 권 위로 쌓이면? 그 오독들을 공유한다면? 그때 책 한 권은 도대체 어디까지 뻗어나가게 되는 걸까? 책은 얼마나 긴 생명력을 얻는 걸까? 얼마나 풍성한 삶을 살게 되는 걸까? 아무리 인공지능이라도 여기에 대해 대답하긴 힘들 것이다.

지금 이 순간에도 책은 뻗어나가고 있다. 누군가의 삶 속에서.

고통을 마주할
용기를 찾아서

아고타 크리스토프 지음,
용경식 옮김,
《존재의 세 가지 거짓말》,
까치, 2022.

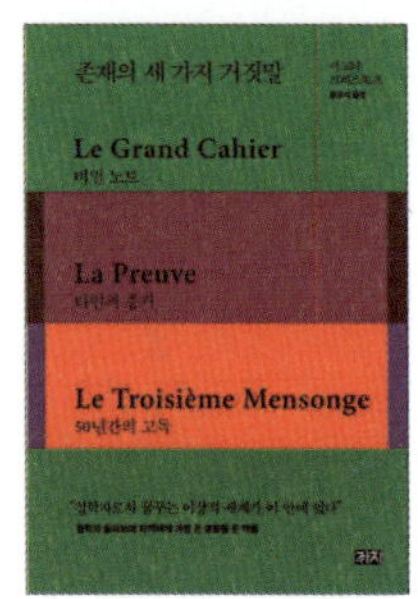

김인정 지음,
《고통 구경하는 사회》,
웨일북, 2023.

정혜윤 지음,
《슬픈 세상의 기쁜 말》,
녹스, 2025.

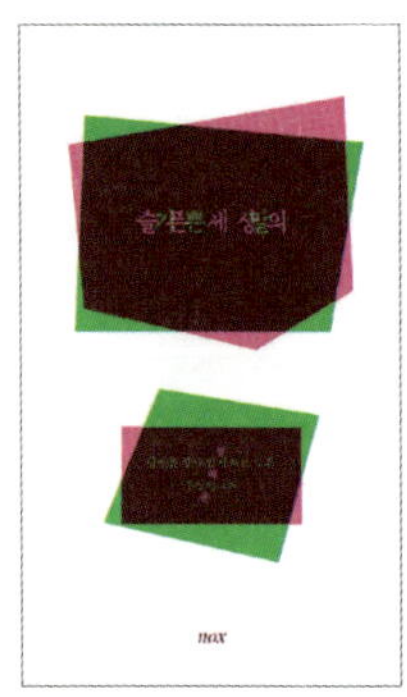

　　모두가, 그야말로 '모두'가 원합니다. 고통 없는 삶을요. 하지만 누구에게도, 그야말로 단 한 사람에게도 고통 없는 삶은 허락되지 않습니다. 오죽하면 불교에서는 "삶은 고통이다"라고 말할까요. 내가 몸이라는 것을 가지고 있어서 손톱 끝의 고통까지 생생히 전해집니다. 내가 마음이라는 것을 가지고 있어서 매 순간 갖가지 고통이 나를 관통합니다. 기적적으로 내 몸과 마음이 괜찮더라도 나에겐 가족이 있습니다. 그들의 고통은 외면하고 싶어도 외면할 수 없습니다. 내 것이 아닌데 내 것이 되어버리지요. 친구와 동료와 지인의 존재가 고통일 때도 있고, 그들의 고통이 나를 압도할 때도 있습니다. 사회의 고통이 나의 고통이 되기도 하고, 나라의 고통이 나의 잠을 설치게 만드는 순간도 있습니다. 나라 밖의 일이라고 해서 나의 고통이 아닌 것이 아닙니다. 전쟁과 난민과 기아와 전염병과 독재와 기후 위기 등이 실시간으로 나에게 전해집니다.

　　그렇다고 매 순간 고통스러워하고 있을 수만은 없습니다. 그럼에도 불구하고 우리는 살아야지요. 삶이라는 것이 그런 것이니까요. 하지만 고통으로부터 눈 돌리고 열심히 산다고 해서 고통은 지워지지 않습니다. 애써 괜찮은 척 해봐도 고통은 여전히 거기에 있습니다. 삶이라는 것이 또 그런 것이니까요. 삶과 고통은 마치 동전의 앞뒷면처럼 떨어질래야 떨어질 수 없는 관계입니다. 직장에서는 말짱한 얼굴로 삶을 살다가도 집에 돌아와 혼자 있는 시간이 되면 뒷면의 얼굴로 고통을 살아냅니다. 물론 반대도 있습니다. 낮에는 고통 속을 살다가

밤이 되어 잠 속에서만 고통 없이 사는 사람도 있지요.

왜 이렇게 고통스럽지. 이 고통은 언제 끝날까. 고통 없는 삶은 얼마나 좋을까. 이런 생각은 10대의 어느 날 그만뒀습니다. 세상을 많이 알진 못해도, 겪은 세상이 많지 않아도, 고통의 존재는 또렷이 알 수 있었습니다. 각자가 겪는 고통의 총량이 다르고, 고통이 찾아오는 시기도 다르지만, 고통은 모두에게 엄연히 존재합니다. 나에게, 너에게, 우리에게, 몸에게, 정신에게, 어제도, 오늘도, 내일도. 그렇다면 우리는 이 고통과 함께 어떻게 살지 생각해봐야 합니다. 그리하여 지금부터는 고통을 마주한 정신이 완성해낸 글들을 읽으며 고통을 마주하는 방식에 대해 생각해보려 합니다. 아고타 크리스토프의 《존재의 세 가지 거짓말》, 김인정 기자의 《고통 구경하는 사회》, 정혜윤 작가의 《슬픈 세상의 기쁜 말》, 이렇게 3권을 통과하면 조금 덜 막막할지도 모르겠습니다. 좁더라도 희미하더라도 길은 있거든요.

이 여행이 고통스러울 거라는 생각에 첫 걸음도 못 떼고 계시는 분이 있다면 안심하셔도 좋습니다. 좋은 순간만 가득하다고 그 여행이 좋은 여행으로 기억되는 건 아니잖아요? 길을 잃기도 하고, 뜻밖의 빛을 찾아내기도 하고, 뜻밖의 고통에 어쩔 줄 몰라 하다가도 뜻밖의 선의에 구원을 받기도 하는 것이 여행의 진짜 맛이죠. 그런 여행이야말로 오래도록 기억에 남아 우리의 보석이 되어주죠. 겁내지 말고 떠나볼까요? 이 여행이 끝나고 나면 계곡물에 씻어낸 것처럼 말간 마음이 찾아올 거니까요.

세 번 깨지는
이야기

　　　　　　아고타 크리스토프Agota Kristof의 《존
재의 세 가지 거짓말》, 오랫동안 이 책의 두께에 엄두조차 못
내고 계신 분이 있나요? 그렇다면 저를 믿고, 책을 한번 펼쳐
보세요. 한 장만 읽어보세요. 그다음엔 책을 놓지 못하는 마
법에 사로잡힐 테니까요. 놀라운 속도로 끝까지 읽어내게 되
실 거니까요. 물론 벌써 이 책을 읽어본 분도 계시죠? 그렇다
면 더 잘 아실 거예요. 이 책은 읽고 또 읽어도 또 새로울 책이
라는 걸. 보통 고전이 그런 명예를 얻곤 하죠. 이 책을 다 읽고
나면? 고전의 반열에 올라야 한다는 것에 반대하는 분들은 별
로 없을 거예요. 이 책은 그 어떤 책과도 다릅니다. 비슷한 책
도 떠오르지 않습니다. 이미 20년 전에 읽었지만 모든 책을
다 잊어버리는 특수한 능력이 있는 저도 이 책의 강렬함은 도
무지 잊지 못하고 있거든요. 북클럽을 위해, 이 글을 쓰기 위
해, 몇 번이고 다시 읽었지만 이 책의 강렬함은 점점 더 커지
기만 할 뿐, 전혀 줄어들지 않네요.

　책에 대해 본격적으로 이야기하기 전에 제목부터 한번 이
야기해볼까요? 《존재의 세 가지 거짓말》. 제목이 참 그럴싸하
죠? 이 제목이 판매에는 확실히 도움이 되었을 것 같아요. 뭔
가 의미심장하고, 뭔가 감춰진 것들이 있는 것 같은 느낌이니
까요. 하지만 이 제목은 작가인 아고타 크리스토프가 지은 제
목이 아니랍니다. 아고타 크리스토프는 책 3권을 따로 발표
했는데요, 그 3권을 한국에서 묶어 내면서 한국 출판사에서

붙인 제목이에요. 아마도 아고타 크리스토프는 이 제목에 동의하지 않았을 것 같아요. 그는 이 책들이 독자적으로 읽히길 바랐을 것 같거든요. 하지만 이 책들은 서로 너무나도 긴밀히 연결되어 있지요. 절대 떨어질 수 없도록요.

아고타 크리스토프는 1986년에 《비밀노트》를 출간하고요('비밀노트'는 사실 한국에서 많이 의역해서 붙인 제목입니다. 원제인 'Le Grand Cahier'를 번역하면 '커다란 노트'거든요), 1988년에 《타인의 증거》를 출간하고(이 제목도 원제와 다릅니다. 원제인 'La Preuve'는 그냥 '증거'라는 뜻입니다. 영문판 제목도 'The Proof'이고요), 1991년에 《50년간의 고독》을 출간했지요(마찬가지입니다. 이렇게 긴 괄호를 3개나 붙인 문장을 쓸 생각은 없었는데, 어쩔 수 없네요. 원제인 'Le Troisième Mensonge'는 '세 번째 거짓말'이라는 뜻입니다. 아마도 한국 제목인 '존재의 세 가지 거짓말'에 영감을 준 것 같은 제목입니다. 그나저나 '50년간의 고독'이라니요. '백년의 고독'에서 너무 깊은 영감을 받아버린 걸까요? 알 수 없습니다). 이 3권의 책을 각각 1부, 2부, 3부로 연결하여 출간된 책이 바로 《존재의 세 가지 거짓말》입니다.

이 3권의 책이 연결되어 있는 방식은 참으로 흥미롭습니다. 이런 방식으로 연결되어 있는 책은 이전에도 이후에도 본 적이 없습니다. 각 책이 앞의 책을 깨부수며 탄생합니다. 첫 번째 책이 끝날 때의 충격을 두 번째 책이 다른 방식으로 흡수하며 시작하고요, 두 번째 책의 충격을 세 번째 책이 또 다르게 흡수를 하며 시작합니다. 머릿속에 대지진이 연이어 일어납니다. 건물이 무너지고, 도시와 사람들이 사라집니다. 온통 폐허입니다. 온통 황망함뿐입니다. 하지만 책 내용에 대해서는 여기서 말하지 않도록 하겠습니다. 이 책의 내용과 구성에 대해 자세히 이야기하는 것은 그야말로 '스포일러'니까요. 책을 읽으실 분들이 직접 겪을 지진을 위해 내용에 대해서는 입을 닫고 다른 이야기를 좀 해볼게요.

거짓말 같은 삶이
만든 이야기

　　　　　소설 내용을 이야기할 수는 없으니 작가인 아고타 크리스토프에 대해 이야기를 한번 해볼까요? 이건 확실히 의미가 있을 것 같습니다. 왜냐하면 작가가 이 소설에 자전적 요소가 많이 들어가 있다고 직접 밝히고 있거든요. 좀 더 자세하게 알아보기 위해 그가 쓴 《문맹》이라는 책을 살펴볼까요? 이 책은 그가 자신의 이야기를 털어놓은 일종의 자서전입니다. 《문맹》은 다음과 같이 시작합니다.

나는 읽는다. 이것은 질병과도 같다. 나는 손에 잡히는 대로, 눈에 띄는 대로 모든 것을 읽는다. 신문, 교재, 벽보, 길에서 주운 종이 쪼가리, 요리 조리법, 어린이책, 인쇄된 모든 것들을.
나는 네 살이다. 전쟁이 막 시작됐다.
그 시절 우리는 기차역도, 전기도, 수도도, 전화도 없는 작은 마을에 살고 있었다.

1935년 헝가리의 한 시골 마을에서 태어난 아고타 크리스토프는 네 살 때부터 닥치는 대로 읽었고, 할머니에게 이야기를 해달라고 조르기보다는 자기가 지어낸 이야기를 들어달라고 조르는 아이였습니다. 쌍둥이처럼 지내는 한 살 터울의 오빠가 있었고요. 하지만 아고타 크리스토프는 전쟁과 극심한 가난으로 인해, '막사와 수도원의 중간, 보육원과 소년원의 중간쯤 되는' 기숙사에 맡겨졌습니다. 그곳에서 그는 가장 가난한 학생이었던 것 같습니다. 책가방이 없어서 친구 책가방에 자신의 책과 공책을 넣는 대가로 친구의 가방을 장갑도 못 낀 채로 내내 들고 다녀야 했다고 하고요, 신발 수선을 맡기면 다른 신발이 없어서 며칠 동안 침대에 아픈 척하며 누워 있어야 했답니다. 신발 수선비도 없지만 부모님에게 말을 할 수도 없는 처지입니다. 아버지는 감옥에 있고, 어머니는 자신의 기숙사보다 더 열악한 쥐약 공장에서 일하고 있는 중이니까요.

《존재의 세 가지 거짓말》 작가 소개의 첫 문장을 보세요. "1935년에 헝가리에서 태어나서 2011년에 스위스에서 영면했다"라고 적혀 있죠? 이 문장을 읽고 저는 헝가리에서 살다가 스위스로 이주해서 나중엔 프랑스어로 책을 쓴 거구나, 라고 단순하게 생각을 했지요. 순진하다 못해 무식한 생각이었습니다. 알고 보니, 그는 헝가리에서 태어나 자신의 나라가 독일과 소련에 차례로 침략받는 것을 겪습니다. 결국 1956년, 스물한 살의 그는 4개월 된 딸을 데리고 남편과 함께 국경을 넘습니다. 난민이 된 거죠. 이 부분도 《문맹》에 잘 묘사되어 있습니다.

그래, 나는 기억한다.

나는 스물한 살이다. 2년 전에 결혼했고, 내게는 넉 달 된 어린 딸이 있다. 11월의 어느 저녁, 우리는 '월경 안내인'을 뒤따라 헝가리와 오스트리아 사이의 국경을 넘는다. 월경 안내인의 이름은 요세프이고 나는 그를 잘 알고 있다.

우리는 아이들을 포함해 열 명 남짓의 사람들로 구성된 무리다. 나의 어린 딸은 아이 아빠의 품에 안겨 잠들어 있고 나는 두 개의 가방을 들고 있다. 둘 중 한 가방에는 젖병과 기저귀, 아기에게 갈아입힐 옷이 있고 다른 가방에는 사전들이 들어 있다. 우리는 요세프의 뒤를 따라 약 한 시간가량 침묵 속에 걷는다. 거의 완벽한 어둠이다. 가끔 조명탄이나 탐조등이 사방을 밝히고, 뭔가 터지는 소리, 총소리가 들린 후 다시 정적과 어둠이 내려 앉는다.

상상해보세요. 목숨을 걸고 고국을 탈출하는 중에 사전들을 챙겨 넣을 사람이 얼마나 될까요? 그런 사람만이 난민이 되어서도 목숨처럼 글을 쓰게 되는 걸까요? 그는 취리히 난민센터에서 뇌샤텔이라는 스위스의 작은 도시로 보내집니다. 그곳에서 새벽부터 밤까지 시계 공장에서 일을 하고, 틈틈이 프랑스어를 배우고, 자신의 기억을 짜 맞춰서 막 배우기 시작한 프랑스어로 글을 쓰고, 그렇게 쓴 글을 프랑스 출판사들에 보내게 됩니다. 그중 한 곳인 쇠유 출판사로부터 "몇 년 동안 이처럼 아름다운 글은 읽은 적이 없다"라는 말을 들으며 책을 출간하게 되는데 그게 바로 1부인 〈비밀 노트〉입니다. 〈비밀

노트〉의 시작은 아고타 크리스토프의 이 경험과 정확하게 맞닿아 있습니다. 첫 문단부터요.

> 우리는 대도시에서 왔다. 밤새 여행한 것이다. 엄마는 눈이 빨개졌다. 엄마는 커다란 골판지 상자를 들었고, 우리는 각자 작은 옷가방을 하나씩 들었다. 아버지의 대사전은 너무 무거워서 우리 둘이 번갈아가며 들었다.

쌍둥이가 주인공인 이 소설의 곳곳에서 저는 주인공들의 자리에 작가 아고타 크리스토프를 겹쳐놓을 수밖에 없었습니다. 1부의 유난히 짧고 담백한 문장들은 우리의 독서에 속도감을 주죠. 하지만 이 짧은 문장들에 작가를 겹쳐놓으면 마음이 복잡해집니다. 그는 자신의 모국어인 '헝가리어'를 빼앗겼고, 스위스에서 난민으로 살며 타의로 받아들일 수밖에 없었던 '프랑스어'로 이 글을 썼습니다. 어렵거나 복잡한 프랑스어는 아직 그의 것이 아닙니다. 단순하고 직관적이며 필수적인 단어들로 그는 더듬더듬 이 소설을 써 내려갑니다. 하지만 무슨 일인가요. 그렇게 써 내려간 글은 어떤 소설과도 다른 《존재의 세 가지 거짓말》이 됩니다.

사실 언어의 한계 때문에 작가가 이렇게 썼다고만 볼 수는 없습니다. 이것은 명백히 작가의 의도로 봐야 할 것 같아요. 소설 속 작가의 글쓰기 철학이라 볼 수 있는 부분을 살펴볼까요?

우리가 '잘했음'이나 '잘못했음'을 결정하는 데에는 아주 간단한 기준이 있다. 그 작문이 진실이어야 한다는 것이다. 우리는 있는 그대로의 것들, 우리가 본 것들, 우리가 들은 것들, 우리가 한 일들만을 적어야 한다.

예를 들면, '할머니는 마녀와 비슷하다'라고 써서는 안 된다. 그것은 '사람들이 할머니를 마녀라고 부른다'라고 써야 한다.

'이 소도시는 아름답다'라는 표현도 금지되어 있다. 왜냐하면, 이 소도시는 우리에게는 아름다울지 모르지만, 다른 사람에게는 추하게 보일 수도 있기 때문이다.

소설 속의 쌍둥이들의 글쓰기 원칙이지만, 이 원칙은 많은 작가가 공유하고 있는 원칙이라고 할 수 있습니다. '아름답다'는 게으른 표현이지요. 느낌을 뭉뚱그리고, 각자가 가진 고유의 아름다움을 찾으려는 노력이 없으니까요. 작가는 건조한 문체로 속도감 있게 이야기를 밀고 나갑니다. 작가의 그 힘이 고스란히 드러나는 게 저는 1부리고 생각합니다.

1부는 정말 어디에도 없는, 어떤 소설과도 같지 않은 글입니다. 이 글의 고유성을 뭐라고 해야 할까요. 우선, '우리'라는 주어를 이토록 끝까지 끌고 나가는 소설도 처음입니다. 어떤 순간에도 '우리'는 깨지지 않습니다. 주인공 이름도 1부가 끝날 때까지는 알 수 없어요.

동시에 이토록 짧고 완결성 있는 이야기들이 엮인 소설도 처음입니다. 대부분의 글들은 세 페이지를 넘어가지 않습니다. 겨우 두세 페이지만으로 작가는 완벽한 스토리들을 완성해냅니다. 한 편의 우화 같은 이야기들이 차례차례 이어지며 소설은 촘촘하게 바느질됩니다. 책 앞쪽에 있는 '할머니'라는 글을 한번 보세요. 한 페이지 조금 넘는 이 글 안에서 할머니에 대한 우리의 감정은 몇 번이나 변하는지요. 할머니가 어떻게 저렇지? 의아한 감정에서 시작해서 할머니 외모 묘사를 읽으며 그 사람을 조금 구체화시키다가 바로 혐오의 감정이 독자를 사로잡습니다. 그러다가 마지막에 할머니의 울음소리에 독자의 마음 한구석이 무너져 내립니다. 겨우 두 페이지로 작가는 도대체 무슨 마법을 부린 걸까요.

작가의 놀라운 솜씨는 1부 마지막에 이르러 빛을 발합니다. 지금까지 쌓아온 모든 이야기를 깨부수는 일을 작가는 단 6개의 문장으로 마법처럼 해냅니다. 아무 군더더기 없이. 무엇이 문제냐는 듯이. 그렇게 겨우 충격을 수습하고 2부를 다 읽어내면 이야기는 두 번째로 깨집니다. 1부와 2부가 마지막 몇 줄과 마지막 몇 페이지로 우리 머릿속에 지진을 일으켰다면, 3부는 이 소설을 완전히 전복해버립니다. 알고 있던 모든 사실들이 재편됩니다. 재난도 이런 재난이 없습니다. 1부와 2부에서 드러난 상황들도 고통스러웠지만, 3부를 읽다 보면 현실은 그보다 잔인하죠. 훨씬 더 외롭고, 훨씬 더 직시하기 힘들지요. 그래서 어떤 사람들은 1부와 2부를 모두 뒤집는 3부를 싫어하기도 합니다만 저는 그렇지 않습니다. 3부의 이야기가 어떻든 1부와 2부의 이야기들은 조금도 훼손되지 않는다고 믿습니다. 왜냐고요?

어떤 이야기는 작가에게
필연으로 다가옵니다

쓰고 싶은 이야기가 있는가 하면, 쓸 수밖에 없는 이야기가 있습니다. 써도 좋고 안 써도 그만이 아니라, 써야만 하는 이야기가 있습니다. 《반지의 제왕》을 읽다 보면 톨킨이 이 이야기를 쓸 수밖에 없었구나, 라는 생각을 하게 되는 것처럼요. 1차 세계대전과 2차 세계대전을 모두 겪었습니다. 친구와 지인은 또 얼마나 잃었나 모릅니다. 그 어두운 시기를 겪으며 어두운 작업실에 홀로 앉아 《반지의 제왕》을 쓸 수밖에 없었던 톨킨의 마음은 무엇이었을까요? 그토록 어둡지만 끝끝내 희망을 향해 전진하는 이야기를 쓸 수밖에 없었던 톨킨의 심경을 우리가 짐작이라도 할 수 있을까요? 희망이 있어서 희망을 쓰는 것이 아닙니다. 희망이 없어서, 희망의 존재를 믿을 수가 없어서, 기어이 희망으로 나아가는 연약한 존재들의 이야기를 써야만 겨우 희망을 회망할 수 있었던 것 아닐까요? 이야기에 기대서라도 희망의 여린 잎을 틔우고 싶었던 것이 아닐까요? 이야기가 아니라면 희망의 존재조차 상상하기 힘들었을 테니까요. 톨킨처럼, 아고타 크리스토프도 이 이야기를 쓸 수밖에 없지 않았을까요.

2차 세계대전을 겪었습니다. 나치의 학살을 보았습니다. 소련이 자신의 조국을 침공했습니다. 쌍둥이 같은 한 살 터울의 오빠와 헤어져야만 했습니다. 기숙사의 기억은 왜 이토록 고통일까요. 갓난아이를 데리고 국경을 넘는 기억은 또 어떻고요. 스위스에서의 망명 생활이라고 행복으로 가득할 리 없습니다. 아고타 크리스토프에 대해서 이 정도만 알고 책을 펼쳐도 작가 삶의 굴곡이 소설 구절구절에 겹쳐집니다.

쌍둥이 같은 오빠가 같이 있다고 믿지 않으면 견디기 힘들지 않았을까? 자신이 기숙사로 떠나지 않고 원래의 마을에 남아 있을 수 있었다면 다른 식의 삶을 살았을 거라고 상상하게 되지 않았을까? 다 이해되지도 않고, 이해를 한다 해도 받아들이기 힘든 자신의 환경과 과거들을 이런 식으로라도 써야 소화를 할 수 있지 않았을까? 바닥을 모르고 추락하는 고통을 이야기 속에서라도 구출해야 작가가 살아갈 수 있지 않았을까? 제 생각은 계속해서 이어지더라고요. 심지어 그 모든 것을 겪은 때가 바로 전쟁 중입니다. 이 책 속의 잔인하거나 비윤리적인 이야기들에 많은 분들이 눈살을 찌푸리신다는 것도 압니다. 그것 때문에 책을 덮으신 분도 있더라고요. 하지만 전쟁의 충격과 잔인함을 생각한다면 저는 그 이야기들이 책을 덮을 정도의 충격은 아니라는 생각이 들더라고요.

어떤 고통은 이야기로 치환을 해야 겨우 삼킬 수 있습니다. 그 이야기를 털어놓는 과정 중에 우리는 스스로를 치유하기도 하고, 인간의 끔찍함을 조금이라도 인내할 수 있게 되고, 그 고통으로부터 멀어져 지금에 도착했다는 사실에 안도하기도 하죠. 이야기는 마치 거울처럼 나를, 타인을, 시대를 비춥니다. 나의 고통은 비로소 이해할 수 있는 것이 되고, 타인의 고통도 그제야 껴안을 수 있는 것이 됩니다. 그 고통을 찬찬히 들여다본 시간을 가진 후에야 우리는 거울에 반사된 빛을 따라서 과거를 등지고 앞으로 나아갈 힘을 얻는 걸지도 모릅니다. 그래서일까요? 저에겐 책 속 이 문장이 유난히 오래도록 가슴 속에 여진을 일으키더라고요.

　　"그렇죠. 책이야 아무리 슬프다고 해도, 인생만큼 슬플 수는 없지요."

　　책이 아무리 슬퍼도, 작가가 겪어낸 2차 세계대전만큼 슬플 순 없습니다. 책 속 주인공들의 고통이 아무리 극심해도 현실 속 고통만큼 걱정스럽진 않습니다. 심지어 우리는 현실 속 수많은 고통을 더 가깝게, 더 생생하게 겪는 시대를 살고 있습니다. 전쟁도 폭격도 무법한 타국의 대통령 소식도 대규모 학살도 너무나 생생한 핏빛 아닌가요? 하지만 무슨 일일까요. 실시간으로 전해지는 고통을 우리는, 실시간으로 잊습니다. 폭탄이 터지는 뉴스를 보며 잠깐 분노한 후, 바로 알고리즘이 띄워준 인기 쇼츠를 보며 웃고 있잖아요. 기껏해야 '좋아요'나 '공유하기'를 누르고, 알량한 기부금을 내고 죄책감을 덮어버립니다. 그 방법이 아니라면 이 끔찍하고 생생하고 즉각적인 이야기를 어떻게 소화할 수 있는지 우리는 잘 모릅니다. 어쩌면 모르려고 하는 걸지도 모르겠네요.

　　멀리 갈 것도 없습니다. 이건 바로 제 이야기니까요. 그래서《존재의 세 가지 거짓말》을 덮고 다음 책인《고통 구경하는 사회》를 펼칠 때 저는 매 맞을 각오를 잔뜩 하고 있었어요. 타인의 고통을 어떻게 소비하고 있는지 제가 제일 잘 아니까요. 하지만《고통 구경하는 사회》는 결코 그런 책이 아니었어

요. 제 상황을 다 헤아려주는 섬세하고도 진지한 선생님을 만
난 기분이랄까요. 같이 만나보시겠어요?

기자가 이야기를
들여다보기 시작하면

대학생 때 기자 시험을 공부해볼까, 라
는 생각을 한 적 있었습니다. 진지한 생각이라기보다는 글 쓰
는 직업이 뭐가 있나 고민하다 보니 자연스럽게 도착한 직업
이었지요. 하지만 기자의 꿈이 사라지는 데에는 딱 하나의 질
문만으로 충분했습니다. 누군가가 제게 말했거든요.

"너 그럼, 모르는 사람 장례식장에 가서 고인이 어떻게 죽
었는지 물어볼 수 있어?"

기자가 글만 쓰는 사람이 아니라는 걸 왜 몰랐을까요. 좋
은 소식을 취재하기도 하지만, 그보다 더 자주 타인의 고통 앞
에 마주 서야 하는 사람이라는 걸 왜 생각하지 못했을까요. 좋
은 기자가 되고 싶다는 꿈을 가지기도 전에 '기자'라는 꿈은
그렇게 사라졌습니다. 정말 다행스럽지 않나요? 기자가 될 능
력도 없지만, 좋은 기자가 될 능력은 더 없었거든요.

기자라면 당연히 매 순간 고통을 마주할 겁니다. 이 고통
을 전하는 게 좋을지 아닐지를 고민할 거고, 이 고통을 어떻게
전달해야 더 파급력이 클지 고민할 겁니다. 조회 수를 올리기
위해 낚시성 제목을 다는 것을 당연하다 생각할지도 모르겠
네요. 하지만 좋은 기자라면 당연히 고통 앞에서 어떤 태도를

취해야 할지부터 고민할 겁니다. 매끈하게 다듬어진 이야기 뒤에 감춰진 고통에 시선을 돌릴 겁니다. 손쉽게 판단하기보다는 소외되는 고통이 없도록 더 오래 들여다볼 겁니다. 바로 《고통 구경하는 사회》의 저자, 김인정 기자처럼요.

김인정 기자는 광주MBC 보도국의 사회부 기자였습니다. 아마도 좋은 기자였을 겁니다(책을 읽어보면 모두 동의하시게 될 거예요). 이 책의 저자가 좋은 기자라는 사실은 우리에게 몇 개의 안심할 만한 사실들을 쥐어줍니다. 우선, 기자의 글쓰기답게 문제를 쓸데없이 꼬지 않고, 어려운 개념을 과하게 사용하지 않고, 복잡한 상황을 간명한 언어로 차근차근히 정리합니다. 아마 읽는 것이 어렵진 않으실 거예요. 그 말이 이 책을 읽는 것이 간단하다는 뜻은 아닙니다. 한 줄로 요약되는 현실 뒤에는 복잡하게 얽혀 있는 욕구들이, 현실이 그렇게 흘러갈 수밖에 없도록 만든 제도가, 오류로 가득한 사회 구조가 있죠.

예를 들이서 설명해볼게요. 참담한 뉴스에 잠깐 안타까워하고 빠르게 다음 관심사로 옮겨가는 우리의 일상, 그리고 알고리즘으로 내 관심에 맞는 세계만 들여다보는 우리의 행태에 우리는 자주 죄책감을 느낍니다. 하지만 그 구조를 만든 자본이 있고, 그 자본을 굴리는 힘이 존재한다면요? 죄책감이 너무 많아져서 타인의 고통에서 눈을 돌리는 것이 더 문제가 된다면요? 이 책은 간단해 보이는 현실을 두고도 우리가 생각해봐야 하는 것들을 우리의 눈높이에서 섬세하게 살펴보며, 쉬운 답을 주려고 하기보다 어렵더라도 같이 살펴보자고 권하는 책입니다.

이 책이 다루고 있는 주제도 매일의 뉴스처럼 광범위합니다. 이태원 참사부터 범죄자의 신상 공개 이슈, 매일의 날씨 뉴스가 보여주는 권력의 지형, 폐지를 주워서 기부를 하는 노인을 다루는 방식 속 사람들의 심리, 알고리즘이 가진 당연한 한계, 전쟁과 젠더 등 그야말로 우리가 매일 클릭하는 수많은 관심사를 다 다루고 있습니다.

그 관심사들을 깊이 성찰하는 기자의 눈으로 읽으면 어떤 일이 벌어질까요? 세상을 바라보는 입장을 조금만 틀어도 사건이 어떤 이야기로 둔갑할 수 있는지 김인정 기자는 아는 사람입니다. 그리하여 좋은 기자는 사건을 어떤 각도로, 얼마나 깊게 바라볼 것인지를 매번 생각할 수밖에 없는 사람입니다. 저자가 좋은 기자인 이유는 복잡한 정보를 매끈하게 정리해서 전달할 수 있기 때문이 아닐 겁니다. 오히려 단순해 보이는 일에 대해서도 끝까지 의심하고, 뒤에 가려진 이야기를 소외시키지 않는 방법을 생각하고, 어떤 시선이 이 사건에 필요한 건지 끝까지 고민하기 때문일 겁니다.

《고통 구경하는 사회》를 여는 추천사에는 '고통의 문해력'이라는 말이 나옵니다. 그것은 말 그대로 고통을 해석할 수 있는 능력을 말합니다. 고통에 공감하며 마음을 포갤 수 있는 능력이라는 의미도 담고 있지요. 조금 더 확장해보면 고통의 행간을 읽는 능력, 즉 그 사이에 미처 발견하지 못한 다른 고통이 없나 찾아보는 능력이라는 뜻도 있겠지요. 또한 고통의 의미를 당연하게 받아들이지 않고, 끝없이 질문하는 능력도 '고통의 문해력'이라는 말속에는 포함될 것입니다. 책을 읽는 내내 김인정 작가의 고통의 문해력에 감탄을 했습니다. 그리고 또 부러워했습니다.

예를 들어 이야기해볼게요. 어려운 사정 속에서도 한 푼 두 푼 모아서 기부했다는 '훈훈한 뉴스'를 우리는 얼마나 자주 봤나요? 그 뉴스 앞에서 우리의 반응은 '존경심'과 '죄책감', 그 사이 어디쯤에 있을 겁니다. 어쩌면 너무 자주 반복되어서 '둔감함'에 이르렀을지도 모르겠네요. 하지만 그 뉴스에 대한 작가의 서술을 한번 보세요.

이들이 겪는 '불우함', 그걸 견뎌낸 '근면함'과 '베푸는 마음'이 순차적으로 조명될 때, 이런 뉴스들은 누구를 향해 어떠한 메시지를 보내게 될까? 뉴스 매체의 메시지 주입 능력을 과신하는 건 아니지만, 혹여 이런 뉴스가 약자들의 도덕성에 대한 기대치를 높이고 행동의 폭을 더 옭아매는 것은 아닐까? 희망의 증거로 함부로 소비되는 건 이들이 과연 동의한 역할과 노동인 걸까? 뉴스가 은근슬쩍 제시하는 '옳은' 삶의 방향 앞에 어쩌면 가장 여린 마음들, 자기를 검열할 필요가 없는 선한 이들이 먼저 반응하게 되는 건 아닐까? 그렇게 약자들의 선행과 관련된 뉴스는 계속해서 생산되고 소비되면서, 또다시 그들이 선하기까지 해야 하는 세상을 이끌어내는 데 일조하고 있는 건 아닐까? 만약 누군가가 안방에서 이 뉴스를 보고 부끄러움과 감동을 느낀다면, 그 감정은 어디에서 오는 걸까? 나보다 '더 못한' 사람도 누군가를 돕고 있다는 우월 의식이 깔

린 반성인 걸까? 뉴스는 약자를 슬쩍 도구로 삼아 섣부른
계몽을 하며 사람들의 삶에 개입하고자 하는 걸까?

질문 하나를 읽을 때마다 저의 단단한 편견이 하나씩 깨
지는, 굳어진 생각이 말랑해지는 느낌을 받았습니다. 이 책은
당연하다고 생각되는 것에 질문을 던집니다. 질문은 계속 이
어집니다. 범죄자의 신상을 공개하라는 대중의 요구와, '알권
리'라는 명분과, '공익'을 위한다는 절대 선과, 언론의 욕망이
뒤엉켜, 결국 신상 공개를 하는 패턴에 대해서 작가는 이런 질
문을 던집니다.

그러나 범죄자들에게도 신상 공개가 돌이킬 수 없는 무언
가일까. (중략) 하지만 그 실효성이 과연 피해자의 울분을
달래줄 만큼 클까. 저 사진을 보고 난 뒤 길에서 마주친다
면 우리는 그들을 알아볼 수는 있을까. 머그샷도 아닌 흐
릿한 증명사진을 바라보는 일이 재범과 범죄 예방에 정말
도움을 줄까. 얼굴이 알려졌으니 그들은 다시 같은 범죄
를 저지르기 어려울까. 낙인을 찍는 건 효과적일까. 신상
공개는 피해자들의 돌이킬 수 없는 피해에 제대로 응답하
고 있는 걸까.
그리고 무엇보다 속 시원함을 넘어서 사법적 정의 구현에
도 조금은 도움을 줄까.

선명한 답을 원하는 질문이 아닙니다. 선명한 답이 존재

하지 않는다는 것을 알기 때문에 계속 이어나가야 하는 질문들입니다. 끝까지 질문을 하며 작가는 단정하지 않고 망설입니다. 명백히 드러난 부분을 믿지 않고 이면을 찾아봅니다. 욕구의 다른 얼굴을 생각합니다. 편견의 폭력성을 새삼 들여다봅니다. 이태원 참사에서 핸드폰과 소셜미디어와 매체들이 모두 고통의 중개인이 된 사태를 살펴보며. 왜 이토록 고통을 전시하고, 또 다른 고통을 알리며, 흥미 위주의 기사가 이어질 수밖에 없는지 그 시스템을 들여다보며. 범죄자에게 벌을 주고 싶어 하는 우리의 얄팍한 심리를 반성하며. 날씨 뉴스 하나도 얼마나 불공평한지, 뉴스 한 꼭지가 지나간 후에 남은 문제가 얼마나 많은지, 먼 곳의 이야기가 사실은 얼마나 가까운 이야기인지 곰곰이 되짚어보며.

스스로가 '고통의 필터이자 고통의 확성기'라는 사실을 명확하게 인식하고 있기에, 그 힘을 제대로 써야만 한다는 절박함에, 작가는 집요합니다. 죄책감과 책임감 사이를 오가며 김인정 작가가 문제를 파고들면 견고해 보였던 이야기의 겉면은 힘없이 깨져나갑니다. 마치 페이스트리처럼 겹겹이 감춰진 진실들이 계속해서 드러납니다. 서로 다른 입장과 서로 충돌하는 욕구 덕에 각자의 자리에서 보는 진실은 각기 다른 모양입니다. 그리하여 책을 읽다 저는 그만, 부끄러워졌습니다. 왜냐하면 저는 언제나 선명한 답을, 명료한 입장을 가지고 싶어 하는 사람이거든요.

저는 쉽게 선악을 가릅니다. 영화를 보면서도, 책을 읽으면서도 그래서 누가 나쁜 놈이라는 건지 궁금해하고, 뉴스를 보며 조금 드러난 악행 앞에서 '나쁜 놈' 딱지를 붙여버리길 주저하지 않습니다. 일상 속에서도 이 버릇은 이어져서 나와 생각이 비슷한 사람을 '우리 편'으로, 생각이 다르면 '남의 편'으로 쉽게 갈라치기 해버립니다. 복잡한 사정 같은 건 알려고 하지 않고, 답을 얼른 내놓으라 채근합니다. 왜 그러냐고요? 선악은 편하니까요. 복잡하게 생각하지 않아도 되고, 이해하려고 에너지를 쓰지 않아도 되니까요. 얼마나 복잡한 세상인가요. 선악은 얼마나 선명한 가름선인가요. 하지만 그때마다 저를 찌르는 건 신형철 선생의 이 구절입니다.

> 우리는 '타인은 단순하게 나쁜 사람이고 나는 복잡하게 좋은 사람'이라고 믿는다. (중략)
> 그리고 깨닫게 될 것이다. 타인은 단순하게 나쁜 사람이고 나는 복잡하게 좋은 사람인 것이 아니라, 우리 모두가 대체로 복잡하게 나쁜 사람이라는 것을.
> — 신형철, 《정확한 사랑의 실험》

복잡하게 나쁜 세상 속에서 선명한 언어와 선명한 입장을 가지고 싶어 했던 저는, 이 책을 읽으면서 그 생각을 고쳐먹기 시작했습니다. 더듬거릴지라도 끝까지 나의 생각이 맞는지 의심하고 싶어졌습니다. 답을 손에 쥐지 못하더라도 다른 가능성은 없었을지 살펴보는 거죠. 환하게 드러난 이야기 때문에 가려진 다른 이야기는 없는지, 나의 고정관념이 누군가에게 폭력이 되고 있는 건 아닌지 살펴보는 거죠. 내게 선명한 언어가 없더라도, 단단한 입장이 없더라도, 고통받는 누군가가 있다는 것만은 확실하니까요. 그렇죠. "고통받는 사람이 있다"라는 것만은 누구도 부인할 수 없는 진실이니까요.

물론 우리가 모든 고통에 감응할 수는 없습니다. 그것은 물리적으로 불가능한 일일 뿐만이 아니라, 일어나서는 안 될 일입니다. 우리에겐 우리의 일상을 지켜야 할 의무도 있으니까요. 카메라와 인터넷과 소셜미디어가 이토록 발달한 지금, 우리는 필연적으로 타인의 고통을 구경할 수밖에 없는, 타인의 고통 바깥에 서 있을 수밖에 없는 존재입니다. 그러니 우리의 구경에 대해 무턱대고 비난을 하거나, 죄책감을 심어주는 것은 이 책이 의도하는 바가 아닙니다.

우리는 모두 자신의 피부에 감싸여 있기에, 나의 피부 바깥에서 일어나는 고통을 제대로 알거나 이해하기란 어쩌면 불가능한 일인지도 모른다. 기껏해야 우리는 "나일 수 있었다"나 "나의 가족이나 친구일 수 있었다"는 비유를 써야 겨우 아픔을 내 것처럼 만들어 상상할 수 있는, 불완전한 존재들이니까. 이러한 인간적 현실을 기반으로 생각해본다면 타자에 대해 생각하려는 시도는 대상화의 위험성을 늘 내포하고 있다.

무엇보다 김인정 기자는 알고 있습니다. 이 사회의 구조가 그렇게 짜여 있다는 것을. 우리의 즉각적인 반응을 이끌어내기 위해 사진은, 영상은, 뉴스는, 헤드라인은 끝없이 자극적으로 변할 수밖에 없고, 그것에 따라 클릭을 하며 즉각적인 반응을 하는 것은 어찌 보면 당연한 결과라는 것을. 우리는 모두가 어느 정도는 고통 포르노에 중독되어 있고, 그 중독을 유지하기 위해 끝없이 더 자극적인 고통이 우리에게 실시간으로 전시된다는 것을. 수전 손택Susan Sontag이 《타인의 고통》에서도 지적하는 것처럼요.

기억하시나요? 시리아 난민에 대해 전 세계가 책임을 느끼게 한, 터키 바닷가에서 발견된 세 살짜리 어린아이의 시신 사진을? 베트남 전쟁 당시 반전 운동의 기폭제가 된, 온몸에 화상을 입은 채로 발가벗고 도망치는 아홉 살 소녀 사진을? 사진의 힘은 전쟁의 결과를 바꿔놓을 정도입니다. 수전 손택 《타인의 고통》을 읽다 보면 1855년 크림 전쟁 때, 영국 정부가 점점 나빠지는 여론을 뒤집고, 전쟁에 대한 명분을 얻기 위해 처음으로 '로저 펜턴Roger Fenton'이라는 사람을 전쟁터에 파견한 이야기가 나옵니다. 이것이 전쟁 사진의 시작이었지요. 그로 인해 전쟁은 무력과 무력의 대결에서 사진과 그에 따르는 여론의 대결로 옮겨가게 됩니다. 그때부터 사람들은 이미지를 어떻게 자기들에게 유리하게 가져갈 것인가를 고민하기 시작합니다.

"카메라는 역사의 눈이다"라는 말로 사람들은 사진의 객관성을 말하려고 하지만, 사진은 결코 객관적일 수가 없는 한계를 가지고 있습니다. 찍는 사람이 의도한 것만을 우리는 볼 수 있으니까요. 프레임 바깥에는 무엇이 있는지 우리는 결코 알지 못합니다. '인증 사진'이라는 것이 사실을 말해주는 증거처럼 여겨지지만, 사실 사진이 말해주는 것보다는 사진이 말해주지 않는 것이 더 많습니다. 하지만 그렇다고 해서 수전 손택이 사진을 비난하는 것은 아닙니다. 오히려 그는 말합니다. 마치 다른 식으로 볼 수 있는 방법이 있기나 한 듯이, 사람들은 고통을 쳐다본다는 이유로 이미지를 비난해왔다고. 김인정 작가도 위의 구절에서 이어 말하지요.

그러니 대상화를 무작정 멈추라는 말은 함정이다. 타인에 대한 말하기가 멈출 수 있기 때문이다. 서로를 도울 기회를 알지도 못한 채 지나칠 수 있기 때문이다. 나의 시선이 구경이 될 수 있다는 걱정에 빠져서 고통을 보는 일 자체를 멈춘다면, 그것은 또 다른 인간성 실패의 시작일 것이다.

다른 방법은 없습니다. 사진과 영상이 아니라면 우리에게는 타인의 고통에 감응할 수 있는 방법이 없습니다. 지금의 사회에서 사진과 영상을 피할 수 있는 방법을 아는 사람도 없습니다. 그렇다면 중요한 건 태도일 것입니다. 의심하는 태도. 이면을 살피는 태도. 쉽사리 동조하지 않는 태도. 다른 이야기를 살피려는 태도.

고통은 지금 이 순간에도 지구 곳곳에서 일어나고 있습니다. 인간의 고통뿐만이 아니라 동물과 식물 아니 지구 전체의 고통 위에서 우리는 천연덕스럽게 살아가고 있습니다. 그 고통을 단번에 멈출 수 있는 힘이 우리에게 있다면 좋겠지요. 하지만 이 세상은 우리의 상상 이상으로 복잡하고, 우리의 힘 이상으로 강력합니다. 필연적으로 고통은 어딘가에서 끝없이 이어집니다. 이 지구는 결코 유토피아가 아니니까요. 하지만 이 지구를 디스토피아로 만들지 않기 위한 노력은 가능합니다. 그렇다면 중요한 건 고통을 바라보는 우리의 시선일 겁니다. 잘 정리된 숫자 안에 숨겨진 고통을 헤아리는 시선, '보여줄 수 없는 고통'과 '보이지 않는 고통'이 없는지 찾아보는 시선. 근시안적인 뉴스를 헤매다가도 멀리 내다볼 수 있는 시선 말이지요.

물론 그렇게 다짐을 꼭꼭 해보아도 뉴스를 보다 보면 매번 놀라고, 매번 환멸을 느낍니다. 어떻게 인간은 이토록 악한가, 어떻게 인간이 인간에게 이토록 잔인한가, 매번 새삼스럽게 절망합니다. 그러다 아예 모든 뉴스에서 눈을 떼고 지내는 시기도 여지없이 찾아오지요. 하지만 여기에 대해서 수전 손택은 죽비를 내려칩니다. 이 세상에 인간의 사악함이 빚어낸 고통이 얼마나 많은지 인정하고, 그 자각을 넓혀가는 것은 아직까지 훌륭한 일이라고. 이 세상의 악행에 매번 놀라거나, 인간이 얼마나 섬뜩한 방식으로 잔인하게 타인을 해칠 수 있는지 보여주는 증거를 볼 때마다 환멸을 느끼는 사람은 아직 성숙하지 못한 인물이라고. 가장 아픈 죽비는 수전 손택의 이 말이었습니다. "나이가 얼마가 됐든지 간에, 무릇 사람이라면 이럴 정도로 무지할 뿐만 아니라 세상만사를 망각할 만큼 순수하고 천박해질 수 있을 권리가 전혀 없다."

김인정 기자도 죽비를 내려칩니다. 하지만 수전 손택보다는 덜 아프고 더 다정한 죽비입니다.

구경으로 시작됐다고 하더라도 그 시선을 멈추지 말기를. 여력이 된다면 포기하지 말고 움직이기를. 행동이 절대 선은 아니라는 것을 잊지 않기를. (중략) 비평가 존 버거John Peter Berger가 말했듯이, 타인의 고통을 보고 난 뒤 충격을 개인의 '도덕적 무능'으로 연결해 그 감정에 지나치게 매몰될 필요도 없다. 때론 죄책감이라는 통증을 넘어서야 타인의 고통에 다가가는 길이 열린다는 걸 말하고 싶다. 나의 것이 아닌 고통을 보는 일에는 완벽함이 있을 수 없으므로. 우리가 서로의 부족함을, 미욱한 애씀의 흔적을 조금씩 용인하면서라도 움직이기를 바라기에.

그렇다면 우리는 이제 좌절감에 몸을 담그는 대신, 죄책감으로 눈을 돌려버리는 대신, 연민만을 베푸는 대신, 자신의 자리에서 자신의 고통을 마주하고, 타인의 고통까지 껴안는 사람을 만나볼 차례입니다. 실제로 그런 사람이 있습니다. 그리고 그 사람의 이야기를 누구보다 귀하게 듣고 글로 옮겨 나누는 귀한 사람이 있습니다. 고통의 이야기를 사랑의 이야기로 바꾸는 사람이 있습니다. 이제 정혜윤 작가를 만나러 떠나가볼까요. 눈물 겹도록 따뜻한 여정이 될 거예요.

대충 좋아하는 법을
모르는 사람

오래도록 정혜윤 작가를 생각하면 하나의 이미지가 떠올랐습니다. 엄지와 중지로 책을 단단히 붙잡고, 검지를 읽고 있는 부분에 끼워두고 지하철을 타는 모습. 지하철에 오르자마자 다시 책을 펼쳐 드는 모습. 그렇게 손가락 3개는 언제나 책을 붙들고 있는 모습. 언젠가 정혜윤 작가의 책이었나 인터뷰에서였나 읽은 이 장면이 유독 인상 깊었습니다. 그처럼 지독한 독서가이며 뛰어난 기억력까지 겸비한 사람이 책과 책 사이를 공중 점프하며 자유롭게 사유하는 글을 본 적이 잘 없었기 때문에 손가락 3개는 정혜윤 작가의 독서 비밀처럼 여겨졌습니다. 출퇴근길 지하철 안에서 손가락 3개를 써서 책을 덮고 펼칠 때마다 저는 정혜윤 작가를 떠올렸지요. 그러나 《슬픈 세상의 기쁜 말》을 읽고 난 후 정혜윤 작가를 떠올리면 마치 머리 위에 물동이를 이고 있는 것처럼 천천히 걷는 사람의 이미지가 떠오르기 시작했습니다. 바로 이 말 때문이지요.

저는 이야기로 구성된 사람이에요. 너무 많은 중요한 이야기를 알아요. 그래서 처음 만났을 때 '나 건드리지 마. 중요한 이야기가 흩어지잖아'라고 말하는 듯한 모습인 거예요. 저는 남의 이야기를 많이 암기하고 있어요. 디테일까지요. 그래서 건드리면 안 돼요. 꼭 기억해야 할 것을 기억하는 중요한 증언자이고, 제 자체가 중요한 정보를 담고 있는 항아리이자 보물이에요.
— 이슬아, 《깨끗한 존경》

오랫동안 제게 정혜윤 작가는 지독할 정도로 읽는 사람이었습니다. 하지만 《슬픈 세상의 기쁜 말》 속의 작가는 지독할 정도로 듣는 사람이 되어 있었습니다. 그전엔 세상 모든 책을 읽겠다는 각오로 맹렬한 기세였다면, 이제는 그 누구라도 이야기를 시작한다면 나는 다, 아주 잘 듣겠다는 무서운 각오가 느껴졌달까요. 저는 바로 정혜윤 작가의 다른 책들까지 찾아 읽기 시작했습니다. 《삶의 발명》 《사생활의 천재들》 그리고 이슬아 작가의 인터뷰집 《깨끗한 존경》에 실린 정혜윤 작가의 인터뷰까지 읽고 나니 이분의 지향점이 또렷하게 보였습니다. 대충 좋아하는 법을 모르는 사람이 '책 속 이야기'를 사랑하는 것을 넘어 '사람들의 이야기'를 맹렬히 사랑하게 되었구나 싶었지요. 최근에 출간된 작가의 책 제목 《책을 덮고 삶을 열다》는 작가를 설명하는 가장 정확한 문장처럼 보였고요. 좀 더 이야기를 해볼게요.

정혜윤 작가는 소개가 따로 필요 없을 정도로 많은 팬을 가지고 있는 작가이자 CBS 라디오 피디죠. 라디오 피디라는 직업은 그에게 단순히 돈을 버는 일을 넘어 정체성을, 세상을 만나는 태도를 빚어낸 일인 것 같아요.

라디오의 속성상 릴테이프는 한 번 돌면 끝이에요. 일 년 동안 준비한 방송도 릴테이프가 한 바퀴 돌면 끝난단 말

이에요. 그래서 생긴 감수성이 있어요. '한 번'이라는 감수
성이지요. 기회는 한 번이라는 감수성. 인생은 마치 릴테
이프가 한 바퀴 도는 것처럼 한 번이구나. 다시 오지 않는
구나. 그래서 덧없이 사라지는 것보다 조금 더 긴 거, 조금
만 더 긴 게 뭘까? 조금만 더 오래 가게 살려두고 싶은 게
뭘까? 고민했지요.
― 이슬아, 《깨끗한 존경》

그는 사람들의 이야기를 듣기 시작합니다. 한 사람이 한
권의 책과 다르지 않다는 걸 깨달은 사람이, 사람을 책처럼 읽
는 사람이 된 거죠. 워낙 책을 잘 읽던 사람이니, 듣는 걸 업으
로 하는 사람이니, 사람의 이야기 속에서 그 사람의 삶을 읽어
내는 것에 그만한 전문가도 없을 것입니다. 《슬픈 세상의 기
쁜 말》 속에는 그가 바닷가 어시장에서 만난 어부의 말, 일흔
여덟에 한글을 배운 할머니의 말, 대구 지하철 참사로 딸을 잃
은 어머니의 말, 세월호에서 아들을 잃은 아버지의 말, 나무에
기대 우울증을 이겨내는 어머니의 말 등이 가득합니다. 대단
한 말이지만 동시에 대단한 말들이 아닙니다. 그걸 낚아챌 수
있는 작가의 시선과, 의미의 장을 엮어낼 수 있는 작가의 능력
덕분에 단단한 말이 된 것이지요.

어쩌면 라디오 피디로서의 책임감도 있어요. 라디오는 영
상이 없으니까 인터뷰를 하면 그 사람과 나 둘만 있잖아
요. 이 사람은 날 믿고 많은 말을 해요. 내가 잘 알아들어

야 해요. 내가 못 알아들으면 아무도 못 알아듣는 거예요.
그 공간과 시간 속에는, 그 순간에는 우리 둘밖에 없으니
까. 심지어 어떨 때는 내가 뭐라고 뭣 때문에 날 믿고 이
렇게 많은 말을 해줄까? 하고 상대에게 감사하는 마음도
들어요. 감사하기 때문에 잘 알아들으려는 필사적인 의지
로 듣는 거예요.
— 이슬아, 《깨끗한 존경》

정혜윤 작가는 사람들의 이야기를 들을 때 메모도 하지
않는다고 합니다. 그 순간, 그 사람 앞에서 오롯이 있으려는
노력인 거죠. 메모에 정신을 빼앗기지 않도록, 그 사람이 자신
의 이야기를 이용하는 것처럼 느끼지 않도록, 그 사람과 마주
앉아 이야기에만 집중합니다. 그리고 중요한 생각이 떠오르
면 그걸 머릿속에 잘 보존하기 위해 걷는 것도 조심조심 걷는
다고 합니다. 걷는 것까지 조심하면서 잘 보관한 이야기들이
이 책 속에 가득합니다.
　책과 이야기에 진심인 정혜윤 작가는 사실 여러 증언을
합쳐보면 자신의 삶을 보살피는 데에는 그다지 전문가가 아
닌 것 같습니다. 침대 주변으로는 삼면이 모두 책으로 가득 차
있고, 회사 책상 위는 무엇이 어디 있는지 전혀 알 수 없는 상
태, 더 적나라하게 말하자면 ‘더러운’ 상태라, 회사에서는 벌
레가 나오기만 해도 정혜윤 작가에게 의심의 눈초리를 돌린
다고 하죠. 하지만 그는 지금 자기에게 중요한 이야기가 있
고, 이걸 잘 전달하는 일이 더 시급하기 때문에 그런 사사로운

일에는 신경을 쓸 겨를이 없다고 말합니다. 작가가 왜 이렇게 이야기에 진심이냐고요? 그것은 우리가 읽을 책에도 잘 나와 있지만,《삶의 발명》이라는 책에서 한번 가져와볼게요.

나는 나의 에너지의 대부분이 감탄할 만한 이야기를 따라 사는 데서, 마음이 가는 이야기의 일부분이 되려고 하는 데서 나왔다는 것을 알고 있다. 이렇게 살 때 나는 어디에 힘을 써야 할지 모르는 슬픔에서 벗어나 자유롭게 나 자신의 에너지를 발산하며 나 자신을 겨우 신뢰할 수 있었다. 나는 이렇게 타인의 이야기에서 에너지를 받는 것을 이야기의 초대라고 표현해왔다. 이제는 이 이야기의 초대에 따라 길을 가는 것을 삶의 발명이라고 불러도 좋을 것 같다.

삶을 발명하는
이야기들

이런 이야기를 따라가다 보면 어떤 삶이 발명될까요?

한 어부가 있습니다. 아무도 보지 않는 곳에서도 작은 물고기는 놔주고 금지 어종은 풀어주고 사소한 원칙도 지키는 사람입니다. 말은 쉬워도 아무나 할 수 있는 일이 아닙니다. 어떻게 그렇게 할 수 있냐는 정혜윤 작가의 질문에 어부는 답합니다.

"그건 내가…… 자유이기 때문입니다."

고아였지만, 공부를 많이 못했지만, 본질적으로 외로운 존재였지만, 내일이 허락될 거란 확신은 없었지만, 그렇기 때문에 오늘의 삶을 소중히 여기는 사람의 이야기. '자유'처럼 '사랑'처럼 내 안에서 파괴될 수 없는 소중한 것을 지키는 사람의 이야기. 우리가 이런 이야기를 따라가다 보면 우리에게 어떤 새 삶이 발명될까요?

또 이런 이야기를 따라가면요? 일흔여덟 살에 처음으로 글을 배운 할머니가 있습니다. 이제라도 못다 한 이야기를 쏟아내기 바쁠 것 같은데, 여든 살에 할머니는 '귀가 배지근하게' 듣는 사람이 됩니다. 내가 지금 듣는 것을 다시는 못 듣게 될 것을 직감하고, 열성적으로 들어서, 그러니까 말이 귀에 쏘옥 들어오도록 집중해서 듣는 사람이 된 거죠. 귀 기울여서 남들의 이야기를 듣는 것으로 자신이 아는 세상을 넓혀가는 사람, 매일 마지막 날인 것처럼 듣는 사람의 이야기는요?

《슬픈 세상의 기쁜 말》 속에는 고통 속에서 기어이 희망 쪽으로 고개를 돌리는 사람들의 이야기가 가득합니다. 희망은 객관적인 조건이 모두 갖춰졌을 때 찾아오는 것이 아니지요. 희망은 별똥별입니다. 문득 나타났다 순식간에 사라지죠. 멀고도 아득합니다. 보인다 해도 가질 수 없고, 간직하려 해도 결코 손에 잡히지 않습니다.

하지만 내가 희망을 가지진 못해도, 내가 누군가의 희망이 될 수는 있습니다. 책 속에는 자신은 고통 속에 있으면서도 타인을 향해 희망의 로프를 던지는 사람들이 가득합니다. 눈물 겹도록 많습니다. 이것 보세요. 대구 지하철 참사로 딸을 잃은 어머니가 슬픈 사람들을 돕기 위해 곁에 있기 위해 재난 현장으로 가는 이야기 속에서 작가는 이런 이야기를 우리 손에 쥐어줍니다.

(중략) 유족들은 "당신도 겪어보세요"가 아니라 "당신은 겪지 마세요"라고 말한다.

그의 꿈은 자신이 '마지막 슬픈 사람'이 되는 것이었다.

이 글을 아이러니하게도 저는 파리의 아름다운 도서관에서 읽었습니다. 20대부터 도착하고 싶었던 도서관 안에서, 꿈속 풍경 같은 곳에서 이 글을 읽고 얼마나 속절없이 울었나 모르겠습니다. 어떻게 이런 마음이 가능한 걸까요. 이토록 잔인한 세상 속에서, 낯 모르는 타인을 향해 증오로 가득 찬 말을 함부로 던지는 것이 일상인 세상 속에서, 피해자에게 위로보다는 냉소를 흘리는 것이 더 자연스러운 세상 속에서 어떻게 이런 이야기가 가능한 걸까요. 저는 짐작조차 할 수 없는 마음 앞에서 반사적으로 눈물이 튀어나왔던 것 같아요. 마음의 뜨거움이 선물한 뜨거운 눈물이었지요.

슬픈 세상 속에서도 기쁜 말을 전하는 이 사람들의 이야기를 듣다 보면, 더 많은 이야기를 내 안에 들이고 싶다는 욕구가 피어오릅니다. 다른 사람들의 이야기를 내 안에 심고, 그것을 열심히 돌봐 내 마음속에 꽃을 피우고 싶어집니다. 동시에 나의 고통에 다른 이야기를 부여할 힘은 오직 나에게 있다는 사실도 깨닫게 됩니다. 진은영 시인의 《나는 세계와 맞지 않지만》 속의 이 구절처럼요.

미국의 심리치료사 메리 파이퍼는 난민들과 상담하는 중에 그들에게 용기 있게 행동한 기억이 있는지 물었다. 모두 전쟁으로 가족과 집을 잃고 미국으로 온 피해자들이었지만, 그들의 이야기에 약간의 변화를 주면 정체성에 큰 영향을 미칠 수 있기 때문이었다. 보스니아에서 온 한 젊은 여성은 군인들이 몰려왔을 때 자신이 여동생을 문 뒤로 밀어넣어 동생이 강간당하지 않게 보호했다고 말했다. 이 기억을 떠올리며 그녀는 자신이 더럽혀졌다고 느끼는 대신 고결하다고 느끼게 된 것 같았다고 파이퍼는 전한다.

아주 개인적인 이야기를 덧붙이자면 이 구절과 《슬픈 세싱의 기쁜 말》을 오가며 아주 오랫동안 제가 글을 쓴 이유를 알 것 같았습니다. 사태는 이미 벌어졌습니다. 내가 과거로 돌아가서 그 일을 바로잡을 방법은 없습니다. 사실 그 상황으로 돌아간다 해도 내 힘만으로는 그 사건을 바로잡을 수 없을지도 모릅니다. 왜 그런 사람이 나의 아버지였는지는 평생 이해할 수 없을 것이고, 그것에서 비롯된 수많은 고통도 바로잡을 길은 없어 보였습니다.

그래서 20대와 30대의 저는 계속해서 썼던 것 같아요. 결코 이해할 수 없는 상처들을 똑바로 직시하고, 다른 길을 열어주기 위해서요. 나의 이야기를 새롭게 쓸 수 있는 사람은 오직 나 자신이니까요.

물론 저의 고통은 우리가 읽어온 수많은 고통에 비하면 너무나도 먼지 같다는 걸 잘 압니다. 하지만 그 먼지가 내 눈에 들어왔기 때문에 우리는 눈물을 흘리죠. 먼지 같은 상처일지라도, 내 상처를 직시하고, 그 상처에게 다른 서사를 부여하면 빛 쪽으로 몸을 돌릴 수 있는 힘이 생겨난다는 걸 이 책을 통해 저는 새삼 또 배웠습니다. 하찮은 나의 고통이 버거울 때마다, 버거운 세상의 슬픔을 모른 척하고 싶을 때마다 이 책을 상비약처럼 꺼내 먹으려고요.

정혜윤 작가는 말합니다. "우리에게는 어둠 속에서 함께 나눌 이야기가 필요하다"라고. 그리고 "한 사람의 좋은 이야기는 우리 모두의 이야기가 된다. 좋은 이야기는 우리 내면 깊은 곳에 '부드럽게' 각인되고 남아서 우리의 자아를 바꾼다"라고.

《슬픈 세상의 기쁜 말》 속에는 오래도록 곁에 두고 싶은 이야기가 많습니다. 문득 고통의 수렁에 빠졌을 때, 내 손을 따뜻하게 잡고 일으켜줄 이야기들이지요. 물론 이 모든 이야기의 다음은 우리 몫입니다. 어떤 이야기를 이어가고 싶으신가요? 당신의 고통을 어떤 이야기에 담아내고 싶으신가요? 고통 다음에 어떤 이야기를 놓고 싶으신가요? 어떤 이야기를 닮아가고 싶으신가요? 슬픈 세상을 어떤 이야기로 기쁘게 만들고 싶으신가요?

내 이야기의 저자는 언제나 나입니다. 나여야만 합니다.
그러므로 여기서부터는 온전히 당신의 자유입니다.

같이 더 좋아하고 싶어서

예감은 틀리지 않았다. 책이 일이 된다면, 어쩔 도리 없이 나는 또 열심히 하지 않을까, 라는 기대는 예언이 되었다. 사람들은 나의 메일을 받고 이렇게 말한다. "메일 받고 정말 깜짝 놀랐어요. 김민철이라는 사람은 일을 이렇게 하는군요." 친구들 대부분은 "너 또 그럴 줄 알았다"라는 반응인데, 실상을 좀 더 이야기해주면 "그렇게까지 한다고?"라며 기겁한다. 나는 그냥, 김민철로 사는 건 참 피곤한 일이라는 걸 수십 년 동안 겪어서 그러려니 한다. "3개월 동안 3권의 책을 읽는다"라고 말을 하면 별일이 아니지만, "3개월 동안 3권의 책을 읽게 만든다"라고 말하면 완전히 다른 차원의 공을 들여야 했다. 그리하여 나는 이렇게 살게 되었다.

매월 1일에 책 소개 메일 발송:

책 소개 메일을 쓰기 위해 월말엔 책을 꼼꼼히 읽는다. 이미 한 번 읽은 책이지만, 그걸로 글을 쓰려면 끝없이 생각하며, 그 생각을 붙잡아가며 읽어야 한다. 책 옆에는 노트와 펜이 놓여 있다. 관련한 책들도 찾아 읽으며 글을 쓰다 보면 메일 한 통이 A4 5~7장의 분량이 된다. 오독 대원들이 메일을 읽다 지칠까 걱정도 하지만, 이런 북클럽 대장을 데리고 있는 오독 대원들의 팔자라고 합리화도 한다.

매월 15일에 오독 일기 발송:

매월 10일쯤 되면 다시 책을 읽고, 글을 쓴다. 열흘 전에 읽은 책을 또 읽는다고? 놀라는 분들이 많겠지만, 이것이 내 기억력이

다. 이 기억력 덕에 또 읽으며 또 즐거워할 수도 있게 되었으니 고마워해야 하는 걸까. 그렇다면 지긋지긋한 고마움이다. 아무튼 열흘 전에도 긴 글을 썼으니, 아무리 나의 감상이라고 해도 더 쓸 게 있나 싶지만, 쓰다 보면 또 A4 5~7장 분량이 나온다. 이쯤 되면 다정이 병인 걸까, 길게 쓰는 게 병인 걸까 고민이 된다.

오독 일기 답장 시작:

나의 오독 일기를 보내면 그때부터는 오독 대원들의 오독 일기가 도착하기 시작한다. 북클럽을 시작하기 전에는 답장 금지 정책을 세웠으나 (하나하나 답장하는 것이 무리라는 것쯤은 알고 있었다), 첫 번째 오독 일기를 받자마자 그 정책은 철회되었다. 이토록 정성스러운 마음에 답장을 안 하는 것은 내 능력 밖의 일이다. 다만 한 명 한 명에게 답장을 하는 건 생각보다 훨씬 더 에너지와 시간이 많이 드는 일이라서, 늘 허덕이고 있다. 그럼에도 불구하고 1 대 1 답장 시스템을 고수하고 있다.

매월 한 번 토요일엔 오독 타임:

깜짝 이벤트로 한번 해봤던 건데, 반응이 좋아서 매달 하고 있다. 방법은 간단하다. 한 달에 한 번, 토요일 오전에 온라인에서 만나서 딱 한 시간 말없이 책을 읽고 헤어지는 거다. 그게 전부이다. 하지만 책이 전부인 한 시간이 얼마나 드문지. 드물어 귀한지. 딱 한 시간만 핸드폰을 멀리하고 책에만 집중해보면, 매달 계속할 수밖에 없다. 우리의 나약한 집중력, 우리가 모여서 극복할 테다.

매월 마지막 날 오독 라이브:

두 번의 기나긴 메일을 보냈지만, 책 이야기를 본격적으로 할 수 있는 유일한 시간이다. 다시 한번 책을 읽고 (믿을 수 없겠지만 나는 그럴 수밖에 없다) 라이브 방송을 준비한다. 이젠 모두가 책을 다 읽었으니, 책에 더 이상의 성역은 없다. 문장 하나, 장면 하나에 대해서도 마음껏 설명한다. 내용이 복잡하면, 그 복잡한 내용을 찬찬히 정리해서 알려주기도 한다. 다 읽고도 풀리지 않은 의문들은 이 시간에 얼추 정리가 된다. 사람들의 오독 일기 중에 공유할 부분들도 따로 챙겨두고 공유한다. 서로 다른 생각들을 나누며 책이 본격적으로 풍성해지는 시간이다. 모인 우리는 안다. 책의 마지막 장까지 다 읽는 것이 독서의 끝이 아니다.

딱 준비한 만큼만 말할 수 있는 사람이라서, 라이브 준비에 이틀 정도의 시간을 투여한다. 한 시간 반 정도의 라이브 방송을 마치고 나면 드디어 한 날을 무사히 살아냈다는 느낌이 든다. 이 시기는 다음 달 메일을 준비해야 하는 시기와도 겹쳐 있어서, 정말로 '살아냈다'라는 느낌이 파도처럼 덮친다. 솔직히 말하자면 이렇게 한 달을 살아내고 나면, 며칠간은 책이 꼴도 보기 싫어진다. 하지만 어쩔 수 없다. 책이 나의 일이다. 이곳이 내가 만든 직장이다. 내가 나를 가장 원하던 직장에 취직시켜서 가장 원하던 일을 하게 만들었다. 어쩔 도리가 없다. 열심히 할 수밖에. 어쩔 수 없이 다음 책을 펼쳐 들면, 어쩔 수 없이 나는 다시 책을 사랑하게 된다.

칼 세이건Carl Sagan의 벽돌책 《코스모스》를 읽을 때의 일이다. 사실 700페이지가 넘는 이 책을 한 달 만에 읽어내자는 내 제안이 얼마나 어이없는 건 줄은 내가 제일 잘 알았다. 하지만 읽고 싶고, 읽으면 좋을 거고, 말도 안 되는 뿌듯함을 맛볼 수 있을 거고, 벽돌책이라서 어렵다면 내가 잘 도와주면 되는 거고, 사실 그런 일 하라고 북클럽 대장이 있는 거고. 두 개의 용기를 꺼냈다. 사람들에게 벽돌책 《코스모스》를 읽어보자고 권할 용기, 또 하나는 13개의 챕터를 다 따로 정리해서 매주 사람들에게 메일을 보낼 용기.

하루 종일 일을 하다 돌아와 벽돌책을 펼치려면 오독 대원들에게도 용기가 필요할 것이다. 방대한 지식으로 시간과 공간을 가로지르며 우주 끝까지 갔다가 고대 그리스까지 날아가는 칼 세이건을 따라가기 좋도록 누군가가 지도를 제공해준다면, 더 쉽게 책 속으로 들어갈 수 있지 않을까? 과학에 대한 나의 무지는, 같이 읽고 싶다는 마음으로 극복하기로 했다. 관련 책과 영상을 찾아보고, 해당 챕터를 다시 읽어보며 매주 《코스모스》를 정리했다. 그렇게 매주 3개의 챕터를 정리해서 매주 메일을 보냈다. 한 달 내내 토요일 오전을 비웠다. 매주 온라인에서 모여 같이 책을 읽었다. 그 결과, 월말에 《코스모스》를 다 읽었다는 뿌듯한 간증이 쏟아졌을 때, 내 가슴도 뿌듯함으로 폭발해버렸다.

《줄리언 반스의 아주 사적인 미술 산책》을 읽을 때에는 그 책에 언급되는 모든 그림을 다 찾아서 보내주는 만행을 저질렀다. 이 책은 총 24명의 화가의 이야기가 24개의 챕터로 구성되어 있었는데, 도판이 턱없이 부족했다. 어쩔 수 있나. 하나하나 다 찾기 시작했다. 그건 정말 내 몸에 저지르는 만행이었다. 그림 제목이라도 알 수 있으면 다행일 텐데, '요람을 응시하는 모습' '식탁을 치우는 여인' '딸을 바라보는 아버지의 시큰둥한 모습' 이런 식으로 그림을 설명하고 넘어가면⋯⋯. 그때부턴 해변에서 열쇠 찾는 심정이 된다. 어떤 화가의 그림은 한 챕터 안에서 46개나 언급이 되어서 그걸 하나하나 다 찾아야만 했고, 대표작 4개만 깊게 살펴보는 글을 만났을 때에는 줄리언 반스에게 큰절을 하고 싶은 심정이었다. 그렇게 그달에는 총 26통의 메일을 보냈다. 시간은 말할 것도 없고, 손목과 허리와 목을 말 그대로 갈아 넣는 작업이었다. 나도 이렇게까지 할 생각은 아니었지만, 늘 정신을 차려보면 그렇게까지나 하고 있었다. 나라는 놈이.

북클럽이 일이 된다는 건 이런 거였다. 책을 꼼꼼히 읽고, 꼼꼼히 정리하는 것 이상의 공을 들여야 했다. 북클럽의 책만 읽어서는 안 된다. 관련된 책도 찾아 읽으며 북클럽을 풍성하게 만들어야 한다. 한강 작가의 《희랍어 시간》을 읽을 때에는 한강 작가의 모든 작품을 다시 다 읽었고, 아니 에르노의 《남자의 자리》를 읽을 때에도 그 작가의 책들을 쌓아두고 읽었다. 《제인 에어》 강의를 찾아가서 들었고, 유튜브 알고리즘을 천체 물리학으로 채우기도 했다. 물론 이렇게 당장 필요한 책들만 읽어서도 안 된다. 가리지 않고 많이 읽어놔야 다음 북클럽을 지속할 수 있다. 내가 좋아하는 분야의 책만 읽는 건 게으름의 방증이기도 했다. 의도적으로 나의 책 취향을 넓혀나가야 했다. 매번 3권의 책을 하나의 주제로 엮어서 북클럽을 진행하려면 나의 독서 곳간이 풍족해야만 했다.

슬픈 것은 노력으로도 채울 수 없는 한계를 매번 마주친다는 점이다. 나는 문학 전문가가 아니다. 뛰어난 에세이스트도 아니고 열성적인 독서가도 아니고, 책 좀 읽다가 늘 핸드폰을 드는 나약한 인간이다. 한 번만 읽어도 책을 깊이 파고들 수 있는 독서력도 없다. 책에서 감동받은 부분을 오래도록 간직할 수 있는 기억력도 없다. 대략의 얼개만 가지고도 끝없이 책 수다를 떨 능력도 없다. 더 정확히 말하자면 '성실함'이나 '책임감'을 제외하고는 북클럽을 이끌 만한 역량이 내겐 없는 것 같아서, 나는 매번 쪼그라든다. 오독 대원들의 열성적인 반응이 쪼그라든 나를 늘 일으키지만, 정신 차려보면 나는 다시 구석에 쪼그리고 앉아 있다.

그렇게 2년 넘게 북클럽을 해나가며 알게 된 사실이 있다. 그럼에도 불구하고 내겐 '좋아하는 능력'이 있다는 걸. 이토록 느리게 아름답고 비효율적으로 눈부신, 책이라는 세상을 나는 좋아한다. 그러니 잘하고 싶은 마음이 매번 간절해질 수밖에 없는 것이다. 간절함은 나를 주저앉히기도 하지만, 간절함이 나를 한 발 내딛게도 한다. 능력이 닿지 않는 걸 한탄하기보다 작은 능력으로라도 계속 해나가게 만든다.

좋아하는 마음에게 무리하지 말라고 하는 건 어리석은 일이다. 그 마음은 무리하지 않는 법을 모르기 때문에 매번 더 무리하며 좋아하는 마음을 더 키워가는 방법밖에 모른다. 심지어 좋아하는 마음을 크게 자랑했더니, 같이 좋아하고 싶어 하는 마음들이 내 주변으로 모여들고 있다. 결국 나는 좋아하는 세상을 좋아하는 사람들과 같이 좋아할 수 있게 되었다. 부족한 나이지만 각자가 다른 방식으로 부족하므로 우리가 모이면 완벽하다. 이것이 내가 만든 나의 일이다. 이것이 내가 만든 나의 세상이다. 완벽하지 않아도, 구멍이 숭숭 뚫려 있어도, 때론 너무 오독이어도, 때론 오독한 것까지도 다 잊어버려도, 이 세상을 내가 벅차도록 좋아하고 있다는 것만은 잊어버리지 않고 있다.

하지 않아도, 구멍이 숭숭 뚫려 있어도, 때론 너무 오독이어도, 때론 오독한 것까지도 다 잊어버려도, 이 세상을 내가 벅차도록 좋아하고 있다는 것만은 잊어버리지 않고 있다.

삶의 별빛을 찾아서

칼 세이건 지음,
홍승수 옮김,
《코스모스》,
사이언스북스, 2006.

켄 리우 지음,
장성주 옮김,
《종이 동물원》,
황금가지, 2018.

사샤 세이건 지음,
홍한별 옮김,
《우리, 이토록
작은 존재들을 위하여》,
문학동네, 2021.

"삶에 별빛을 섞으십시오." 이건 19세기 미국의 천문학자, 마리아 미첼Maria Mitchell의 말입니다. 이 구절을 《진리의 발견》에서 발견하고는 가슴이 웅장해졌습니다. 정확히 이번 챕터에서 칼 세이건의 《코스모스》와 켄 리우의 《종이 동물원》, 사샤 세이건의 《우리, 이토록 작은 존재들을 위하여》, 이렇게 3권을 통과하는 여정을 표현한 것 같아서요.

우리 같이 삶에 별빛을 섞어봅시다. 이 삶은 중력을 조금도 거스르지 못하고 땅에 찰싹 달라붙어 있어서 때론 답답하고, 때론 너무 하찮고, 자주 탈출구가 안 보입니다. 이 지리한 삶에 별빛을 섞는다니요. 그게 가능하다니요. 하지만 우리, 고개를 젖혀 별빛을 우리의 숨구멍으로 만들어봅시다. 두 발은 땅에 단단히 붙어 있을지라도, 두 눈으로 별빛을 받아들이는 것만으로도 좀 살 만해질지도 모릅니다. 거대한 우주의 시선에서 우리 지구를 내려다보면, 별의 시점에서 지금 우리 삶을 바라보면, 중요한 것들이 달라지고, 소중한 것들이 재편되니까요. 우리, 삶에 별빛을 섞어봅시다. 소금 한 꼬집으로 음식 맛이 살아나는 것처럼, 삶에 맛이 돌기 시작할 거예요. 자, 시작해볼까요?

코스모스 우주선의
승선을 환영합니다

그런 책들이 있죠. 책꽂이에서 내내 우

리를 기다리고 있는 책. 때론 게으른 우리를 째려보기도 하는 책. '언젠가는'이라는 말은 믿지 못할 약속이 되어버렸고, '꼭'이라는 말은 점점 힘이 빠지고 있습니다. 대표적인 책이 저에게는 《코스모스》였습니다. 언젠가는 꼭 읽으리라 다짐을 하고 사두었지만, 그 육중한 두께에 눌려 한번 펴보지도 못한 책이었지요. 그런데 무슨 일일까요. 긴 장마철의 어느 날, 어둑한 낮에 집에서 문득 이 책을 펼쳤다가 저는 별빛이 실시간으로 삶에 섞여드는 것을 경험했지요. 이 경험을 저 혼자만 할 수는 없었어요. 그렇다고 해서 뼛속까지 문과인 제가 《코스모스》의 여정을 안내한다? 그건 너무 북클럽의 권위를 떨어뜨리는 일이지요. 우리 삶에 별빛을 섞어줄 세상에서 가장 유능한 선장님, 《코스모스》의 저자, 칼 세이건만 믿고 항해에 나서보기로 결심했습니다.

칼 세이건을 '행성과학 연구자'로 칭하는 것은 그에 대해 정말 작은 부분만을 이야기하는 걸 거예요. 그는 우주 탐사선 프로젝트의 선봉에 서서 참여할 만큼 유능한 과학자였지만, 그 어려운 이야기를 쉽게, 재미있게 들려줄 수 있는 능력을 가진 드문 학자이었습니다. 아시잖아요. 전문가일수록 전문용어를 써가며 더 어렵게 말한다는 걸. 하지만 칼 세이건은 '과학의 대중화'를 말하던 사람이었습니다. 이 책이 같은 이름의 텔레비전 시리즈로 만들어졌다는 것을 봐도 알 수 있죠.

텔레비전 시리즈 〈코스모스COSMOS: A Personal Voyage〉는 이 책이 태어난 1980년에 방영되었습니다. 이 책과 똑같이 13개의 에피소드로 이루어져 있죠. 이 둘의 조합은 엄청난 성공을 거둡니다. 텔레비전 시리즈는 60여 개국에서 5억 명 이상이 시청하면서 '공공 방송 역사상 가장 많이 본 시리즈'가 되었고요, 각종 상을 휩쓸죠. 이 시리즈를 칼 세이건과 함께 공동 집필하고 제작한 사람은 그의 배우자, 앤 드루얀Ann Druyan입니다. 《코스모스》를 펼쳐볼까요? 그럼 맨 먼저 만나게 되는 이름이 앤 드루얀입니다. 이 책은 앤 드루얀을 위한 헌사로 시작하니까요. 칼 세이건은 헌사에서 이 광막한 우주와 이 무한한 시간 속에서, 이토록 작은 지구에서 이토록 짧은 순간이나마 앤과 나눌 수 있다는 것에 대한 기쁨을 말합니다. 이 부분은 꼭 《코스모스》를 펼쳐서 직접 보셨으면 좋겠어요. 책이 없다면 검색을 해서라도 꼭 찾아보고 독서를 이어가셨으면 좋겠습니다. 저는 여기서 돌아오실 때까지 기다리고 있을게요.

보셨나요? 놀랍지 않나요? 아니 세상에나, 누가 사랑을 이렇게 표현하나요. 누가 사랑을 이렇게 표현할 줄 아나요. 바로 우리를 코스모스 여정으로 이끌 우리의 선장님, 칼 세이건입니다. 이 문장은 그냥 읽었을 때에도 기가 막히다는 느낌이 드는데, 《코스모스》를 다 읽고 나면 이 문장의 무게감이 완전히 다르게 다가옵니다.

《코스모스》를 읽는다는 건 막연한 경탄을 구체적 경이감으로 바꾸는 작업입니다. 막연히 "우주는 광활해"라고 말하거나 "우주의 먼지 같은 존재인 우리"라고 말하다가도 "인간은 참 위대해"라고 말하는 대신, 구체적으로 우주가 얼마나 큰지, 우리가 어찌하여 우주의 먼지조차 되지 못하는 작고 작은 존재인지, 이 먼지도 안 되는 인간이 도대체 무엇을 해냈는지 알아가는 작업의 쾌감은 대단합니다. 그런 의미에서 《코스모스》를 다 읽고 난 후, 우리가 알게 된 것들을 더해 칼 세이건의 헌사를 다시 써보면 다음과 같습니다.

> 930억 광년(1광년은 10조 킬로미터) 공간의 광막함과
> 138억 년 시간의 영겁에서
> 1000억 개가 넘는 은하 중 하나인 우리은하,
> 이 은하 속 평균 1000억 개의 별 중 하나에 불과한 지구에서 만나는 우연.
> 138억 년의 시간을 1년으로 친다면 12월 31일 23시 52분에 현생 인류가 탄생했으니
> 지구에서 겨우 8분을 산 인간의 역사 중 찰나의 순간인 지금 우리가 만나는 우연.
> 이것이 기적. 이것이 경이로움. 이것이 내 인생의 가장 큰 기쁨.

물론 이런 식으로 사랑 고백을 했다가는 헤어지기 딱 좋을 겁니다. 여기에서 칼 세이건의 놀라운 능력이 또 드러나지요. 그는 전문적인 지식을 쉽게 풀어내는 것에 그치지 않습니다. 문장이 놀랍도록 아름답습니다. 이건 아마도 그의 사유가 아름답기 때문일 겁니다. 책을 읽다가 줄을 얼마나 그었나 모르겠어요. 사실 저는 칼 세이건이 설명하는 전문적인 내용은 대략만 이해를 할 뿐 정교하게 이해하지 못합니다. 몇 번을 반복해서 읽는다고 해서 이해력이 높아질 것 같지도 않아요. 근

데《코스모스》를 읽는 데에 아무 문제도 없었습니다. 세부 사항을 이해하지 못한다고 해도 그게 어떤 의미인지 칼 세이건이 정리해주는 정확하고도 아름다운 문장을 읽으면 다 괜찮아졌거든요.

지나치게 낭만적이고 지나치게 똑똑하고 지나치게 유능하며 지나치게 친절한 칼 세이건이라는 선장님을 모시고 우주로 여행을 떠나볼까요. 저는 선장님의 글 속으로 여러분들이 더 쉽게 들어갈 수 있도록 보조 계단을 놓으려 합니다. 부디 저의 이 글이 훌륭한 보조 계단이 되어 여러분도《코스모스》를 책장에서 구출할 용기를 낼 수 있게 되길. 광활한 우주와 기적 같은 지구와 신비한 인간 존재에 대해 구체적으로 놀라워할 기회를 얻게 되길. 삶에 별빛을 꼭 섞게 되길.

그럼, 이륙을 시작하겠습니다.

시간과 공간의
코스모스

우주가 크다는 건 모두 알고 있습니다. 그런데 구체적으로 얼마나 큰 걸까요? 그걸 알기 위해 상상할 수 있는 한 가장 멀리까지 칼 세이건은 우리를 데려갑니다. 그곳에서 지구를 내려다보자는 거죠. 근데 얼마나 멀리 가야 하냐고요?

빛은 1초에 지구를 7바퀴 돕니다. 빛은 태양까지 겨우 8분 만에 도착하죠. 1년이면 빛은 10조 킬로미터를 가고, 그것이 바로 '1광년'입니다. 칼 세이건은 우선 10억 광년 떨어진 곳까지 우리를 데려갑니다. 그리고 말하죠. 10억 광년 내의 은하들만 수백만 개라고. 소중한 우리은하는 수백만 개 중 하나의 은하로 물러섭니다. 칼 세이건은 거기서 더 멀리 데려갑니다. 코스모스 전체를 내려다볼 수 있는 곳까지. 그곳에서 다시 말합니다. 우주에는 약 1000억 개의 은하가 있고 이 1000억 개의 은하는 저마다 1000억 개가량의 별을 품고 있다고. 순식간에 우리은하도, 우리 지구도 우주의 변방으로 밀려납니다. '밀려났다'라고 말하면 강등된 것 같은 느낌이지만, 그냥 정확하게 우리가 있는 위치를 알려주는 것뿐입니다. 칼 세이건은 변방의 먼지 같은 지구로 우리를 착륙시키며 설명합니다. 우주의 수많은 별 가운데 우리에게 가깝고 익숙한 별은 겨우 태양 하나라고.

공간적으로 우리 존재의 위치를 알았으니, 이제 시간적으로도 정확한 위치를 알아볼까요? 항해의 기본은 지금 우리의 위치를 아는 것부터 시작이니까요.

138억 년 전 우주가 탄생합니다(《코스모스》 책을 보면 150억 년 전 우주가 탄생했다고 되어 있습니다. 오타가 아닙니다. 이 책이 나오고 난 후 수십 년간 과학이 얼마나 발전했는지 알려주는 증거일 뿐이지요. 우리는 그동안 우주 탄생 시점을 좀 더 정확히 특정할 수 있는 기술을 가지게 된 것입니다). 46억 년 전 지구가 탄생하고요. 40억 년 전 최초의 생명이 탄생하고, 30억 년 전 최초의 다세포 생명이 탄생합니다. 10억 년 전 식물들의 협동 작업으로 산소 분자를 생산하며, 지구 대기 성질이 근본적으로 바뀌지요. 6억 년 전 새로운 형태의 생물들이 폭발적으로 나타난 '캄브리아기 대폭발'이 일어났고요. 그리고 겨우 수백만 년 전 최초의 인간이 탄생합니다. '수백만 년 전' 앞에 '겨우'라는 수식어를 붙일 만큼 인간은 아주 최근에야 탄생했습니다. 이걸 칼 세이건의 또 다른 저작, 《에덴의 용》에 나오는 '우주 달력'으로 설명하면 느낌이 더 잘 살아날 거예요.

우주의 나이 138억 년을 1년으로 환산을 해볼까요? 1월 1일, 빅뱅으로 우주가 탄생합니다. 3월 16일, 우리은하가 형성됩니다. 8월 28일에 태양계가, 9월 6일엔 지구가 탄생하지요. 12월 25일, 드디어 공룡이 등장합니다. 5일이 지나, 12월 30일 공룡이 멸종하고요. 아직 인류는 태어나지도 않았습니다. 현생 인류는 12월 31일 밤 11시 52분, 마침내 지구에 등장합니다. 11시 59분 32초에 농경을 시작했고요. 밤 11시 59분 54초에 부처가 탄생했고, 55초에 예수가 탄생했습니다. 59초에 르네상스와 대항해 시대와 산업혁명까지 다 겪었고요, 그리고 지금입니다. 그러니까 우리는 지구에 딱 8분 살았을 뿐입니다. 우리가 아는 인류의 방대한 역사는 10초도 안 되는 시간 안에 다 일어났고요.

이토록 찰나를 살았을 뿐인 인간이, 우주의 비밀을 밝히기 시작했습니다. 공간적으로도 시간적으로도. 우리가 영원히 닿을 수 없을 우주 너머로 탐험선을 보내고, 시간을 거슬러 우주의 탄생 시점에도 도착합니다. 당연히 인간이라는 존재의 기원도 인간은 궁금해합니다. 여기에서 칼 세이건은 우리에게 놀라운 사실을 하나 알려주죠. 생명의 기능적인 측면에서 '참나무와 인간'은 전혀 다른 존재처럼 보이지만, 실상 우리를 구성하는 재료는 같다고도 볼 수 있습니다. 왜냐고요? 사실 본질적으로 동일한 단백질 분자와 핵산 분자가 모든 동식물의 구성에 기능하고 있기 때문이지요. 잠깐 고백을 하자면 저는 선장님이 이런 말을 할 때마다 조금씩 선장님에게 더 빠져들 수밖에 없었는데요. 과학적 사실들을 매끈하게 이어나가다가 문득 한 번도 옆자리에 앉혀볼 생각을 못한 존재를 짝꿍이라며 제 옆에 앉히는 기술이 탁월했거든요. 참나무라니요. 그 문장을 "세상 만물과 인간은 동일한 재료로 만들어졌다고 해도 무리가 없다"라고 해버렸다면 놀라움도 매력도 희미해졌겠지요.

이런 식으로 저를 놀라게 한 적이 한두 번이 아닌데요. 심지어 칼 세이건은 우리가 '별의 자녀들'이라고도 선언을 해버립니다. 문학가가 아니라 과학자가요. 그렇다면 저 선언에는 근거가 있단 말이지요. 칼 세이건은 모든 원자 알갱이가 별 안에서 합성되었다는 것을 근거로 제시합니다. 그러니까 우리 DNA 속의 질소, 치아 속의 칼슘, 혈액 속의 철까지 모두요. 이쯤 되면 누가 반박할 수 있을까요? 우리가 '별의 자녀들'이라는 사실에.

자, 이 문장을 심심하게 표현하는 방법은 세상에 몇 가지가 있을까요? 아마 별들만큼 많을 겁니다. 하지만 그 모든 별빛을 집어삼키는 태양빛처럼 칼 세이건의 문장들은 찬란하게 떠오릅니다. 우리가 '별의 자녀들'이라니요. 이 표현은 눈을 감아도 지워지지 않는 빛의 잔상을 남기지 않나요. 저에겐

《코스모스》를 읽는 여정 전체가 그랬습니다. 어떤가요? 책을 읽고 싶은 마음이 좀 자라나고 있나요?

　　아무튼 우리가 참나무와 같은 재료로 만들어졌다고 낙담하거나, 별의 자식이라고 자랑스러워할 여유를 칼 세이건은 주지 않습니다. 인간과 참나무 모두 지구의 자연선택과 돌연변이에 의해 지금의 이 모습을 띠게 된 겁니다. 이 생명이 필연이라 믿고 싶겠지만, 우연의 멜로디 덕분에 여기까지 흘러왔습니다. 우주 어딘가에서도 이 진화의 원리가 동일하게 작동하지 않았을까 칼 세이건은 묻습니다. 당연한 생각입니다. 우주가 이토록 넓으니까요. 외계 생명체는 또 어떤 자연선택과 돌연변이에 의해 어떤 모습으로 진화했을까요? 그 어떤 모습이든 우리와 닮았을 거라 생각할 근거는 조금도 없음을 그는 명확히 합니다.

　　칼 세이건 선장님의 이야기를 편안한 마음으로 듣다 보면 우리가 알고 있는 막연한 우주는 구체적으로 아득해집니다. 우리의 존재도 구체적으로 초라해지고(이토록 티끌도 되지 않는 먼지였다니!), 또 동시에 구체적으로 대단해지죠(그 티끌이 우주의 비밀을 파헤치고 있다니!). 하지만 이 정도에서 칼 세이건은 만족할 생각이 없습니다. 당연히 없죠. 앞서 말한 것처럼 그는 당시 미국의 우주 탐사 프로젝트를 이끈 첨단 과학자였거든요. 《코스모스》는 우주를 알기 위한 아주 훌륭한 입문서이기도 하지만, 우주 탐사 프로젝트에 대한 아주 최신의 보고서이기도 합니다. 최신 과학 보고서라고 해서 겁먹으실 필요는 없습니다. 칼 세이건 선장님이 우리를 곤경에 빠뜨릴 리 없잖아요?

금성 화성
보고서 (최신판)

　　　　　금성은 사실 칼 세이건의 전문 분야입니다. 칼 세이건의 박사 학위의 일부가 금성 표면에 관련한 것이었지요. 그 당시에는 금성을 지구의 쌍둥이별로 생각했다고 합니다. 지구와 크기는 비슷하고, 태양에는 좀 더 가까우니 당시 사람들은 금성을 좀 더 따뜻한 지구로 여겼대요. 심지어 "플로리다 대신에 금성으로 놀러 가자"라는 광고 문구도 있었을 정도라니까요.

　　근데 마치 코페르니쿠스처럼, 케플러처럼, 뉴턴처럼, 칼 세이건이 천체분광학과 전파천문학으로 금성의 실체를 고발합니다. 그곳은 플로리다가 아니라, 이산화탄소가 태양 열기를 가두고 있어서 표면 온도가 480도에 달하는 지옥이라고. 480도는 어찌저찌 견디더라도 지구의 90배가 되는 기압을 견딜 수 있겠냐고. 온도와 기압만 문제인 게 아닙니다. 이곳은 내내 황산 안개가 낀 곳입니다. 그러니 아무리 금성에 탐사선이 착륙하더라도 보통 한 시간도 넘기지 못하고 멈췄지요. 칼 세이건의 금성 현실 폭로는 그 당시에 엄청 비난을 받았다고 합니다. 칼 세이건은 데이터로 끈질기게 설득했고요. 명백한 진실 앞에서 믿음은 결국 꼬리를 내립니다. 그렇게 칼 세이건은 금성 연구로 스타가 됩니다(이 문장을 써놓고 나니 재미있네요. 별 연구로 별이 된 사람이라니).

　　칼 세이건은 이어 화성 탐사 프로젝트에도 참여합니다. 1976년에 바이킹 1호와 2호가 화성에 착륙했죠. 그리고 《코스모스》가 출간된 것은 1980년입니다. 그러니까 누구보다 그 국가적, 지구적 프로젝트에 대해 낱낱이 알고 있는 전문가가, 누구보다 대중의 눈높이에서 전문적인 지식을 잘 설명할 수 있는 능력자가, 화성에 대해서 이야기하는 걸 우리는 책만 펴면 알 수 있는 거죠. 놀랍지 않나요? 저에게만 놀랍나요?

칼 세이건 덕분에 우리는 알게 됩니다. 무려 금성 표면에도 탐사선을 착륙시키는 데에 성공한 인류가 왜 화성 착륙에는 그토록 고전했는지. 심지어 당시 과학은 이념 싸움의 수단이기도 했지요. 미국이 달 착륙에 성공하자마자, 우주 산업의 주도권을 잃어버린 구 소련은 곧바로 화성으로 눈을 돌립니다. 화성 착륙을 보란 듯이 성공시켜서 미국이 가져간 패권을 되찾아오겠어, 라며 칼을 갈지만, 결국 실패하죠. 이번에도 미국이 먼저 바이킹 1호와 2호로 화성 착륙에 성공합니다.

아니, 근데 지금까지도 왜 이렇게 다들 화성 착륙에 목을 맬까요? 여러분은 이해가 되시나요? 일론 머스크Elon Musk가 '화성 이주 계획'을 발표하고, 네덜란드의 비영리 단체는 '화성 기지'를 건설하겠다며, 화성에 거주할 사람들을 모집한 것이 최근입니다. 화성에 갈 수는 있지만, 지구로 돌아오지는 못하는 조건이지요. 남녀 50명씩 총 100명을 선발해서 훈련한 후 최종 40명이 화성으로 떠날 거라는 이 프로젝트에 전 세계에서 얼마나 많은 지원자가 몰렸나 모릅니다. 물론 이 프로젝트는 비영리 단체의 파산으로 끝이 났지만요(다행히도).

《코스모스》를 읽다 보면 인류가 왜 그렇게 화성에 가고 싶어 하는지, 화성의 무엇이 오랜 시간 인간을 그토록 홀렸는지, 화성인에 대한 갈망을 어떻게 부추겼는지, 그 바람이 어떤 상상을 만들어냈는지, 화성의 핑크빛 꿈은 어떻게 사막화되는지 다 알 수 있습니다. 물론 아직은 지구상의 생명체와 같은 구체적 형태의 생명체를 찾아내진 못했지만 모든 과학자들은 아직 희망의 끈을 놓지 않았지요. 그 희망의 끈은 결국 칼 세이건의 사망 이후에도 계속 화성 탐사를 떠나게 만들고요.

제가 칼 세이건의 조수 자격으로 설명을 추가하자면, 2012년에 화성에 착륙한 탐사 로봇 '큐리오시티Curiosity'는 애초에는 2년간 화성을 상세 탐사하는 임무를 수행하고 그 이후에는 완전히 정지될 예정이었으나, 현재까지도 화성 위를 탐사 중입니다. 탑재된 원자력 전지의 최소 수명이 14년이니까 곧 임무가 종료될 것 같네요. 놀랍게도 2025년에는 화성에서 생명체 흔적의 가능성이 발견되었고요, 2026년에는 거대한 바다의 가능성이 발견되었습니다. 포기하지 않는 인간은 계속해서 새로운 걸 발견하는 중입니다. 근데 결정적으로 제가 사랑에 빠진 건 '포기하지 않는 인간'이 아닙니다. '꿈꾸는 인간'이지요. 무슨 말이냐고요?

To Infinity
and Beyond

질문으로 시작해보겠습니다. 외계인은 있을까요? 없다고 말할 수 있는 증거가 지금 우리에게는 없습니다. 우리보다 고등한 지적 생물이 살고 있다고 생각되는 세상이 우리 은하수 은하에만도 100만 개에 이르니까요. 화성에서 생명체 흔적의 가능성도 불과 몇 달 전에 처음 발견했을 뿐이니까요. 100만 개를 다 탐사하려면, 얼마나 시간이 걸릴까요? 아니, 얼마나 기술이 발전해야 가능한 걸까요?

우리가 알 수 없는 것은 저 우주의 외계 생명체의 존재뿐만이 아닙니다. 그들을 만나게 된다 해도 우리는 어떻게 의사소통을 할 수 있을까요? 당장 우리는 이 지구에 살고 있는 고래의 이야기도 알아들을 수가 없는데 말이지요. 사실 인간은 그 스스로의 존재도 제대로 알지 못합니다. 우리의 각 세포핵 속에 들어 있는 정보만 해도 책 1,000권이 넘어가니까요. 그러니까 세포 하나가 도서관 하나 분량의 정보를 가지고 있고, 우리 몸은 100조 개의 세포들로 만들어져 있으니, 인간도 인간에게는 아직 미지의 우주인 거죠.

우리가 수많은 우연이 모여서 지금의 우리와 같은 모습이 된 것처럼, 외계 생명체도 그곳에서 수많은 우연이 모여 그곳의 환경에 맞는 모습을 하게 되었겠지요. 그들이 얼마나 발전한 존재일지, 얼마나 발전한 문명을 가지고 있을지, 우리 지구의 존재를 이미 알고 있을지, 우리는 도저히 알 길이 없습니다. 하지만 우리는 알고 싶어 하는 열망으로 가득 찬 존재이지요. 그 열망으로 여기까지 발전을 일구어온 거 아닌가요? 꿈꾸는 인간의 열망이 얼마나 무모하게 아름다울 수 있는지 고스란히 증명하는 존재가 있습니다. 바로 보이저 1호와 2호이지요. 〈토이 스토리〉 속에서 버즈는 끝없이 외칩니다. "To infinity and beyond!(무한, 저 너머로!)" 버즈의 대사처럼, 보이저 탐사

선은 태양계를 넘어, 무한의 성간 공간을 초속 17킬로미터로 비행 중입니다. 여러분이 이 책을 읽는 지금 이 순간에도요.

보이저 탐사선에 뭐가 실려 있는지 아시나요? 과학 탐사를 위한 다양한 장치들과 함께 구리에 금박을 입힌 레코드판 하나가 실려 있습니다. 혹시라도 외계 생명체를 만나게 되면, 이 은하의 변방에 아주 작고 창백한 푸른 점, 지구가 있다고 알려주기 위해서. 이 레코드판은 지구와 그곳에 사는 존재들을 외계에 소개하는 하나의 도서관입니다. 지구 여러 문화권의 음악과 여러 나라의 인사말이 실려 있고요(물론 한국어도요). 지구 곳곳의 풍경과 사람과 동물을 보여주는 사진부터 DNA 구조도, 인체 해부도까지 각종 이미지들이 실려 있습니다. 바흐, 모차르트, 베토벤의 음악부터 페루의 전통 음악, 세네갈의 드럼 연주 등 전 세계에서 엄선된 90분 분량의 곡도 포함되었지요.

보이저호 골든 레코드 프로젝트를 진두지휘한 칼 세이건이 범상한 과학자가 아니라는 증거는 여기에도 있습니다. 그는 인간이라는 존재가 어떻게 이루어져 있는지를 설명하기 위해 '사랑에 빠진 한 여인의 생생한 느낌과 생각'도 녹음하여 레코드판에 싣기로 결정하고, 사랑에 빠진 여인의 뇌와 심장 박동, 안구 및 근육 활동을 다 채록을 합니다. 그 여인이 누구냐고요? 바로 칼 세이건의 부인, 《코스모스》의 헌사를 받은 사람, 앤 드루얀이지요. 앤 드루얀은 보이저호에 실린 골든 레코드 프로젝트를 준비하면서 칼 세이건과 사랑에 빠졌습니다. 사랑에 빠진 그 당시의 뇌파가 지금도 보이저호에 실려 태양계를 넘어 성간 공간을 여행하고 있지요. 언젠가 앤 드루얀은 인터뷰에서 이렇게 말합니다. "내 사랑이 빛의 속도로 우주를 날아간다는 사실이 위로가 된다"라고요.

너무 무모하게 아름다운 존재 아닌가요, 이 보잘것없는 인간이라는 존재는요. 보이저호가 진짜 외계 생명을 만날 확률은 얼마나 될까요? 거의 0이지 않을까요? 그럼에도 불구하고 그 존재를 만났을 때 우리가 우주 어딘가에 있다는 걸, 우리가 당신들을 만나고 싶어 한다는 걸 전하기 위해 레코드판을 만들어서 실어 보낼 생각을 하다니. 더 멀리 더 오래 날아가려면 1그램의 무게도 줄여야 하는 와중에, 과학과 문명과 낭만과 사랑을 다 담은 레코드판을 기어이 실어버리다니. 보이저 탐사선을 생각하면 저는 인류애로 들끓어 오릅니다. 어떻게 안 그럴 수 있을까요? 이 이야기를 싫어할 방법이 우리에게 있을까요? 저는 도저히 찾지 못하겠네요.

이처럼 《코스모스》를 읽다 보면 칼 세이건은 과학자로서 말을 한다기보다는, 과학의 이야기를 활용해 우리의 심장을 두드리는 느낌입니다. 코스모스의 실체를 안 이상, 앞으로 어떻게 살아야 할까요? 이 지구를 사는 하나의 종으로서 인류는 어떤 선을 실천하며 살아야 할까요? 행성으로서의 지구를 어떻게 대해야 할까요? 이토록 크고 넓고 유구한 우주 속에서 하나의 먼지도 안 되는 우리가, 그럼에도 불구하고 여전히 너무나도 신비로운 존재인 우리가, 하나밖에 없는 지구를 이렇게 대할 순 없지 않나요? 칼 세이건이 던지는 질문마다 저는 홀린 듯이 고개를 끄덕일 수밖에 없었습니다. "Oh captain, my captain"이라 외치면서요. 아마 여러분도 《코스모스》를 읽다 보면, 칼 세이건 선장님의 친절하고도 흥미롭고도 지적이고도 사려 깊고도 아름다운 이야기를 듣다 보면, 외치게 될 거예요. "Oh captain, my captain"이라고요.

과학이 열어준 지식의 세계
과학이 열어준 상상의 세계

《코스모스》에 대해 이렇게 길게 이야기를 했지만 솔직하게 고백을 해야겠네요. 제가 지금까지 한 이야기는 이 책의 티끌에 불과하다는 사실을요. 구체적으로 이야기를 하자면, 우주 속에서 지구만큼의 분량이랄까요. 《코스모스》 책을 영업하고 싶은 마음은 간절합니다만, 제 능력이 부족하다는 것을 여실히 느끼고 있어요. 저에겐 놀라웠던 이야기가 누군가에게는 너무 상식이라는 것도 알고 있어요. 하지만 이 글이 오랫동안 책꽂이에서 잠들어 있는 《코스모스》를 꺼낼 마중물이 되길 바라는 마음만은 진심이에요.

다음 책으로 넘어가기 전에, 한 가지만 더 언급하고 싶은 부분이 있습니다. 바로 이 책에서 설명하는 '특수 상대성 이론'인데요. 어린 아인슈타인이 빛의 속도로 이동할 수 있다면 세상이 어떻게 보일 것인지 고민하는 이야기가 등장합니다. 누구도, 단 한 번도, 해본 적이 없었던 생각이지요. 바로, 특수 상대성 이론의 탄생입니다. 물론 여기서부터 저는 이 내용들을 좀 이해하기 어려워졌는데요. 칼 세이건 선장님이 상대성 이론을 이해하지 못해 물에 빠져 허덕이는 저를 구해줬습니다. 칼 세이건은 말하죠. 겨우 시속 10킬로미터의 세상 속에서 우리가 느끼고 경험한 것이 왜 시속 30만 킬로미터에서도 통한다 생각하냐고. 빛의 속도에 가까워질수록 우리에게 익숙한 공간과 시간의 개념을 버려야 한다고. 그리고 덧붙입니다. 상대성 이론이 인간의 감각과 상식에 제동을 거는 것이 사실이긴 하지만, 우주에게는 우리의 야망에 부합할 이유가 하나도 없지 않냐고요.

평범한 지구 위를 평범한 속도로 살아가는 제가 이해하지 못하는 건 당연한 거였어요. 하지만 이해하지 못해도, 좋아할 수는 있습니다. 칼 세이건의 설명을 따라가다 보면, 인간의 이해가 미치지 못한 곳에서 인간의 상상이 시작된 것이 아닐까, 라는 생각이 들었습니다. 아마도 많은 SF 소설과 영화들이 이 이론에 빚지고 있는 거 같거든요. 〈인터스텔라〉(2014)에서 우주 여행을 다녀온 아빠와 지구에 남아 있던 딸의 노화 정도의 차이, 〈에브리씽 에브리웨어 올 앳 원스〉(2022)를 탄생시킨 멀티 유니버스라는 개념, 광속 이동을 통해 과거에 도착할 수 있다는 상상, 더 간단하게는 타임머신과 시간 여행자까지도요. 그리고 저는 알아버렸지요.《코스모스》를 다 읽고 난 후에는 켄 리우의《종이 동물원》을 읽고 싶다는 걸. 그럼 참 좋을 거라는 걸.

과학이 열어준 지식의 세계가 있습니다. 그리고 과학이 열어준 상상의 세계도 있습니다. 이제 상상의 세계를 여행하러 출발해볼까요?

종이 동물원의 동물들이
살아 움직이기 시작할 때

질문으로 가득 찬 책이 있습니다. 어떤 책은 느낌표로 가득 차 있고, 어떤 책은 침묵으로 가득 차 있고, 어떤 책은 이어질 이야기들을 가득 품고 있지요.《코스모스》가 제게 느낌표로 가득 찬 책이라면,《종이 동물원》은 질문으로 가득 찬 책입니다. 물론《코스모스》에도 질문이 가득하지만 그건《종이 동물원》을 가득 채운 질문과는 다른 결의 질문입니다.

《코스모스》의 질문들은 진실에 가닿게 하는 질문들입니다. 인간과 우주의 기원을 궁금해하고, 이 세상을 구성하고 있는 근원의 물질을, 저 하늘에 떠 있는 별들의 이야기를, 먼 곳의 진실들을 궁금해하고, 외계 생명체의 존재를 궁금해하고, 이 은하계 바깥까지 궁금해하죠. 이 질문들 덕분에 과학이 발전하고, 인류는 여기까지 올 수 있었습니다. 명백한 사실이지요. 하지만《종이 동물원》을 구성하고 있는 질문들은 그런 질문들이 아닙니다. 또렷한 답을 찾을 수 있는 질문은 아니지만, 그 안에 계속 머무르게 되는 질문입니다. 딱딱한 머리를 두드리고, 갇힌 상상에 문을 열어주는 질문입니다.

책의 마지막 소설인 〈역사에 종지부를 찍은 사람들〉을 예로 들어 설명해볼게요. 이 소설은 도입부부터《코스모스》가 떠오릅니다. 칼 세이건이 말한 것처럼 태양은 우리은하의 중심에서 약 3만 광년 떨어져 있습니다. 또 우리은하에서 안드로메다자리의 M31까지는 약 200만 광년의 거리가 있고요.

그렇다면 지금 우리가 보고 있는 M31의 빛은 지구에 인간이 나타나기 전에 출발한 빛이라는 결론에 도착합니다.

켄 리우Ken Liu는 이 사실에서 조금 더 나아가봅니다. '만약 망원경을 빛보다 빠른 속도로 쏘아 올려서 그 망원경으로 우주에서 지구를 바라보면 어떨까?'라는 생각을 한 거죠. 그럼 당연히 지구의 과거가 보이겠지요. 하지만 《코스모스》를 다 읽은 우리는 알고 있죠. 그 어떤 것도 빛보다 빠르게 움직일 수는 없다는 걸요. 여기서 켄 리우는 새로운 아이디어를 냅니다. 일종의 '멀티 유니버스' 아이디어를요. 바로 저 먼 우주까지는 갈 수 없어도, 쌍으로 만들어진 다른 입자가 지구에 남아 있으므로, 그 입자를 이용하면 과거의 모습을 볼 수 있다는 설정입니다. 어떤 과거든 볼 수 있습니다. 단, 조건이 있습니다. 과거를 보는 순간, 과거는 훼손되어서 다시는 누구도 볼 수 없습니다. 1회용 과거인 셈이지요.

여기까지는 다 허구이지요. 쌍으로 만들어진 입자도 없고, 멀티 유니버스도 상상 속 세계입니다. 과거로 돌아갈 수 있는 기술도 없고, 돌아가면 과거가 훼손된다는 것도 설정입니다. 하지만 이 허구의 설정을 받아들이고 나면 소설을 읽으며 '만약'이라는 질문과 계속 맞닥뜨리게 됩니다.

— 만약 나라면 어떤 과거로 돌아가고 싶은가?

— 개인적인 과거로 돌아가고 싶은가? 아니면 역사적 진실을 알고 싶은가?

— 역사적 진실의 순간으로 돌아간다면 그 과거가 파괴될

것인데, 감당할 수 있는가?

— 하지만 그런 방식으로 과거가 침묵하는 대신 살아 숨
쉬기 시작하면, 현재는 어떻게 바뀔까?

— 사람들은 지금처럼 과거에 무심할 수 있을까?

— 사람들은 지금처럼 과거를 이용할 수 있을까?

소설 속에서 주인공이 돌아가는 과거는 731부대 사건입니다. 1930년대부터 일본이 비밀 생체실험 부대를 만들고 중국인을 상대로 끔찍한 실험을 한 바로 그 사건이지요. 흔히 '마루타'라고 알고 있는 사건입니다. 소설 속에서 현실과 허구는 기묘하게 얽힙니다. 허구는 현실의 가능성을 계속해서 넓히는 역할을 합니다. 현실이 아닌 부분들을 상상하게 만드는 거죠. 새로운 가능성이 태어납니다. 새로운 질문이 태어납니다. 상상 속에서 우리는 현실을 앞서서 살아보게 됩니다. 이 것이 이야기의 힘 아닐까요? 애니메이션 〈장송의 프리렌〉의 "상상할 수 없는 것은 실현할 수 없다"라는 대사처럼. 인간이 달에 발자국을 남길 수 있었던 것은 과학과 공학이 발달했기 때문이기도 하지만 '달을 두고 노래한 시인'의 영향도 컸다고 말한 《코스모스》 번역가 홍승수 교수님의 말처럼. 시인들이 우리 가슴속에 꿈을 심어줬기에, 과학자들도 달나라로의 여행을 계획하게 됐을 거라는 그의 후기처럼.

허구가 새로운 현실을 꿈꾸게 하고, 지금의 현실을 의심하게 하고, 바꾸고 싶다는 추동을 불러일으키고, 새로운 가능성을 열어젖힙니다. 새로운 세상은 다시 또 새로운 한계를 드

러내겠지요. 그때 이야기는 힘을 발휘합니다. 우리를 이야기 안에서 앞서 살아보게 하니까요. 앞서 고민하고 앞서 질문을 던지게 하니까요. 책의 처음을 열어주는, 각종 상을 휩쓴, 〈종이 동물원〉을 예로 들어서 좀 더 이야기해볼까요?

〈종이 동물원〉은 카탈로그를 통해 중국에서 미국으로 팔려 온 엄마와, 미국인 아버지, 그리고 그 사이에서 태어난 잭이 주인공입니다. 현대 미국 사회는 엄마에게는 낯선 곳입니다. 엄마는 영어를 할 줄 모르죠. 하지만 엄마는 종이접기에 생명을 불어넣는 법을 압니다. 잭에게 종이로 살아 움직이는 호랑이를 접어주고, 은박지로 상어를 접어줍니다. 어린 잭에게 엄마의 기술은 신기하기만 합니다. 하지만 잭이 자랄수록, 잭이 접하는 세상이 넓어질수록, 다른 문명에서 온 엄마는 부끄러운 존재가 됩니다. 영어도 할 줄 모르고, 자신에게 쭉 찢어진 눈을 물려주고, 그리고 고작 할 줄 아는 것이 종이접기라니요. 엄마로부터 힘껏 멀어지려고 애쓰고, 엄마의 어떤 것도 이해하지 않으려고 안간힘을 쓰고, 그리하여 종이 동물들을 상자에 가두고, 마지막 순간까지 잭은 엄마의 사랑을 외면합니다. 시간이 지난 후에야 다시 종이 동물들이 매개가 되어 엄마의 마음을 알아차리게 되죠. 후회의 시간은 늘 너무 늦게 찾아옵니다. 아무것도 되돌릴 수 없을 때에야 비로소. 종이 동물들은 낡았고, 엄마는 이제 세상에 없습니다.

명백히 이 이야기는 판타지입니다. 살아 움직이는 종이 동물들이라니, 말이 안 되죠. 하지만 그걸 빼면 나머지는 지극히 현실입니다. 이런 이야기 너무 익숙하지 않나요? 배움은 부족하지만 사랑만은 넘치는 부모 밑에서 자란 자식이, 더 넓고 더 현대화된 세상을 만나며 자신의 근원인 부모와 배경을 업신여기고 부끄러워하는. 민간요법들과 마법 같은 이야기들을 멀리하고, 깔끔하고 명확한 현대 기술 세계의 것들을 숭상하는 그런 이야기들 말이지요. 후회를 해보았자, 이미 부모는 세상을 떠났고요. 〈종이 동물원〉도 그런 이야기의 일종입니다. 우리의 가슴을 매번 뒤흔드는 이야기의 계보를 잇고 있지요. 하지만 거기에 마법의 터치가 조금 가미되어서, 이야기 자체로서 매력은 배가 되죠.

저는 이 소설을 읽으며 이런 질문들을 떠올렸어요.

— 엄마의 세계를 거부한다는 게 단순히 이방인의 문화를 거부한다는 뜻일까?
— 그건 설명할 수 없는 마법, 전통의 미덕 이런 것들 모두를 배척하는 것이 아닐까?
— 개발이라는 이름으로, 기술이라는 미명하에, 문명이 밀어낸 마법의 자리들이 얼마나 많을까?
— 뒤늦게 복원해보려고 하지만, 종이 호랑이처럼 완전한 복원은 불가능하지 않을까?
— 진정한 이해는 왜 이토록 더디게 찾아오는 것일까?
— 자식…… 뭘까…… 뭐길래 저토록 거부해도 엄마는 저토록 사랑하는 걸까?

다음에 이어지는 〈천생연분〉이라는 소설도 질문으로 가

득 차 있습니다. 이건 인공지능이 갑자기 도래한 시대를 살고 있는 우리에게 전혀 낯선 이야기가 아닙니다. 인공지능으로 힘을 얻은 기업이 한 나라의 체제까지 전복시킨다는 설정에서 '이건 과한데?'라고 생각하신 분들도 계실지 모르겠네요. 하지만 결코 과하지 않죠. 이런 사례는 이미 역사 속에 있으니까요. 1970년대 남아메리카 칠레에서 살바도르 아옌데Salvador Allende가 대통령으로 당선되었을 때, 그는 모든 국민에게 분유와 우유를 무료로 제공하기로 합니다. 당시 유아기 어린이의 영양실조가 심각한 수준이었거든요. 소아과 의사 출신이었던 아옌데는 우유에서 답을 찾은 거죠. 하지만 네슬레(네, 우리가 아는 그 기업 맞습니다)가 강력하게 반대를 하고 나서죠. 정부가 무상으로 우유를 나눠주면, 자신들이 챙기던 막대한 이익이 사라지니까요. 결국 네슬레는 미국과 유럽 강대국의 정부에 로비를 벌여서 아옌데 정권을 압박합니다. 갖은 경제 제재를 동원해서 칠레 경제를 파탄 내고요. 결국 아옌데 정권은 3년 만에, 군부 쿠데타로 정권을 빼앗깁니다. 어디 그뿐인가요. 심지어 지금 우리는 전쟁에 인공지능이 도입되어 재앙이 더 커져만 가는 현실까지 목도하고 있지 않나요?

〈천생연분〉은 여러모로 현실을 제대로 반영한, 심지어 오래전에 지금을 예견한 소설로 보입니다. 이 소설을 읽으면서는 이런 질문들을 떠올렸어요.

— 인공지능이 이토록 짧은 시간 안에 우리를 촘촘히 바꾸고 있는데, 이 소설을 허구라 말할 수 있을까?

― 뭘 생각해야 할지까지 인공지능이 가르쳐준다는 말은
이미 현실 아닐까?

― 알고리즘이 나에게 맞는 필터로 걸러서 해석해준 현실
속에서도 우리는 이미 살고 있지 않나?

― 우리 스스로 자유롭다는 믿음이 우리를 얼마나 구속하
고 있는가?

― 그 믿음 때문에 우리는 자발적으로 우리의 자유를 인공
지능에 헌납하고 있는 것이 아닐까?

― 인간이 인공지능 개입의 적정선을 찾을 수 있을까?

이런 식으로 써나가다 보면 14편의 소설들에 대해서 다 이야기할 수 있을 것 같지만, 책 두께를 생각한다면 이쯤에서 그만둬야 할 것 같지만…… 조금만 더 해볼까요?

제가 진짜 귀여운 소설이라고 생각하는 건 〈상태 변화〉라는 소설입니다. "각자의 영혼은 각기 다른 모습을 띠고 있다"까지 이야기하면 우리 모두 동의를 할 거예요. 그런데 이 소설은 거기에서 한 발자국 더 나아갑니다. "내 영혼은 각얼음인데, 너의 영혼은 뭐야?"라고 묻죠. T. S. 엘리엇은 커피입니다. 영혼의 모습이 은 숟가락인 사람도 있고, 담배, 조약돌, 소금, 양초, 깃털인 사람들도 있습니다. 오래전에 저는 《모든 요일의 기록》에서 '검은 건반'으로 태어난 것 같다는 글을 쓴 적이 있는데요. 피아노 선생님의 딸로서 '흰 건반'으로 태어났다면 좀 더 밝은 사람이 될 수 있었을 거고, '메트로놈'으로 태어났다면 좀 빡빡한 사람이 되었을 텐데, 검은 건반으로 태어나는 바

람에 어딘가 좀 어둡고, 우울이 익숙한 사람이 되었다는 글이었죠. 이 소설을 읽으며 그 글을 떠올려보았는데, '아직도 내가 검은 건반일까?'라는 생각이 들더라고요. 어쩌면 저도 '상태 변화'를 한 걸지도 모르지요. 여러분은 어떤가요? 이 질문들 속에서 머물러보는 건 꽤나 즐거운 일이 될 거라 확신합니다.

　- 당신의 영혼은 무슨 모습인가요?
　- 살면서 상태 변화를 경험한 적이 있으신가요? 그렇다면 무엇에서 무엇으로 변화를 하였나요?
　- 상태 변화의 계기가 있나요? 아니면 살다 보니 문득 그렇게 되어버렸나요?

이상한 일입니다. 확실히 이상한 일이에요. 제가 이렇게나 질문을 던지는 사람이 아니란 말이지요. 저는 그냥 주어진 텍스트를 있는 그대로 받아들이는 한국식 모범생이란 말이지요. 그런데 왜 유독 《종이 동물원》을 읽으면서는 끝도 없이 질문을 던지게 되었을까요? 그것도 모자라 14편의 작품을 읽는 내내 노트에 질문들을 써 내려갔을까요?

질문이라는
거울

　　　　　모든 이야기는 현실을 반영합니다. 정도의 차이가 있긴 하지만, 심지어 신화조차도 현실 세계에 대한 은유로 가득 차 있습니다. 현실을 반영하지 않는다면 우리의 공감을 얻을 수 없고, 현실과 너무 동떨어져 있다면 우리가 그 이야기들을 읽을 이유가 없죠.《종이 동물원》을 읽으면서 끝없이 질문을 던지는 저를 보며,《종이 동물원》에 섞여 있는 허구가 현실을 더 또렷하게 보게 만드는 것이 아닐까, 라는 생각을 처음 했습니다. 허구가 섞여 있어서 더 성능 좋은 거울이 되는 거죠. 켄 리우의 또 다른 책《어딘가 상상도 못 할 곳에, 수많은 순록 떼가》의 작가의 말을 읽다가 저의 이 가설이 영 틀린 이야기가 아니라는 걸 뒤늦게 알게 되었지요.

켄 리우는 과학 소설이 하는 일, 더 좁게는 자신이 과학 소설을 통해 하려는 일에 대해 이렇게 말합니다. 혼란으로 가득한 지금의 우리 현실에 '확대경'을 들이대는 일이라고. SF는 있는 그대로의 현실이 아닌, 현재를 확장해 미래를 추론하고, 현재의 경향을 추동력 삼아 다른 사회의 모습을 그려내지요. 이 과정에서 SF는 우리도 미처 인식하지 못한 우리와 사회의 다양한 면들을 낱낱이 확대해 알려주는 '고성능 필터'가 되어 버립니다. 현실을 사실적으로 묘사한 소설에서는 너무 당연해 주목받지 못하고, 너무 모호해 알아채기 힘든 것들이, 과학적 상상력의 필터를 거치면 오히려 선명하고 구체적으로 드러나 독자들에게 뜻밖의 세상을 안겨주기 때문이지요. 제가 켄 리우의 소설을 읽으며 막연히 생각한 것들을 작가의 입을 통해 직접 들으니, 막힌 속이 뻥 뚫리는 기분이더라고요.

근데《종이 동물원》을 다 읽고 난 후 남는, 제겐 가장 해결되지 않는 질문이 뭔지 아세요? 바로 '한 사람이 어떻게 이렇게 다양한 스타일로 글을 쓸 수가 있지?'라는 거대한 물음표입니다. 대부분의 작가들의 단편집을 읽다 보면 마지막쯤에는 살짝 지루해지기도 합니다. 당연히 모두 다른 주제 의식으로, 다른 방식으로 쓰인 소설들이지만 한 사람이 변주할 수 있는 스타일이라는 것엔 한계가 있게 마련이니까요. 하지만 《종이 동물원》을 다 읽고 나면, 켄 리우의 스타일이라는 것을 무엇으로 불러야 할지 더 애매해집니다. '자유자재'를 켄 리우의 스타일이라 말해야 할까요? 자유자재로 인간과 외계인, 과학과 역사, 신화와 기술을 넘나드니까요.

어쩌면 책 맨 앞에 있는 켄 리우의 작가 소개에서 이 해답을 찾아야 할지도 모르겠습니다. 중국에서 태어나 미국으로 이민을 가면서 겪은 정체성의 문제. 마이크로소프트에서 프로그래머로 일하다가, 다시 로스쿨을 졸업하고 변호사로 일하며 소설을 쓰고, 번역을 하는 등 한 사람의 이력이라고는 믿을 수 없을 정도로 다양하게 변신을 할 수 있는 능력. 이런 것에서 답을 찾아보려 하지만, 이런 딱딱한 이력 속에서 상상력의 원천을 찾으려는 것은 실패가 예정된 작업이라는 생각을 지울 수가 없네요.

켄 리우는 우리를 새로운 세계에 데려다놓고 새로운 한계를 만나게 합니다. 이 세계에는 또렷한 답은 없습니다. 우리는 새로운 과학이 만들어준 새로운 세계 앞에서 끝없이 질문하며, 끝없이 새로운 고민거리를 받아들 수밖에 없습니다. 생성형 인공지능에 놀라움을 느끼면서도 동시에 두려움을 느끼는 것처럼요. 기술에게 한계가 있다고 그걸 다 등지고 살 수는 없죠. 어떻게든 공존하는 법을 찾아야 합니다. 인간성을 최대한 해치지 않는 선에서 공존은 어떻게 가능한지, 그 답을 찾을 수는 있는지 고민할 수밖에 없는 거죠.

인간의 궁금증이 데려가는 우주가 있습니다. 인간의 상상력이 펼쳐가는 우주도 있고요. 두 개의 우주는 서로를 도우며 이토록 작은 인간을 우주적 존재로 만듭니다. 이 우주가 마음에 드시나요? 하지만 이제는 떠나야 합니다. 마음에 드는 종이 동물 하나를 옆자리에 태우셔도 좋습니다. 안전벨트를 단단히 매시고요. 이제 이 여정의 마지막 목적지가 우리를 기다리고 있네요. 지금부터 빛의 속도로 지구에 착륙하도록 하겠습니다.

　　이토록 유한한 우리가
　　이토록 작은 점 위에서
　　이토록 놀라운 하루를

　　　　　　　　자, 드디어 이 여정의 마지막 책에 도착했습니다. 칼 세이건의 《코스모스》로 우주 구석구석을 탐험했고, 켄 리우의 《종이 동물원》으로 과학이 펼쳐준 운동장 위에서 인간의 상상력이 얼마나 자유롭게 뛰어놀 수 있는지를 경험했으니, 이제 우주적 사고를 지구로 가져와서 실습을 할 시간입니다. 이토록 유한한 우리가, 이토록 작은 점 위에서, 이토록 놀라운 하루를 보내고 있네요. 그걸 알게 된 이상, 어떻게 하루를, 한 달을, 일 년을 가꿀 것인지 고민하지 않을 수가 없지요. 이 실습을 이끌 사람은 바로 칼 세이건의 딸, 사샤 세이건Sasha Sagan입니다. 사샤 세이건의 《우리, 이토록 작은 존재들을 위하여》는 아버지가 시작한 우주 여행을 지구에서 잘 끝맺도록 도와줄 가이드북입니다. 자, 같이 지구로 착륙해 볼까요?

사랑이라는
유산

태어나 보니 아빠가 칼 세이건이고 엄마가 앤 드루얀입니다. 자신의 엄마 아빠를 보며 사샤 세이건은 어떤 마음으로 살았을까요? 이상하게 한국에서 사샤 세이건이 한국식 교육을 받고 자랐다면, 언젠가 한 번은 "그렇게 잘난 엄마 아빠 밑에서 사는 게 얼마나 지옥 같은 줄 알아? 사람들의 기대가 얼마니 부담스러운 줄 알아?"라며 오열했을 모습이 그려지는데요(너무나도 K스러운 전개인가요? 저는 왜 이런 전개가 익숙할까요). 사샤 세이건은 반항은커녕, 자신의 집에서 전해져 내려오는 것들을 아주 소중히 간직하고, 그 유산을 더 많은 사람에게 나눠주기로 결심한 사람으로 보입니다. 바로 그 맥락에서 탄생한 것이 이 책입니다.

책 제목 《우리, 이토록 작은 존재들을 위하여》도 아빠의 책 속 구절에서 가져온 제목입니다. 칼 세이건의 소설 《콘택트》 속에는 이런 문장이 나옵니다. "For small creatures such as we, the vastness is bearable only through love(우리처럼 작은 존재가 이 광대함을 견디는 방법은 오직 사랑뿐이다)." 이 구절의 앞부분을 따서 이 책의 제목으로 삼은 거죠. 사샤 세이건은 자신의 부모로부터의 유산을 거부할 이유가 하나도 없습니다. 이토록 거시적이고, 이토록 사랑스러운 유산을 왜 거부합니까. 사샤 세이건이 태어났을 때부터 칼 세이건이 그를 안고서 했다는 말 좀 보세요. "지구에 온 걸 환영해."

이 짧은 말 속엔 무엇이 담겨 있나요. 《코스모스》를 읽은 우리는 알지 않나요. 138억 년 중에 지금, 우주의 수많은 별이 아니라 여기 지구. 지금, 여기에, 다른 존재도 아닌 인간으로, 그중에서도 내 딸로 태어난 기적을 환영한다는 말. 지구 위에서 찰나를 살고 사라질 수밖에 없는 인간이지만, 그럼에도 불구하고, 아니 그렇기 때문에 오히려 더 힘껏 이 삶을 사랑해버리는 태도. 사샤 세이건은 부모로부터 과학의 눈과 태도를 고스란히 물려받았습니다. 그 태도가 오롯이 드러나는 책이 바로 《우리, 이토록 작은 존재들을 위하여》이고요.

그렇지만 우리집은, 종교는 없어도 결코 냉소적이지는 않았다. 부모님은 내가 살아 있음을 너무나 아름답고, 아찔할 정도로 신비롭고, 우연히 일어난 신성한 기적으로 느낄 수 있게 해주었다.

이 책 속에서 우리는 칼 세이건의 일상 속 모습을 만나게 됩니다. 매일 밤 잠들기 전 어린 사샤는 죽음에 대한 두려움에 휩싸여, 부모를 향해 "잊지 마! 죽지 마!"라고 외쳤다고 합니다. 아이가 이렇게 매일 외치면 부모는 어떤 말을 해야 할까요. 어떤 태도를 취해야 할까요. 앤 드루얀은 "약속할게!"라고 말했다고 합니다. 칼 세이건은 "최선을 다할게!"라고 말했고요. 이 부분에서도 저는 웃음을 짓지 않을 수 없었는데요, 칼 세이건의 대답이 너무나도 칼 세이건 아닌가요. 과학자로서 그는 결코 내일 아침에도 무사할 것을 약속할 수 없습니다. 밤 사이에 무슨 일이 일어날지 누가 알겠어요. 하지만 두려움에 떠는 아이를 앉혀놓고 차마 확률에 대해 강의를 할 수는 없습니다. 확률이 아이의 불안을 낮춰줄 확률은 거의 제로에 가까우니까요. 하지만 "최선을 다할게!"라는 말은 칼 세이건이 줄 수 있는 최대치의 진심이고 진실입니다.

너무나 아빠인 순간에도 그는 여전히 너무나 과학자입니다. 딸에게도 계속 말하지요. "사실이기를 바란다고 해서 사실이라고 믿어버리면 위험해"라고. 그런 모습들을 책에서 만날 때마다 얼마나 반갑던지요, 아마 여러분도 그런 부분을 만날 때마다 두껍게 줄을 긋게 되실 거예요. 하지만 무슨 일인가요. 자신의 가치관과 태도에 뼈대가 되어준 아빠, 칼 세이건은 그가 열네 살일 때 세상을 떠나고 맙니다. 그럼에도 불구하고 그가 유산으로 받은 가치관과 태도는 고스란히 그의 것으로 남아 있습니다. 이제는 그것을 어떻게 지켜나갈지가 중요합니다. 이 부분을 좀 더 이야기해볼까요?

우주적 경이를
일상 속에 심는 법

영화 〈어바웃 타임〉(2013)을 보셨나요? 혹시 안 본 분이 계신가요? 그렇다면 이 책을 덮고 우선 그 영화부터 봐주세요. 그 영화에 대해서는 하루 종일 수다를 떨어도 모자라지만 진정하고, 휴. (여기부터는 잠깐 영화 스포일러가 있습니다!) 영화 속에서 아기가 바뀌는 부분 기억하시나요? 타임 슬립을 할 수 있는 남자 주인공이 교통사고를 당하는 여동생을 구하기 위해서 타임 슬립으로 시간을 되돌리죠. 기적적으로 여동생을 구하고 뿌듯한 마음으로 집에 돌아온 순간, 남자 주인공은 자기를 향해 웃는 낯선 아기를 발견합니다. 시간을 되돌리는 바람에, 수억 개의 정자 중에서 다른 정자가 난자와 수정이 되고, 결국 다른 아기가 되어버린 거죠.

우리가 우리의 현재 모습과 성격과 기질로 우리가 될 확률. 그 확률로 이 지구 위에, 지금 태어날 확률. 계산 불가능합니다. 거의 불가능에 가까운 확률이라는 것만은 확실히 알겠습니다. 나라는 존재가 경이 그 자체죠. 매일이 선물이죠. 알죠. 다 알죠. 그런데 그걸 매일 매 순간 기억하고 살기엔 우리가 좀 많이 바쁩니다. 좀 많이 피곤합니다. 그거 말고도 생각할 것이 너무 많고, 해야 할 것도 지천이고, 나의 인간성을 실험하는 인간은 또 왜 이렇게 많나요. 인류애와 우주적 관점, 왜 이렇게 지키기 힘든가요.

그래서 사샤 세이건은 '의식'을 이야기합니다. 의식이 뭐냐고요? 흐르고 지나가버리는 시간에 이름을 붙이고 의미를 부여하는 모든 것을 의식이라 부를 수 있겠지요. 의식적으로 지금 여기에 있다는 것을 감각하고, 감사하고, 전 우주적 시간에 연결되고, 또 기념하는 것. 그것이 바로 사샤 세이건이 말하는 '의식'입니다. 조금 더 구체적으로 이야기해볼까요?

지구가 태양 주변을 한 바퀴 돈 것을 기념하기 위해 인간이 1월 1일을 만든 것, 각자의 방식으로 새해를 맞는 것, 그것이 의식입니다. 1월 1일에 맞춰서 새해 다짐을 챙기는 것도 우리의 의식이지요. 생일은 모두가 아는 대표적인 일종의 의식입니다. 사샤 세이건은 말합니다. "어떻게 보면 모든 의식의 원천은 사실 과학이다. 신앙, 경전, 근원 신화, 교리 등은 종교마다 다를지라도 사람들은 태곳적부터 천문학과 생물학 이 두 가지를 축하해온 셈"이라고. 정말 그렇지 않나요? 매년 지구가 태양 주변을 한 바퀴 돌아 제자리에 오는 '천문학적 사건'에 우리가 태어난 '생물학적 사건'을 결합한 것이 생일입니다. 1년에 한 번, 그날에 맞춰 우리가 사랑하는 사람들은 우리가 지구에 온 것을 환영해주는 의식을 치르고요. 계절의 변화는 또 어떤가요? 봄, 여름, 가을, 겨울은 물론 24절기를 만들어 우리는 지구의 변화에 인간의 변화를 맞추는 의식을 치릅니다. 이렇게 세기 시작하면 아마 끝도 없을 거예요. 심지어 각 문화권에서 다른 의식을 치르며, 각 개인이 다 다른 의식을 행하며 살고 있으니까요.

인간이라는 존재는 참 이상하고 귀여운 존재 아닌가요? 과학적으로 말하자면, 12월 31일 23시 59분 59초와 1월 1일 0시 0초 사이엔 어떤 차이도 없습니다. 하지만 인간적으로 말하자면, 그건 새해가 되었다는 거고, 새로운 시간이 시작되었다는 거고, 내가 새로운 기회를 맞는다는 거고, 1초 전까지는 포기한 운동을 이젠 해볼 수 있게 된 거고, 잠자고 있던 책을 이젠 읽을 수 있게 된 거고, 아무튼 다 새로운 세계이고, 새롭게 태어난 나입니다. 객관적인 상황이 바뀐 건 아무것도 없는데, '새해'라는 이름을 붙이며, 새삼스럽게 의미를 만들고 축하를 하며 다른 날로 만들어버리잖아요. 인간 정말 너무 이상하고 너무 귀엽지 않나요? 제 눈에만 그런가요?

아무튼 여기서 핵심은 '새삼스럽게'입니다. 시간이 흘러가는 대로, 계절이 변하는 대로, 인간이 성장하는 대로 내버려두지 않고, 새삼스럽게 기념하고 축하하는 것. 의식을 통해 의식적으로 이 무한한 시간 속에서 찰나에 스쳐가는 생을 새삼스럽게 감사하는 것. 그걸 해보자고 사샤 세이건이 제안을 합니다.

그러면 우리를 괴롭히는 불안이 사라질까요? 그렇지 않습니다. 삶의 불확실성이 해소가 될까요? 그럴 리가 있나요. 사샤 세이건도 그 지점은 명확히 합니다. 하지만 삶이 불확실성에 휩싸여 있다고 해서, 우리의 불안이 우리를 매일 못살게 군다 해서, 이 삶을 아무렇게나 내팽개칠 수는 없습니다. 어쩌면 의식은 불확실성에 맞서기 위해, 나의 매일을 내 손으로 가꾸기 위한 시도라고 할 수 있겠네요. 나의 기쁨을 내가 쟁취해내겠다는 다짐일 수도 있고요.

이것이 바로 제가 이 책을 이 여정의 마지막 책으로 고른 이유입니다. 이 책 스스로 밝히고 있거든요. "기뻐할 만한 것들을 더욱 늘리라고 쓴 책"이라고. 기적적으로 우리가 태어났으니, 매일의 의식을 통해, 한 주의 의식을 통해, 다달의 의식을 통해, 봄 여름 가을 겨울 다 다른 의식을 통해, 고백하고 속죄하며, 우리의 독립을 기념하며, 성년이 되고 결혼을 하고, 섹스를 하고, 새 생명에 기뻐하고, 기념일과 생일을 맞이하다가 결국 죽음에 이르게 되는 이 여정 속에서 (이 책의 16개 챕터 제목을 모두 넣어서 쓴 문장입니다) 새삼스럽게 우리 각자의 의식을 공유하고, 만들고 싶었거든요.

여러분도 이 책을 읽으며, 무엇을 같이 축하하고 싶은지, 어떻게 사적으로 기념하고 싶은지, 어떤 순간에 의미를 부여하고 싶은지, 무엇이 내게 중요한지, 우리에겐 또 무엇이 의미가 있는지 한번 생각해보는 시간을 가지시길 바랍니다. 물론 사샤 세이건은 그의 방식을 우리에게 강요할 생각이 없습니다. 이 자유로운 멘토와 함께 우리 각자의 의식을 한번 고안해보자고요.

《진리의 발견》의 작가, 마리아 포포바Maria Popova는 밀합니다. "우리는 혼돈과 엔트로피가 혼재하는 우주의 강물 위에서 아주 잠깐 섬을 이루었다가 다시 비존재를 향해 영원히 떠내려가는 존재일 뿐이다"라고요. 우리는 한없이 작고, 짧게 이곳을 살다 떠날 존재입니다. 다들 알지요. 그렇다면 이 삶이, 우리라는 존재가, 우리가 누리는 매일이 기적입니다. "죽으면 다 끝나는 건데 대충 살아도 되지 않아?"라고 말할 자격이 우리에겐 없습니다. 유한한 존재라는 것을 또렷하게 인식한다면, 이 기적적인 시간을 더 사랑할 의무가 우리에게 있습

니다. 더 정성스럽게, 더 악착스럽게, 필요하다면 더 억척스럽
게. 그래서 각자에게 필요한 의식을 각자가 만들어보자고 제
안을 합니다. 우리 각자가 우리의 신이 되는 거죠.

여러분은 스스로에게 어떤 신이 되고 싶나요?
스스로를 위해 어떤 의식을 치르고 싶나요?

이렇게 코스모스로 떠났던 우리의 여정은 지구의 매일로
마무리됩니다. 긴 여행이었죠. 여독이 좀 길지도 모르겠습니
다. 하지만 이 여행을 여기에서 끝낼 수는 없습니다. 우리에겐
이제 각자 여행을 떠날 14권의 책이 생겼으니까요. 당신만의
오독의 여정에 이 책이 든든한 가이드북이 될 수 있다면, 저에
겐 그보다 더 기쁜 일은 없겠네요.

당신의 모양과 당신의 색으로 기억될 당신의 여행,
당신만의 여행기를 저는 기다리겠습니다.

"좋은 것이 좋은 것임을 아는 사람들이 내 곁에 많았으면 좋겠다"라는 문장을 마주했을 때, 제가 떠올린 것은 오독오독 북클럽이에요. 우리가 함께 책을 읽고 감상을 뜨겁게 나누는 시간이 축적되면서, 좋은 것이 좋은 것임을 아는 사람들이 내 곁에 점점 많아지는구나—라는 생각이 들었습니다. 작가님과 다른 회원분들의 글에는 제가 생각하지 못했던 좋은 것들이 가득했거든요. 저에게 '오독오독'이란 단어를 선물해주셔서 감사합니다. 김진호

오독오독 북클럽이 아니었다면 읽지 않았을 책을 읽고 함께 이야기하며 한 권의 책을 통해 이렇게 다양한 생각을 할 수 있다는 것을 이번에도 알 수 있어서 너무 좋았습니다. 내가 보지 못했던 것을 다른 사람들은 보았다는 놀라움과 나의 생각과 일치하는 다른 분들이 있다는 것에 대한 든든함이 공존하는 매우 유익한 시간이었습니다. 김은선

참여하신 분들의 맑은 에너지기 버석버석한 일상 속에서 갈증 났던 저에겐 너무나도 시원한 약수 같았어요. 이런 분들이 모여 있는 곳을 찾아왔다니, 기쁘고 또 기뻐요. 함재연

처음 북클럽 가입을 망설였던 때를 생각하면 아찔해져요. 만약 그때의 제가 참여하지 않겠다는 선택을 했다면 오독오독 북클럽과 함께하는 즐거움을 알지 못했을 테니까요. 역시 삶은 선택의 연속이고, 좋은 선택이 내 삶을 풍요롭게 만드는 데 얼마나 중요한 것인지 새삼 깨닫게 됩니다. 남지연

먼저 다짜고짜 고백부터 하자면, 오독오독 북클럽은 제가 올해 가장 잘한 일이자, "어디에 힘을 써야 할지 모르는 슬픔"에서 벗어날 수 있도록 해준 구원 투수였습니다. 매월 기대할 것이 있다는 것, 그것도 좋아하는 작가님과, 좋아하는 책을 읽고, 같이 나눌 수 있는 커뮤니티가 있다는 것. 이게 올해 저의 삶을 지탱하는 데 큰 역할을 해줬습니다. 김해인

제 오독 일기에 답해주는 이메일을 읽으면서 얼마나 울었는지 몰라요. 예상치 못한 위로를 받게 되었어요. 제가 너무나 힘든 시기에 누가 나한테 이런 말을 해주었으면 했던 말들이 고스란히 담겨 있었어요. 감사드려요. 다시 한번 용기를 얻고 나아가고 있습니다. 이지은

오독오독 북클럽 덕에 시끄러운 세상에서 잠시나마 책으로 도피할 수 있었어요. 예전엔 책을 읽고 잠시 생각하다 끝인 경우가 많았는데 북클럽을 시작한 후엔 달라졌답니다. 다른 책을 읽으면서도 만약 작가님에게 오독 일기를 쓴다면 어떻게 써야 할까 고민하게 되더라고요. 작가님이 이 책으로 라이브를 하셨다면 어떤 이야기를 하셨을까 상상도 하고요. 이제부터 어떤 책을 읽더라도 작가님에게 글 쓰는 심정으로 대하게 되겠죠. 더 깊이 읽고, 더 오래 생각하는 습관을 기를 수 있었어요. 다 작가님 덕분입니다. 늘 감사해요. 김규림

제가 오독오독 북클럽을 선택한 이유는 작가님의 마음과 생각이 궁금해서입니다. 작가님이 무엇을 보고 있는지 무엇을 보려고 하는지가 궁금해요. 저도 그 세계에 작가님 따라 가보고 싶어요! 작가님의 삶의 태도를 커닝하고 싶은 마음~흐 그러니 앞으로도 계속 작가님의 소신대로 책을 선정해 주세요!! 김소영

책 제목만 나열하는데도, 저의 지난 2년이 요약되는 기분입니다. 지난 2년간 오독오독 북클럽은 저의 의식이었거든요. 북클럽에서 읽은 책들을 지인들에게 추천하며, 다른 독서 모임에서 또 읽으며 생각을 나누기도 하

였답니다. 조만간 또 다른 모임에서 10명의 멤버들이 북클럽의 책을 읽게 될 것 같아요. 매우 뿌듯한 순간입니다. 성정민

독서의 끝은 '쓰기'에서 끝나야 한다는 작가님의 말씀에 정말 공감합니다. 읽고 나서의 여운을 머릿속에만 남겨두면 희미해지고 곧 사라지더라고요. 저 또한 일단 쓰기 시작하면 뭐라도 써진 경험을 여러 차례 해서 좋은 책은 읽고 써야만 한다고 다짐하고 있습니다. 오독 대원이라는 저의 직책이 참 마음에 듭니다. 항상 감사합니다. 김선화

어느덧 2년째! 작가님이 써주신 오독 일기를 프린트해서 제본해두었는데 그게 이젠 두툼한 책이 되었어요. 저만의 소중한 책 한 권이 완성된 기분입니다. 오독오독 잘근잘근 천천히 씹고 음미하며 책을 만나게 해주셔서 감사해요. 부끄러운 글일지라도 나의 이야기를 쓸 수 있게 해주셔서 감사해요. 백수경

올 한 해 저에게 오독오독 북클럽은 큰 의미가 있었습니다. 그냥 하는 말이 아니라 정말 그랬어요. 책을 읽고 이렇게 제 생각을 정리하고 글쓰기를 처음 해봤습니다. 근데 작가님의 말처럼 어떻게 뭘 써야 할지 모르다가도 시작하니 어떻게든 써지는 경험을 하게 되었어요. 글을 쓰니 생각도 정리되고 하고 싶은 말도 좀 더 명확해지네요. 이런 경험을 할 수 있게 해주셔서 감사합니다. 김소정

얼마 전 지인 모임에서 이런 이야기를 나누었어요. 일의 영역에서 AI가 인간의 능력을 압도하는 시대가 오면, 오히려 섬세한 감각과 세심한 배려를 장착한 한 사람의 노동이 더 가치 있어지지 않겠냐고 말이죠. 이 이야기를 나누며 전 '오독오독 북클럽'이 떠올랐답니다. 온라인 서점이나 SNS에서 알고리즘으로 추천한 책들보다 김민철 작가님이 고민에 고민을 더해 선정하고 북클럽 회원들의 다채로운 시각으로 읽었던 책들이 저에겐 '올해의 책'으로 남을 테니까요. 김주미

① 인생 책을 찾아서

한강 지음,《희랍어 시간》, 문학동네, 2011.

알베르 카뮈 지음, 김화영 옮김,《안과 겉·결혼·여름》, 민음사, 2025.

한강 지음,《검은 사슴》, 문학동네, 2017.

한강 지음,《소년이 온다》, 창비, 2014.

한강 지음,《작별하지 않는다》, 문학동네, 2021.

한강 지음,《여수의 사랑》, 문학과지성사, 2018.

한강 지음,《채식주의자》, 창비, 2022.

한강 지음,《바람이 분다, 가라》, 문학과지성사, 2010.

알베르 카뮈 지음, 김화영 옮김,《시지프 신화》, 민음사, 2016.

장 그르니에 지음, 김화영 옮김,《섬》, 민음사, 2020.

② 노벨 문학상을 받은 여성 작가들을 찾아서

토니 모리슨 지음, 최인자 옮김,《재즈》, 문학동네, 2015.

아니 에르노 지음, 신유진 옮김,《남자의 자리》, 1984Books, 2024.

도리스 레싱 지음, 정덕애 옮김,《다섯째 아이》, 민음사, 1999.

파리 리뷰 인터뷰, 김진아·권승혁 옮김,《작가란 무엇인가 2》, 다른, 2022.

토니 모리슨 지음, 이다희 옮김,《보이지 않는 잉크》, 바다출판사, 2021.

아니 에르노 지음, 정혜용 옮김,《집착》, 문학동네, 2022.

알베르 카뮈 지음, 김화영 옮김,《이방인》, 민음사, 2019.

아니 에르노 지음, 정혜용 옮김,《한 여자》, 열린책들, 2012.

아니 에르노·로즈마리 라그라브 지음, 윤진 옮김,《아니 에르노의 말》, 마음산책, 2023.

도리스 레싱 지음, 김승욱 옮김,《19호실로 가다》, 문예출판사, 2018.

③ 나를 찾아서

샬럿 브론테 지음, 유종호 옮김, 《제인 에어 1, 2》, 민음사, 2004.
진 리스 지음, 윤정길 옮김, 《광막한 사르가소 바다》, 웅진지식하우스, 2024.
페터 비에리 지음, 문항심 옮김, 《자기 결정》, 은행나무, 2015.
샌드라 길버트·수전 구바 지음, 박오복 옮김, 《다락방의 미친 여자》, 북하우스, 2022.
김민철 지음, 《모든 요일의 기록》, 위즈덤하우스, 2026.

④ 고통을 마주할 용기를 찾아서

아고타 크리스토프 지음, 용경식 옮김, 《존재의 세 가지 거짓말》, 까치, 2022.
김인정 지음, 《고통 구경하는 사회》, 웨일북, 2023.
정혜윤 지음, 《슬픈 세상의 기쁜 말》, 녹스, 2025.
아고타 크리스토프 지음, 백수린 옮김, 《문맹》, 한겨레출판, 2018.
신형철 지음, 《정확한 사랑의 실험》, 마음산책, 2014.
수전 손택 지음, 이재원 옮김, 《타인의 고통》, 이후, 2004.
이슬아 지음, 《깨끗한 존경》, 헤엄, 2019.
정혜윤 지음, 《삶의 발명》, 녹스, 2025.
진은영 지음, 《나는 세계와 맞지 않지만》, 마음산책, 2024.

⑤ 삶의 별빛을 찾아서

칼 세이건 지음, 홍승수 옮김, 《코스모스》, 사이언스북스, 2006.
켄 리우 지음, 장성주 옮김, 《종이 동물원》, 황금가지, 2018.
사샤 세이건 지음, 홍한별 옮김, 《우리, 이토록 작은 존재들을 위하여》, 문학동네, 2021.
마리아 포포바 지음, 지여울 옮김, 《진리의 발견》, 다른, 2020.
칼 세이건 지음, 임지원 옮김, 《에덴의 용》, 사이언스북스, 2006.
켄 리우 지음, 장성주 옮김, 《어딘가 상상도 못 할 곳에, 수많은 순록 떼가》, 황금가지, 2020.

《희랍어 시간》 표지 ⓒ (주)문학동네.
《안과 겉·결혼·여름》 표지 ⓒ (주)민음사.

《재즈》 표지 ⓒ (주)문학동네.
《남자의 자리》 표지 ⓒ 1984Books.
《다섯째 아이》 표지 ⓒ (주)민음사.

《제인 에어 1,2》 표지 ⓒ (주)민음사.
《광막한 사르가소 바다》 표지 ⓒ 웅진지식하우스.
《자기 결정》 표지 ⓒ 은행나무출판사.

《존재의 세 가지 거짓말》 표지 ⓒ (주)까치글방.
《고통 구경하는 사회》 표지 ⓒ (주)웨일북.
《슬픈 세상의 기쁜 말》 표지 ⓒ 녹스.

《코스모스》 표지 ⓒ (주)사이언스북스.
《종이 동물원》 표지 ⓒ (주)황금가지.
《우리, 이토록 작은 존재들을 위하여》 표지 ⓒ (주)문학동네.